U0152079

雪的聲音　李翠瑛／著

臺灣新詩理論

自 序

　　最近特別偏愛白色，大雪紛飛的意象遂常在我的腦海裏駐足。時而浮現《紅樓夢》裏「好一片白茫茫大地真乾淨」的畫面，紅樓夢醒之際，船邊渡口，落雪紛紛，看破紅塵的寶玉向昨日辭別，天地純白，彷如潔淨已將所有紅塵俗務掩埋，生命萌起解脫頓悟的禪機。大陸詩人顧城有一首詩〈持續的到達〉：

> 你看到了雪
> 一定是某種黑暗被打翻的時候

　　在詩人眼中，雪白擁有驅離黑暗的力量，推開黯淡與恐懼，人們渴望光明如黎明初映大地的金色陽光，期待擺脫黑暗像甩掉緊緊跟隨的惡鬼。白色，無瑕的潔淨，正好是內心象徵的那股正向的能量；白色，也把過去種種都粉刷成單一的色調，善或惡，哀或樂，總之歸零，新的契機重新運轉，如《易經》所言「否極泰來」、「剝極反復」之理，生生不息而循環不已的天地之道，就在一切反白之後，繽紛開始。

　　在我完成這本書之時，彷彿已然放下多年來心繫的情感，過去腦中縱橫溢漲的思緒與過度繁忙的線條，在文字書寫之後，似乎都有了歸檔的案夾，排序在目錄與書頁之間，一篇篇思考的結晶排隊站好自己的位置，無序與雜亂不再掌舵，寬廣的意念讓一切變成純白。我的心中若有所悟，歸納過去，展望未來，總不免要清理一番，撥讓出心靈的空間，捨或是得，不再重要，一切歸白。

　　洛夫詩集《雪落無聲》中，他愛的是雪中的寧靜，我卻愛那雪白世界裏另一番潛藏的喧鬧，彷如自地心隱隱傳來的無聲之音，在大雪覆蓋的表象之後高唱著天地的高音。如果心夠沉靜，我會聽到內心重重汨汨的聲音自深處浮起，無論喧囂或是低語，來自神秘心靈世界的話語，喃喃訴說諸多嶄新的念頭，往往書本背後隱藏的真義，若隱若現地出現，讓我有足夠的動機穿起與詩句相會的文字線珠。

　　生命的歷練如起伏的山線，起落之間，冷暖了然於心，讓我對人性有更多的寬容與悲憫，因而也對那些質疑生命的詩人們，以及點點滴滴述說生之苦悶與生之歡喜的文字有著更多的領受，讀詩也讀人，創作技巧的剖析成為心靈層次的契入，與其無聲，不如有聲，因此，我從心中的聲音走出，把自己這幾年的讀書心得串成一系列的合聲，建造具體的研究工程，而在辛苦的書寫之後，眼見各種想法漸漸從胚胎轉化為完整個體，成為一部雪的聲音。

　　書中第一部份佔了全書二分之一篇幅，是以詩人為焦點，從作品中突顯詩作特色，從蘇紹連的割裂自我的意象探討其生命的掙扎與思索，從席慕蓉的思鄉之情到歸鄉後對於鄉愁的轉變，研究洛夫的詩作分期、轉變、詩理論與實際創作的呈現，討論洛夫如何融合東西方的詩學理論，並轉化個人語言風格，走出融會古今中外的道路。第二部份是作品與創作技巧的問題，從詩的宏觀角度，探索詩的創作形式，釐清超現實主義與超乎現實的想像之間的區別，從新詩的修辭技巧與節奏表現，討論新詩的特殊創作技巧，借此窺探詩的寫作進路，靈活運用則可成為鑑賞與創作同時俱存的基本功夫。

　　書中的文章，除了最近完成的三萬多字的〈語言的匯流——
洛夫詩觀、詩作分期與東西方詩質之融合重整與創新〉之外，其
餘每篇皆已發表，然而，出版之際，我重新修訂統一的格式，以
及若干細節，至於內文修改篇幅最大的是〈超越想像——論現代
詩中超現實主義與示現修辭法之意義與表現〉一文，與發表時有
著較大的差異，其餘大都以原發表文字為主。

　　此書為「教育部頂尖大學——元智人文通識與倫理計劃」之
出版計畫，感謝元智人文通識與倫理辦公室王立文教授的支持、
系主任詹海雲教授的鼓勵，以及周遭好友的激勵，同時感謝萬卷
樓的梁總經理及欣欣等友人在出版的事務上大力相助，更感謝寫
出好詩的詩人們，因為他們在新詩的創作上精益求精，才使得新
詩研究的學術論文有了生存之必要。

歲在丁亥年初冬　　李翠瑛　　於逍遙心研究室

目錄

第一輯

詩人與作品

割裂的自我
——論蘇紹連詩的創作手法與生命向度

一、前言——存在主義的年代

在那個年代，大學生手中捧的不是卡謬就是卡夫卡，《異鄉人》在牛仔褲後面的口袋裏，透出一點生命的亮光。一本薄薄的存在主義爭取的是一點點生命存在的沉思。

「存在」存在於大學生心中的焦慮。灰色的主義像一片濃霧飄揚過海，瀰漫於臺灣這個小島上，人，是何物？人，是何是？蘇紹連〈茫的微粒〉：

> 人不是動物，我們才是動物
> 我們在一人災之後變成靜物
> 人也不是靜物，人是什麼都不是（《茫茫集》）

人是靜物或是動物呢？什麼都是？什麼都不是？失落的世代、迷惘的心境，詩人探索的是存在的意義。活著，為什麼？這種茫茫然的心境似乎很難找到解答。於是，詩人在詩中世界尋找生命的出口。從 1978 年《茫茫集》到 1990 年《童話遊行》，詩人在「存在」的氛圍中尋覓；從 1974 年 8 月到 1978 年 2 月間，詩人以 60 首驚心系列的散文詩驚動詩壇，驚起對生命感悟、生存的焦慮。1990 年以《驚心散文詩》一書在爾雅出版，之後，《隱形

或者變形》在 1997 年由九歌出版,一系列的散文詩創作中,看到作者努力說明自己觀物的方式,回應其靜物或是動物之辯。

詩人從觀物進而論人,從物的角度創作出一連串驚人的情節,荒謬的劇情驚心動魄,有些詩讀起來甚至令人震撼到非吃鎮定劑不可[1]。而這種觀物的態度就是詩人審視世界的切角以及馳騁想像的方式,所以詩的幕後藏「人」,幕前卻以「物」的發展與變化暢快其情境的進行。暗中寫人,表面寫物。在物的變化中,提昇出生命的意義,以「物我交感」[2]的方式強調物我的關係與換位,也就是一種「物我合一」的寫作方式,放在現代詩中,詩人運用白話語言的優勢,故事情節的戲劇效果,將荒誕不經的事物擺在同一處,使之產生強大的張力而震撼人心。

稱之為「變形」是承繼卡夫卡的創作方式,將自己隱於其中,製造出不合常理的生活情境,以「物」眼看世界,當人的視野或高或低時,觀察世界的角度必然有所差異,於是,不同一個敘事角度以及觀點於焉產生。變化出來的是不同於現實世界的另一個物我不分、人我相混,荒誕而極具想像的繽紛世界,而這個世界不存在於現實界,只存在於想像世界。

歷來研究者,多著重在詩人「變形」的研究[3],以及生存的

---

[1] 見〈刀的歌聲吞遙遠──剖析蘇紹連作品〉收於《驚心散文詩》(臺北:爾雅出版社,1990.07),頁 131。而洛夫稱驚心散文詩:「其效果正好相反,不但不是愉悅的,而且給人一種驚愕、驚駭、驚悚之感」。洛夫〈蘇紹連散文詩中的驚心效果〉收於《驚心散文詩》(臺北:爾雅出版社,1990.07),頁 3。

[2] 見洛夫〈蘇紹連散文詩中的驚心效果〉收於《驚心散文詩》(臺北:爾雅出版社,1990.07),頁 4。

[3] 同註 2,洛夫語。

「悲劇感」[4]，或者是針對詩人的寫作風格的歷史軌跡，加以探討[5]，可以看出詩人摸索的軌跡。但是，從創作技巧到主題意識的判讀，變形的過程中除了物物的變形之外，另一類則是詩人使用「我」的分裂，以產生變形的效果[6]；自我割裂的書寫方式是蘇紹連詩中變形的範疇之其中一種，其焦點放在「我」此一主題的關注之中。

在技巧上，詩人以「自我分裂」的寫作手法造成我與自己、或我與世界的對話模式，利用變形的我，在修辭上以「形象化」或「戲劇化」的方式呈現，趨向於荒謬的情節表現。這種自我分裂的方式在詩旨內容表現上的意義，則是代表詩人追尋事物本質的企圖。

本文是從作者之「我」出發，一方面從創作技巧探討「割裂自我」的創作方式的根源以及所可能帶來的詩的震撼效果。另一方面則是當自我分裂的創作意圖呈現時，基於生存意義的主題，當此思考遇到自己生命、社會競爭、惡劣環境時，「人」與「物」的交接使得思想激起浪花，呈現出觀照自我的思想內容。

---

[4] 見李癸雲〈蘇紹連詩中的存在悲劇感〉《臺灣詩學季刊》第 27 期，1999.06，頁 183。

[5] 見林燿德〈黑色自白書——蘇紹連風格概述〉收於《一九四九以後》（臺北：爾雅出版社，1986.12），頁 15。詩人的歷史見林燿德研究，認為詩人是從古典的變異發展而來，後期則以變形的手法提出對生命的質疑。

[6] 同註 2，頁 6。洛夫稱：「變形的過程中必須先形成自我的分裂，而後使本然的我與另一個在觀照的我進行對話，以至於相互糾纏、對抗、融合。」

二、如何割裂、怎樣自我
──割裂自我的意象呈現

「割裂自我」是詩人的寫作思維方式,所謂「自我割裂」的意義是指詩人的寫作技巧中常設想將自我分割,將之作為詩中的主體,以部份的割裂自我的意象出現,進行詩境的描繪。其中,一種是二分法,讓自己的肉體、思想或精神與自己的某一部份對話;另一種則是多分法,將肉體、精神或是靈魂割裂成數個部份,與自我對話。

(一)不同義界的「我」的分裂與對話

這是將「我」割裂成不同的我,不同的我表面上語言敘述上是完整的一個「我」,但是這個我在意義上代表的卻是部份的自我。例如這個我可以是「影子」,在〈月升〉一詩中說:

> 月升時就記憶起來,穿麻布的人出現在嶺上,把影子塑成化石,塑成老鷹張翅或者松杉傲立的姿態並嵌著一粒粒魚的──鱗片膠住皮膚的疙瘩。(《茫茫集・月升》)

實體的我是「穿麻布的人」,虛體的我就是影子,影子本無實體可捕捉,詩人以割裂自我的方式,將「我」與「影子」分別看成獨立的個體,兩者之間可以進行情境的展開。影子被轉化物性,由虛轉實,於是,影子可以塑成化石或是老鷹,膠住皮膚的疙瘩。而我卻抽離出來,成為塑造影子的主體,我是我,影子是影

子，影子能縮小變形成膠住皮膚的東西，個體具有主體性，而抽離出來的自我也具有我的主體性，又如：

> 托兒所裡有一輛電動玩具車，幼兒可以駕駛它
> 這一天，它輾斃了泥土裡面幼兒奔跑的影子（《童話遊行‧父親與我》）

影子可以奔跑，卻藏在泥土裏。顯然地，當影子從「我」當中「獨立」出來之後，更顯得自由，任意變幻形體而無所拘束。所以「奔跑的影子」在泥土裏面，而不隨幼兒行走，影子自由，有個體性，於是，作者才可能創作出影子被輾斃的情節。

除了影子，精神也是相對於實體的我的虛體，詩中說：

> ○去年，仍然有一個人在我們的精神中長跑（《茫茫集‧茫的微粒 5》）
> ○一陣火花
> 姐姐便在焚起的自己裡醒過來（《童話遊行‧玉卿姐》）

「人」與「精神」分別獨立成個別的主體，碰撞、交流、融合、而產生特殊的意象效果。「焚起的自己」裏，姐姐醒過來了，應該是姐姐自己被焚燒了，可是作者借主被動互換的手法，把自己看成是一個主體，姐姐是一個主體，兩個看似相關而又無關的主角以戲劇的效果產生張力，打破既有慣性的思維。又如：

> ○父親帶我到後山的礦區去，說：「挖掘自己。」

> 我就進入礦坑裏。無盡頭的，深黑色的陷阱嗎（《童話遊
> 行‧父親與我》）
>
> ○我還把自己吐出來餵給別人（《童話遊行‧父親與我》）

我可以「挖掘自己」，「自己」在此變成是另一個我，是一個可以
被挖掘的我，在礦區挖的是煤，卻也是我，而挖煤的主體也是
我，可見詩人要表達的是我就是煤，煤就是我，黑色的陷阱吞噬
的是我的青春、我的歲月，可我還是要挖黑色的煤，所以，詩人
訴說工人一輩子的生存目的就是挖掘黑色的煤，然後死去，諷刺
的是生命竟然如此自我設限，而這設限者不是別人，反而是自
己，所以，當詩人在文中以割裂的自我將「我」與「自己」分開
而進行新的情節組合時，其中有現實，更有諷喻，也有詩人對生
命的質疑。我把「自己」吐出來，「自己」是我的一切，而這一
切由我的意識主體決定處置的方式，我可將自己吐出，也可吞
下，這些行為的決定者就是我的意識，是有認知主體的自主行
為。又如：

> 讓我沿著眼光抵達十二點鐘，吞食自己。讓我死後被吐成
> 美麗的結構，一張網。（《驚心散文詩‧蜘蛛》）

「我」是站在蜘蛛的立場發言，而蜘蛛吞食自己，然後「死後被
吐成美麗的結構」，蜘蛛以死亡換取一張美麗的網，可見詩人是
將「我」與「自己」分開假設成兩個主體，進行自我毀滅的動
作，然後試圖從毀滅中重生，完成美麗的夢想。

　　我是獨立的個體，而「你」也是，我可以有無數個我，你也

是。所以詩人說:

> 我在你的裡面思索怎樣把全身打開,
> 到了一九八三年,我能循著血液流出。
> 只是一次一滴,我盡力找到生命的出口,
> 讓出來的我,變成一個新的你。
> ⋯⋯
> 但我心中有一條深巷,請你及其餘的你
> 一一走入,一一歸於我的裡面。(《童話遊行‧深巷運
> 作》)

詩人把「我」縮小了,在「你」的裏面作用,然後循血流出,詩人這個「我」具有「物」的特質,既可以打開,也可以流出,甚至還會變成新的「你」。我是一個意識的我,這個我可變大、縮小,變成液體,變成你。但是,我也可以讓「你」進入我的裏面,你與我是主體也是客體,是全部的自己也不盡然是。割裂的自我分成兩個部份,一個是「我」,一個是「你」。但是每一個部份卻也都指向「我」,是由我所分裂出來,也都是自我的一部分,只是指向的範疇不盡相同,在這不同的定義中,主體變得更有彈性,出入於現實與超現實之中,形成詩人特殊的超現實風格。

(二)部份肢解的「我」的割裂與呈現

詩人以部份代替全體,肢解我的部份身體代表「我」的存在,以此進行情節鋪排並且與主體的劇情發生關係,進而進行對

話，表現意圖。例如：

○寫字的右手

　　不經意地

　　與家書同折疊在信封裏（《茫茫集‧廢詩拾遺》）

○照見了

　　自己的面目正朝著遠山邊的一座雷達塔走去（《茫茫集‧

　　廢詩拾遺》）

○你的信寄入皮肉裏

　　每一字句

　　在血中讀起我的眼睛（《茫茫集‧廢詩拾遺》）

○你給我食物，我用眼睛吃你的手，

　　你給我嘴唇，我把守著未說出的話。（《童話遊行‧深巷連

　　作》）

這是利用移覺的手法，以不同感官交錯使用。而割裂自我的意象讓部份的自己成為主體，進行情節。從「右手」被折疊在家書中，自己的面目會自行走開，你在血中讀我的眼睛，我用眼睛吃手，這些感官都被肢解，有的擬人，可以言行動作，有的被使用，情節超乎現實，進入想像，超現實的手法，把自我割裂成數個部份，肢解的意象說明作者創作意圖，在於破除個體自我的形象，以肢解的意象強調生命的主題。又如：

○一張照片交入眼中是一塊肉

　　一塊肉交入口中是一片風景（《茫茫集‧廢詩拾遺》）

照片與眼睛的交融，成為一塊「肉」，肉是有感覺的，當眼睛與
照片交會，情感出現了。而一塊肉交入口中是正常的吃食，正常
只是慣常，像風景，存在而不擾人。割裂自我的意象會使原本的
一個主體變成多個客體，多客體不但是主體的一部份，也同時與
主體發生關係或進行情節設想，在這中間，將產生更多的碰撞與
對話，也會產生更多的聯想，詩的歧義與多重的解釋更加豐富。
於是，肢解的部份的我與整體的我就會產生戲劇效果：

　　○我在床上
　　　用冰凍的雙手緊抓我自己的肉體（《茫茫集‧陰影之床》）

如果說詩人抓住自己，對於詩句應該是「我冰凍的雙手抓住自
己」，而詩人特別強調「用冰凍的手」的句型，則有另一個主體
來主使動詞「用」，於是冰凍的手變成一個獨立的事物，似乎不
屬於我自己，所以，當一隻獨立的手抓住我自己的肉體時，割裂
自我身體的意象反過來對自己身體做出某些行為時，這些行為就
會令讀者產生錯置的印象，進而浮起怪異的荒謬的情感，「割
裂」與「強調」達到作者故意製造的反常訊息，借以突顯詩人內
心對環境的質疑。所以可以說：

　　○我一個人呼吸停止地看自己的影子
　　　我一個人呼吸停止地看自己的下體
　　　及至一個肉色的天空
　　　我飛翔了一隻眼睛
　　　我飛翔了一顆牙齒（《茫茫集‧陰影之床》）

我的呼吸停止卻還能看自己的影子，而眼睛、牙齒在天空飛翔，
自我雖然割裂，卻還能進行飛翔的動作。超現實的畫面甚至驚恐
的景象在詩作中出現，個人部份的自由飛翔是在於整體的自我呼
吸停止之後，作者以割裂自我表達「自由」不是全部的，恐怕在
死後才能享有部份，這是渴望也是失望。如：

　　○我要忘記我是在忘記
　　　那時，我將把雙手丟上哭泣的臉（《茫茫集·茫顧》）

作者用「雙手」丟上「哭泣的臉」，把雙手視之為可上可下之
「物」，而可以用雙手丟「雙手」到臉上，「臉」與「手」似乎都
與作者無干。〈火壁之舞〉中說：

　　我們陷於山與山的對流裏，擎起蒼白的
　　印在黃銅色岩壁上的祭神的人掌。掌推開我們的面向
　　伸出而抓去我們的髮皮（《茫茫集》）

擎起的是「掌」的意象，而掌本是與身體連成一體的部份，應該
是我的掌推開我們而去抓我們的髮皮，可是在詩人的肢體變化
中，「掌」是主詞，「髮皮」是我們的，於是，掌到底是我們自己
的還是別人的？「掌」成為獨立的主體存在。「掌」自己就可以
有喜怒之情，是個別的狀態而不屬於「我們」，掌的獨立與自由
給了詩人創作的空間，掌可以自在盡情揮灑，可上天或下地，不
受到身體的左右與限制。於是，當肢體先是割裂而後獨立之後，
超現實的想像成果就會浮現，不僅僅侷限於實際的狀況了。如：

一個人只剩下一口等待冷藏的呼吸,

還向低垂的天空吐去

然後,兩瓣手指掌自鬼魂的眼中飛出,在衰弱的風裏抓握
一些些孩童身上的什麼。

……都是雪嚇成一寸寸燒焦的皮膚,不然他也不會用雪點
燃自己的背影。(《茫茫集・秋的夢土》)

一個人剩下一口呼吸,這是把人「縮小」剩下一個點。「兩手指
自鬼魂的眼中飛出」,可見手指是獨立的存在,不一定與身體相
連。可見詩人創造的意象,肢體不一定連著肉身,而可以自行決
定發現的脈絡與戲劇扮演的角色。「用雪點燃自己的背影」,其
中,雪是冷的,點燃要熱,以冷雪點燃是不可能實現的,但在想
像中,詩人可以感覺到雪熱到點燃自己的背影,於是,冷熱只在
詩人心中定奪,不在實際發生的事情中。「背影」與自己有所相
關卻也無所相關,在雪成為焦黑的皮膚時,背影也獨自被點燃。

　　作者使用「割裂自我意象」以及接踵而來的超現實的寫作模
式,其主要意義在於說明,每個意象都是詩人自己,所以,每個
自我出現時,都不是完整的、真實的自我。自己只是部份的
「我」,是某一個面向、部份的自我的展現,「割裂自我」在於顯
示生命的不完整,也在於說明人具有多面的特性,而多面向的個
體,是自己也弄不清,而別人也無法全盤窺見的,個人的複雜度
與生命的存在是一張大網,值得在網絡相互交錯時,提出質疑與
思考。

三、割裂與變形——創作手法探尋

詩人採用割裂自我的手法，塑造意象，讓情節展現，「透過在現實之中巧妙穿插一種超現實的、荒謬的情境，使兩者呈現和諧的狀態。」[7]這種手法其目的在於揭露出更接近事實的現實，以對照現實世界，在對比映襯間，突顯出現實世界的真正本質。

「割裂自我」的寫作手法來自於變形與隱藏。「變形」的手法是詩人善用的，其源於詩人自我隱藏的夢想：

> 但我自小的夢想是「將自己隱形」，讓周遭的人看不見我，除了消失自己的形體外，我或許隱藏在某一個物品裡面，或許隱藏在某一個生命體裡面，那種感覺就像上帝觀察著世界，而世人卻看不見上帝。另一個夢想是「將自己變形」，變成動物的形體，模擬動物的動作及習性，體驗動物的生存環境，或者變成物品的形體，讓自己感受到一個無生命的物品，如何在人類的使用下，盡其剩餘價值。（《隱形或者變形‧三個夢想》）

詩人自言，隱藏自我、不以全然的面目示人是詩人的夢想，同時也是詩人內心的恐懼，因此，部份自我的出現或是以另一個生命體出現，使得詩人彷如是世間的旁觀者，此種心情成為詩人割裂自我意象的根源。此外，將自己變成動物，是一種隱藏，也是自

---

[7] 同註4。

我保護的安全感需求，所以詩人創作出割裂的意象與變形的手法，構築詩中荒謬的想像世界。

「變形」之一是以戲劇的方式說故事，讓情節說話，讓對話發言，由故事本身揭露出詩人的意圖。「它們連接了現實與超現實的世界，使詩行的意義渲染、暈開，揭示兩個世界的相通之處。蘇紹連是以戲劇式的結構、不合理的邏輯和製造悚慄效果的方式處理這種揭示。」[8]只是這樣的戲劇化手法是含藏在荒謬的劇情之下、變異的人事物之中。「變形」是把感覺異化或是物化的一種寫法：

> 變形（拉丁文為 deformatiok—歪曲）指改變對象的形式，使對象偏離自然形成的或通常的標準。在藝術中，指有意識地改變（誇大、縮小或其它改變）所反映的現實中的對象和現象的性質、形式、色彩，以達到使它們具有最大表現力，對人產生審美感染力的目的。[9]

有意識地改變形體，打破慣常的刻板印象，詩人割裂自我，將之變形，就可以產生極大的張力效果。蘇紹連的詩中，有以人為主體、以物為主體，人或物都在變形的情節與荒謬的效果中產生對話與抗爭，「自我割裂」是其使用的多種變形創作手法中的一種。

以自我割裂來探索生命的主題，把感覺變異，發揮想像，荒

---

[8] 同註4。
[9] 見吳晟《中國意象詩探索》（廣州：中山大學出版社，2000.04），頁264。

謬戲劇效果，賦予所指之「我」或「物」新的定義，並將分裂成
數個的自我，相互對話，產生張力，成為有始有終的一段情節故
事。這是從不同角度看世界、讀自己，發出對生命不同視野的批
判或是疑惑，這也是詩人認知世界、評論世界的模式。在《莊
子‧齊物論》中提到「我」有幾個向度：

> 南郭子綦隱几而坐，仰天而噓，荅焉似喪其耦，顏成子游
> 立侍乎前，曰：「何居乎！形固可使如槁木，而心固可使
> 如死灰乎？」……子綦曰：「偃，不亦善乎，而問之也！
> 今者吾喪我，汝知之乎！」

當南郭子綦在打坐時，身心進入化境，似乎只有身體而無精魂，
所以顏成子游就對他的老師提出疑問，而子綦回答說「吾喪
我」。《爾雅‧釋詁下》：「卬吾台予朕身甫余，言我也。」《爾
雅》解釋「吾」、「我」皆為「我」之意，可是在此，「吾」與
「我」卻有不盡相同的義界，有解釋「吾」為精神，「我」為形
骸[10]；或者解「吾」為今日得道的我，而「我」是指過去沒有忘
掉名利欲望的我[11]；或解「吾」為真我，「我」為偏執的我[12]；故
「吾」與「我」雖指涉為同一形體，但是細分之，則有不同的指
涉範圍。無論為何，「我」本身即可分裂為不同的「我」的意

---

[10] 見黃錦鋐注譯《新譯莊子讀本》（臺北：三民圖書公司，1999.04），頁
 24。
[11] 見劉建國、顧寶田注譯《莊子譯注》（長春：吉林文史出版社，
 1993.01），頁24。
[12] 見陳鼓應《莊子今註今譯》（臺北：臺灣商務印書館，1998.10），頁
 40。

涵，當自我分裂時，所指在於強調不同的「我」產生的差異，在
差異中衍生出創作者所要表達的意義。

　　在心理學上，人類心理的意識可分為許多層次：無意識
（unconsciousness）、意識（consciousness）、潛意識（sub-
consciousness），就佛洛依德（Freud）的學說中將人格分為本
我、自我、超我（ego）[13]，三者之間皆是「我」的人格形態，人
格發展在潛意識與無意識中相互作用[14]。自我是存在意識中作用
的，同時含有潛意識的作用，而超我在潛意識中作用，三者在意
識與潛意識中交互作用，表現在外則是「我」因不同的心理層面
的個別反應，這些不同反應對一個人的生命形態、價值觀、生活
態度產生重要影響。因此，人不是只有一個自我，而同時存著不
同的「我」，這些「我」是主體的「我」的部份呈現，反映不同
的我的各個面向。

　　這是自我分裂的思維方式，從「我」分出無數個「我」，肉
體的我、靈魂的我、前世的我、來世的我、透明的我、童年的
我、精神的我、純真的我……等，不同的我都可以與「我」自己
對話，從分裂與融合中處理自己的感情與思想。甚至於，有時候
「我」還可以借由「物」的形象以突顯出不同的「我」的本質，
例如「莊周夢蝶」中「物化」的寓言模式，這種物化的寫作方法
在蘇紹連的散文詩中發揮多而廣。物我互換[15]、我與物之間可以

---

[13] 見佛洛依德著、葉頌濤譯《精神分析引論》（臺北：志文出版社，
　　1993.01），頁 488-509。

[14] 見朱智賢編《心理學辭典》（北京：北京師範大學出版社，1989.10），
　　頁 199。

[15] 蕭蕭稱之為「物我轉位」，見〈「驚心散文詩」的形式驚心〉收於《驚心
　　散文詩‧序》（臺北：爾雅出版社，1990），頁 13。

是等同的或是相異的，當我化而為物時，我的情感、思想，與物合一，物就是我，我就是物，物的生生死死、癡狂無知、物的傷悲痛苦，就是我的生死癡狂與苦悲。詩中的螢火蟲、飛蛾、鹿、獸……等都是物與我的轉換，從轉換中，寫物，也就是寫人。「物」是「我」的發言人。所以當驚心散文詩系列出現時，詩人以「變形」以及「物我交感」的方式進行自我審視與內在觀照[16]，「物化」的使用成為詩人的寫作思維。

　　物與我是不分的，「我」與「物」在轉化時出現了新的價值，「我」的意志要以「物」發言，如〈一個很小的聲音〉：

> 有一回我睡醒了，才發現我的身體已經成為聲音穿不透的
> 房間了。在我的四周擠滿了不同的聲音，想要進入我的身
> 體。(《隱形或者變形》)

「我」如果是「我」，就有既定符號的限制，所指的是一個人類、男性，有生老病死的限制，但如果是「物」，就會有不同的思維方向，如果是「虛」物，則思考的空間又擴大一層。所以，人的身體無法被穿透，但是聲音卻可以穿透房間，因此，房間的意象使詩人的思維放大，戲劇性的籌碼增多。「我看到一個很小的聲音，我把它拿在手上，吹一口氣，它竟被我吹出窗外去了。」聲音本是無形無色無味的，卻被拿在手上觀賞，這是修辭格中的「轉化」，就是以虛擬實的形象化手法。

　　若以修辭的角度來看物我轉換的思維，就是「轉化」修辭

---

16 同註2。

格。「轉化」修辭格包含擬人、擬物、形象化，其中，形象化就是虛實的轉化，以實擬虛或是以虛擬實[17]。例如〈獸〉：

> 我在暗綠的黑板上寫了一隻字「獸」，加上注音「ㄕㄡˋ」，轉身面向全班的小學生，開始教這個字。

可是孩子們不懂，此時，

> 背後的黑板是暗綠色的叢林，白白的粉筆字「獸」蹲伏在黑板上，向我咆哮，我拿起板擦，欲將牠擦掉，牠卻奔入叢林裏，我追進去，四處奔尋，一直到白白的粉筆屑掉落滿了講臺上。
>
> 我從黑板裏奔出來，站在講臺上，衣服被獸爪撕破，指甲裏有血跡，耳朵裏有蟲聲，低頭一看，令我不能置信，我竟變成四隻腳而全身生毛的脊椎動物，我吼著：「這就是獸！這就是獸！」小學生們都嚇哭了。(《驚心散文詩》)

我從老師變成了獸，我成為動物，黑板變成叢林，在物的轉化中，戲劇式的情節不斷上演，人可以為獸，獸可以為人，人與獸的區別在於何處呢？「物」與「我」的融合、分解、對調、變化，使之產生鮮明的印象，以虛實變幻產生情節的張力，進一步以超乎實境的情節呈現。此種手法在《茫茫集》中已見出蘇紹連嘗試將現實現象「超現實化」[18]的意圖，而在《驚心散文詩》裏

---

[17] 見黃慶萱《修辭學》(臺北：三民書局，2002.10)，頁 377-378。
[18] 見簡政珍〈蘇紹連論〉收於《童話遊行》(臺北：尚書出版社，1990

表現的更為多樣。

　　而「我」也可以不以物發言，而以「部份的我」發言，修辭學中有一類「借代」修辭法，其中一條是「部份代全體」的修辭方式[19]。當詩人割裂自我時，完整的自我固然可以發言，割裂的部份的我也是「我」的一部份，同時具有發聲的權利。當「部份的我」與「完整的我」對話時，生命中不同的我的面向就在對比之中呈現出來，借由詩句與詩境，更可以見到不同的我與自己的爭辯。

　　割裂的手法使視角轉變，打破「我」與「物」的慣常認知，重新定義「我」的生存價值，可以說，在詩學的形式中就是一種「陌生化」的手法，運用變形或變異，扭轉原本的意義，突顯認知角度的特異，進而坦露生命的本質。從「陌生化」的角度出發，「變形」是一種必然的創作走向。「唯其變形，才能得以表現作者對人生的感悟及理解；唯其變形，藝術才能得以超越現實生活的本然形態，而達到對人生及社會歷史的哲學認識。」[20]以俄國形式主義文藝理論中，陌生化的審美特徵表現在創作就是一種「創造性的變形」，而此種變形：

> 無論其方向如何，其在時間和空間維度上的客觀效果，都
> 是或者拉開了欣賞主體與接受客體之間的心理距離；或者
> 在新的、特殊的光束照射下來表現事物，使其本質的方面

年），頁 227。

[19] 同註 17，頁 363。

[20] 見張冰《陌生化詩學》（北京：北京師範大學出版社，2000.11），頁190。

得以突出，從而引發讀者的感受興趣或激活讀者的感受能力。[21]

變形是為了突顯出更真實的現實，在於揭露詩人心中對世界的定義、對生命本質的見解。當作者採用「自我割裂」的手法時，自然傾向於超越實境的描述，情節的荒謬變化設計決定了詩風格定位。

詩人以割裂自我、肢解軀體的意象進行「我」與「我」之間的辯論，透過我的各個面反過來面對自我，從兩者的面對面之中，試圖釐清生命的本質。此種自我割裂的思考來自於多種學說與理論，而詩人最終以創作的形式展現，這種割裂自我而增生意象的創作手法，無疑是蘇紹連在探討生命時，擅長拿來運用的一套創作手法。

四、自我在呼喊
——割裂的生命意義與反思

詩人「割裂自我」的意象，可從兩個方面探索：一是創作技巧的部份；二是詩意內容的部份。詳言之，展現在二個方面，其一，是創作手法上借由「自我割裂」而構成詩中意象；其二，是詩人借由割裂自我所產生的詩旨及意義，並借此對生命所激發的感觸或思考。

對於生命，詩人有悲觀、有質疑，對環境，有抗爭與無奈，

---

[21] 同註 20，頁 191-192。

透過自我割裂的手法，詩人要重新定位自己的生命觀。因此，從生命存在的立場看生命，可從四個角度分論之：

（一）人生的悲觀與孤獨

詩人對於世事之悲傷，在〈月亮的民謠〉中說：「有月可望是悲／傷／悲傷」，而「無月可望是悲／傷／悲傷」（《茫茫集》），太陽也悲傷、月光是太陽的悲傷、醉臥在霜上也是一種悲傷，李白、唐朝、詩，都是悲傷，最後結論說「這世紀只有這種悲傷」。整首詩都在敘述悲傷的情懷，無論何事何物何人，都是悲傷，這也是詩人表達內心哀愁的一種呈現。所以說：

> 藍色的肢體
> 與
> 翻白的眼睛
> 都浮在悲劇那頭的水中（《茫茫集‧陰影之床》）

割裂的肢體與眼睛都是悲劇的，浮在水中，不再掙扎，可見詩人悲觀之極。〈合照〉中是借著自己的「像」的喃喃自語，進行一場辯論：

> 陽光從窗外爬到牆壁上掛著的一張合照裡，一個個照片中的人像隨著陽光走出去，為什麼？引導了我的一群朋友前往那裡？當我跨腳也想要隨著他們走出照片時，陽光卻消失了，我，固結在照片裡，孤單的，成為一張個人獨照。（《隱形或者變形》）

朋友都走了，只剩詩人一人，孤獨不群是詩人對自我的寫照。社
會是一座大染缸，所以詩人曾寫詩：「我一直幻想有一天我蛻身
為一隻變色蜥蜴，就可以加入任何群體，而不被孤立。」[22]可見
出詩人似乎在呼喊著內心的孤單與在社會上孤立無援的悲情。孤
獨與悲觀都是詩人內心的苦悶，因為感受到孤獨，詩人常常流
淚，例如：

○那姓名「蘇紹連」三字嚇得放開了手，而掩臉悲泣起來，
不一會兒，我的名字也跟著流淚，淚濕了那本戶籍簿
（《驚心散文詩‧混血兒》）

○侍者回過頭來，說：「我明明看見一群鹿彎下長頸入杯裏
飲茶啊——。」而我們已不知流淚，也說沒有。（《驚心散
文詩‧秋林群鹿》）

○於是我眼裏的淚都向前超越前面正要流出的淚，而正要流
出的淚卻急急倒退，於是淚與淚便相互撞毀了。（《驚心散
文詩‧撞毀》）

眼裏的淚水成為詩人割裂自我的意象之一，「淚」是自我的一部
份，「淚」可以哭，可以撞毀，獨立的淚有如人一般的行動力。
只是詩中的淚水意象蘊藏的是詩人的悲觀與感傷。〈梯子〉中
說：

假日，我走在船塢的一條憔悴的梯子底下。一個油漆工人

---

[22] 見蘇紹連《隱形或者變形‧變色蜥蜴》。

用水藍色漆著一片極大的悲哀。梯子的陰影斜倒在悲哀
裏，……

爬到上面，看不到天空，我便學著油漆工人用蒙太奇的方
法，把自己漆去。(《驚心散文詩》)

悲哀使藍色的漆也漆滿天空，而詩人希望自己被漆去，融在悲哀
裏。這裏可以見出詩人傾向於對待自我生命的悲觀情懷。

(二) 空屋意象與孤獨感

　　內在孤獨感表現出對「家」的渴求，家的意象充滿溫暖與舒
適，具有保護色彩，「家」的意象成為詩人內心安全感的想望。
空間是詩學，是詩人心境的反映，「家屋」的意象形成一種人性
的價值，映照出詩人對世界的解讀，詩人對於「屋」的渴求在
〈空屋〉中說：

空屋在人類的四周升起，一幢又一幢鎖住了生活的空間。
我在空屋外遊走，望著深鎖的門扉，緊閉的窗口，思考著
如何住進去。

空屋很多，在人類世界周圍，可是詩人只有一點點錢：

我僅僅所有的一點錢，只夠買一條樓梯，一條樓梯能讓我
住嗎？

詩人不禁要問：

誰能釋放空屋？

最後詩人還是買下了一條樓梯：

> 最後，我痛下心買了一條樓梯，扛著樓梯尋覓，尋覓一幢
> 隱僻的空屋，沒人會發現，那空屋很高很大。我架好了樓
> 梯，帶著妻兒往上爬，爬進空屋裡，偷偷的住下來。我們
> 仍流著淚，沒人知道，我們偷住的空屋就是宇宙。(《隱形
> 或者變形》)

沒有錢的詩人只能買一條樓梯，偷偷住在一間空屋裏，就是宇
宙。對於詩人而言，空屋雖多，卻無容身之處啊！只有天地宇宙
是無私無界的，沒有分別心的大地才會讓詩人容身，只是容身之
處看雖大，實則小，表面上有，實則沒有。沒有「屋」的保護與
溫暖，也沒有人類相處的包容，只有天地中必然承受的風吹雨
打，孤獨的自我與天地共存。這個空屋的意象，可說是詩人與世
界的媒介，無屋無處，孤獨卓立，所以，流的是感嘆與獨悲的淚
水。

想要棲身之處是一個乾淨而無所污染的清境。從另一首詩
〈陋室〉中看見詩人的希望：

> 從貧瘠的地方回來後，我一直想居住在一個可以稱為陋室
> 的空間。世界卻被愈來愈豪華的物質文明所覆蓋，我那裡
> 去找一個陋室啊！

找不到陋室的詩人最後還是找到了：

> 於是，我找到一個別人不能進來的地方。需要先清理啊，
> 我竟然從那地方清理出軟軟長長的腸子，又清理出腎臟、
> 膀胱，還有胃、肝、肺、心臟……等。那個地方就是我的
> 身體裡面，沒有了內臟，什麼都沒有了，就可以稱為陋室
> 吧？（《隱形或者變形》）

所以詩人裸身住進去自己的身體裏面，陋室成為「一個孕育我再
生的繭」。詩人走進自己的身體，這是往內尋索。腸、胃、心、
肝雖然屬於自己，卻已經受了污染，「再生」之前必須清理過去
的雜質，才有重生的可能，詩人厭棄的不是真正的身體，而是物
質文明所淹沒的一切，生命的價值不能被珠光寶氣矇蔽，反而要
在簡陋中映照出熠燿光芒。

　　對於家屋的空間，代表的是詩人認識世界的線索之一，同時
也是「意識的居所」[23]，「生活體驗中的家屋，並不是一個無動力
的盒子，被居住過的空間實已超越了幾何學的空間。」[24]家屋所
代表的是一個人心中對於溫暖呵護的渴望，它可以是保護的力量
或是面對世界的觀感，而不僅是空間而已。詩人所描寫的空間是
想望中的天地，「陋室」是想而望不到，「空屋」是買不起，詩人
只好在宇宙中流淚。這是詩人對於自我的未來或是世界都持著悲
觀的保留態度，可以說對於「生存」的問題，在詩人的思索中，

---

[23] 見畢恆達〈家的想像與性別差異〉於加斯東、巴舍拉《空間詩學》序
　　（臺北：張老師文化事業公司，2004.02），頁116。
[24] 同註23。

如同灰色的沼澤，尋不見光明的路途。

這樣的矛盾情結從〈工作坊〉一詩中也可看出，詩題說「每個男人在他一生中都要有一間工作坊」，可是這一間工作坊卻是：

> 工作坊裡的男人手中的世界，是無聲音的，是無色彩的，無生命的，無時間的。他繼續打造這樣的世界。直至有一天，這樣的世界終被他自己的淚水流走了。（《隱形或者變形》）

雖然每個男人都需要一間工作坊，卻不見得美麗光明而充滿生機，工作坊最終消失了，是自己銷毀自己。面對世界的不自信，與世界交接後的挫敗與不安全感，都在詩人的悲觀主義中表現無遺。

（三）與環境抗衡的挫敗與失望

在〈歸鄉〉一詩中，思鄉的遊子因為流亡而回不去家鄉，化名以信寄了自己的「髮」給家鄉的母親，可是，時日一久，黑髮日益變白，日漸稀疏，終於無髮可寄，於是，詩人開始割裂自己的身體：

> 思鄉的遊子只好開始剪自己的身體，剪了耳，裝入信封裏，寄回給老母親，再剪鼻子、眼睛、手指、嘴巴，……從身上剪下來，一一裝入信封裏。（《隱形或者變形》）

詩人剪的是身體，身體髮膚，受之父母，不敢毀傷，而詩人竟然

——毀傷自我，寄回給母親，只因心中的思念之痛已超過身體之痛，只有毀以血肉之軀，才能表達內心的痛。詩中以具體的形象彰顯詩人內在深摯的情感。

詩人不喜歡競爭的環境：「我覺得競爭沒什麼意思，便推動割草機，慢慢地割著那些草。」[25]可是，競爭卻是一種必然的結果，而競爭累了，就想要「回歸」嬰孩時期的純真，在作者心中常有一種拋開眼前事，回歸純素的想望。走累了的詩人把自己肢解的渴望寫入詩中：

> 孤寂的我走累了，手垂落到地上，腳流落到水溝裏，疲憊的我，想到明天還要在社會上和人群競爭奮鬥，不禁的，連頭顱也掉落到荒涼的野地上。（《隱形或者變形‧搖籃》）

把自己消解在世界上，心卻想著回歸到嬰孩時的搖籃裏，受到保護，享受關愛，不必去想與人競爭的事情：

> 拾回我的手腳和頭顱吧！連同我的身軀，一起塞入小小的搖籃裏，然後輕輕搖動。（《隱形或者變形‧搖籃》）

把手腳與頭顱肢解，分別塞入搖籃中，只有回歸童年才能無憂無慮的活著，作者呼喊著：「童年回到我的手中啊。」[26]現實生活是一連串艱辛的考驗：「最主要的是上方高處的天空，流雲不斷，

---

25 見蘇紹連《驚心散文詩‧草場》。
26 見蘇紹連《隱形或者變形‧櫥窗》。

風聲不斷，雷電不斷，雨水不斷，為的是摧殘我。」[27]詩人回歸童年的心境，透過的是身體的肢解與割裂書寫，人的心境已是割裂，縱使回歸童年也不再是原來的童年了，人的心在競爭中被社會環境割裂，就像人的身體被肢解，這種割裂的手法創造出來的意象反映出的是詩人的心理狀態，是被環境割傷撕裂、無法完整面對世界的心，每一個部份都是自己，卻已經是不完整的自己了。

　　詩人借由不同的場景與面目，將「自我」放在不同的角色中，進行生命價值的討論。例如〈懺悔室〉：

　　　　肖像禁不住流淚了。一個人的一生最終只是一張肖像，才能維持生前的模樣，是的，永遠的表情望著空蕩蕩的房間。看見我走進這個房間，肖像禁不住流淚了。
　　　　房間中只有一套桌椅和一具黑色的電話，我坐下來，頭頂的一盞燈泡在左右搖晃，使我的影子在地板上不停的躲竄。我拿起電話筒，和自己的靈魂說話：「因為物質和愛的迷惑……」只是我不知，壁上那一面鏡子的背後，有一群魔鬼在監視著我。我偷偷的抬頭，看見了我的肖像，我禁不住的流下淚來──（《隱形或者變形》）

詩人在一開始寫「肖像禁不住流淚了」，第一段後面還有「肖像禁不住流淚了。」最後，再度抬頭「看見了我的肖像，我禁不住的流下淚來──」，呼應第一段的肖像。詩人拿起電話與自己的

---

[27] 見蘇紹連《隱形或者變形‧地下道》。

靈魂溝通，溝通的內容包含著物質與愛的迷惑，到底「我」有沒有通過考驗，靈魂是否還能保持一貫的清淨，不受世間物慾的迷惑？這些，詩人都留下想像的空間。實際上，肖像就是我，我就是肖像。但作者將另一個自我提昇出來，假設為另一個主體，於是，「我」被割裂成肖像的「我」與走入房中的「我」，肖像維持美好的過去，是靜止的存在，看著現在的我，現在的「我」是一個動作者，正在與靈魂溝通，而魔鬼在一旁虎視眈眈，在時間的流動中，「我」有著內心的掙扎與考驗，而「肖像」則是理性的存在，最後，我流淚了，呼應第一段肖像禁不住流淚了。一個理性的自我看著受迷惑的自我在環境中的掙扎與痛苦，理性的「我」流淚了，而現實中的「我」也流淚了。可見當作者創造出兩個自我時，在物慾之中，理性的存在與現實環境的存在都是一種「苦」與「掙扎」。環境使人無法保持清淨的身心，不斷接受考驗與折磨，當自己跳出自我時，看著自我，自己可憐起自己，流下的是同情的、悲憫的淚水。

　　無論是那一個方法，都是借由「割裂自我」產生對立矛盾與衝突，藉由「反常」的意象突破現有「正常」的慣性，以突顯出人們視之為「正常」事物的事物其實反而是不正常，在詩人的反省之下，有一個沒有競爭、沒有對立、不受物質影響的美好世界的存在，於是，割裂的手法將使得善與惡、對與錯、正常與反常的對比更加強烈，借以反映出詩人反省或譏刺的生命主題。

（四）生命存在之質疑

　　存在是一項生命的課題，存在主義討論的是主體生命與環境社會碰撞之後的關係、結果，「存在主義是在一個特別歷史時期

中，自由人對抗一切威脅者或看來威脅著他作為存在主體之獨特地位所採取的形式。」[28]生命的議題是存在的問題，哲學家眼中重要的主體是生命，生存的價值與意義是由此引發出來的思考，認知的主體（A knowing subject）對自己的死亡、愛情、罪孽、自己種種憂慮的情態會有自主性的主觀的內省，借以透視個人內在的深度、掌握內在的變化[29]。

　　自己生命存在的過程中，是以何種形式發生、死後又將如何，這些相關的論題在文學創作上展現出詩人對自我的肯定或是否定，借由割裂的自我與自己的生命形態對抗、變換、辯論等，突顯出詩人認知的生命主體的樣貌。〈鑼聲〉中寫著一個找不到自己的臉的演員：

> 用濃濃的粉墨化妝的臉，一張一張的掛在後台的舊鏡子裡，其中有一張臉為著今夜即將上演的角色而流淚。演員一一在鏡子前尋找自己的臉，以及自己的身世和命運，其中一個演員哀傷的說：「我不敢看啊，那鏡子裡的臉是我前世的模樣！」（《隱形或者變形》）

鏡中的臉與演員的臉，一個是虛境中的反映，一個是經過加工後的呈現，與肖像裏永遠不變的臉有著異曲同工之妙，這些臉相對於現實中不斷因環境變動而變動的臉，更能突顯出自我的多面性。多樣的「我」呈現出多樣的面貌、多樣的內心世界、多變的身世與命運，各個「我」有所不同，因為「時間」而變動。〈鑼

---

[28] 見陳鼓應《存在主義》（臺北：臺灣商務印書館，1992.11），頁42。
[29] 同註28，頁13。

聲〉一詩的後半段說:

> 我坐在戲台下不禁哭了,我看見許多個我演著這齣戲,每
> 一個我一轉身,都是不同的面目,但我知道,有的是前
> 世,有的是今生,有的是來世。(《隱形或者變形》)

人生如戲,戲如人生,演員就是自己,自己演著自己的前世今
生,那麼,我的存在究竟有什麼意義呢?生命的存在是否就像一
齣戲?演完一齣又一齣的前世、今生與來世,那麼,人活著的價
值與意義又是什麼呢?詩人利用了「演員」的角色對「我」批判
一番,也對生命提出更多的質疑。

死亡是生命的一種現象,是一種存在的現象(an existential
phenomenon)[30],存在主義者對於死亡產生的意義、與自我關
係、對生活的影響等,把人的存在視之為邁向死亡的過程。死亡
的意象是所有割裂手法的終結,無論是完整或是不完整,隱形或
者是變形,處理的都是生命的難題,然而,當生命結束時,還留
下些什麼?〈蝙蝠〉一詩中說:

> 在白天,我把自己懸掛,想像自己是一柄刀劍,一具無線
> 電話,或者是一件黑色大衣。有一個小孩走過來凝視著
> 我,十分鐘後,他轉頭問他的父親:「那是誰的遺像?」
> 我不禁全身顫抖,想著自己死後是否也會如此懸掛,任日
> 晒雨淋,在風中枯乾的一片臘肉。(《隱形或者變形》)

---

[30] 同註 28,頁 25。

詩人擔心自己死後是否只剩下一片臘肉,反過來說,生命的價值若無法發揮就是白來一趟,死後的世界無法測知,卻是虛度光陰之後,僅僅留下一張遺照,生命歸零。詩人擔心:

> 可是,從鏡子裏走出來的怎麼都是未來的我
> 我的體重怎麼一天天減輕
> 我的形容逐漸枯槁
> 有一天,未來的我
> 會不會像一具骷髏
> 在消失之前
> 僅是遺照一張?(《童話遊行・扁鵲的故事》)

「未來的我」越來越消瘦,現在的我正在走向未來,我的形容日漸枯槁,生命逐漸枯竭,時間是流動的因子,掌控「我」變動的方向,詩人害怕的是,生命多彩豐富的過程最後會不會只剩下一張遺照?這是詩人對生命的擔憂與自警。

生命存在於自主性的認知主體存在的意義,有所自省則有所存在,存在主義的精神強調自我與社會環境的自處、自我生命的反思。詩人在作品中以割裂的意象要表達就是一種對自我、社會、環境的反思與看法,以割裂自我的手法讓讀者從另一個角度看問題,看生命。

五、結論──我與世界的對話

使用割裂的手法寫詩,是詩人解剖世界的方式,也是詩人對

於世界的判讀。

　　割裂的自我產生割裂的衝突，自我在分解中矛盾、對立，在自我的對話中反思，詩人採此手法譏刺的是社會的衝突與不安，也是內心對於生命存在的省思，人的生存不僅僅是呼吸或是吃喝，還有對於天地萬物的關懷以及對世界的認知，當生命遇到黑暗，找不到陽光的出口，詩人就會產生許多的感懷，諷喻、思考、疑問，這些都是對於「生命」這項議題的探討。

　　自我割裂的手法與作者反思生存之意義有所相關，因其向內則關注自我、反省生命，朝外則關心自我與環境社會的關係。其主題著重於個人自己生存的價值與生存於大環境下的焦慮，故詩人觀照的是自我，創作的模式則是以自我的割裂塑造的意象，暗合於莊子精神與肉體分裂的哲學意涵，有其古今相映之效。

　　詩人使用此種手法無疑也是在說明詩人對世界的看法偏向於悲觀，對存在的價值朝向反諷或是嘲弄的方式突顯其存在的價值，喚醒讀者對於自身所處環境的敏銳度，以及對於生命的意義與價值應該存有熱度，有著省思，而不是行屍走肉毫無知覺的肉體而已。

　　割裂自我更在於說明「重組自我」的意義，割裂肉體才會見到靈魂的重新組合，心理的完整才是真正的完整。而在自我的對話之中，融合矛盾與衝突，渴望和諧與圓融的生命形態，在詩人的一個又一個問號之中，似乎看到此種期待。

本文發表：彰化師大「第 14 屆詩學會議」，2005.05.28
本文刊登：彰化師大《國文學誌》第 10 期，2005.06

林明德總策劃《臺灣新詩研究——中生代詩家論》，五南圖書公司，2007.02，頁 193-224。

鄉愁與解愁
──解讀臺灣女詩人席慕蓉詩中的歷史圖象

一、前言──撥開神秘面紗

重讀席慕蓉，彷彿拾起十六歲的青春，在詩人的浪漫與輕輕感嘆中，也感嘆著歲月、青春、光陰、童年以及萬里黃沙、白楊、月光、還有芙蓉與荷花。而從青春、光陰、鄉愁與夢的主題中，「席慕蓉風」的基本品調──重現流露[1]。

席慕蓉，一九四三年生於重慶，祖籍為內蒙古察哈爾盟明安旗人，長於香港，後遷至臺灣，在師範美術系完成學業之後，赴比利時深造，一九六六年比利時布魯賽爾皇家藝術學院第一名畢業。蒙古名字為穆倫·席連勃。父親為察哈爾盟明安旗，母親是昭烏達盟克什克騰旗，皆是貴胄之後，席慕蓉是一位學而有成的畫家，同時以詩聞名。

從學院派[2]的詩人與學者角度看來，席慕蓉的詩顯然過度的濫情與缺乏詩質，但從閱讀的角度來看，臺灣的「席慕蓉現象」[3]

---

[1]　見沈奇〈邊緣光影佈清芬──重讀席慕蓉兼評其新集《迷途詩冊》〉於《邊緣光影》（臺北：圓神出版社，2006.04），頁 167。

[2]　見陳芳明〈甚麼是學院派？〉於《詩與現實》（臺北：洪範書店，1983.03），頁 2。所謂「學院派」，是指正式受過學院訓練的人，一是指受學院氣息影響的人。

[3]　見楊宗翰〈席慕蓉與「席慕蓉現象」〉於《台灣現代詩史：批判的閱讀》

卻不容小覷，所有詩人之中，席慕蓉的《無怨的青春》與《七里香》創下出近五十刷的出版記錄，改寫了詩集銷路不佳的常態。雖然詩人自己說：「我一直不敢自稱詩人，也一直不敢把寫詩當做我的正業，因為我明白自己有限的能力。在寫詩的時候，我只想做一個不卑不亢，不爭不奪，不必要給自己急著定位的自由人。」[4]

對於詩人而言，繪畫才是終生投入的工作，而寫詩則是詩人「抽身」的方法，繪畫的境界與領域是席慕蓉終身盡力追求，而詩卻是在寧靜的夜裏，在澄黃的燈下，靜靜等待而成[5]：「我不過只是寫了幾首簡單的詩，剛好說出了生命裏一些簡單的現象罷了。因為簡單，所以容易親近，彷彿就剛好是你自己心裏的聲音。」[6]簡單的詩卻能寫出讀者想說而說不出來的話，讓讀者捧讀再三，深受感動，激起內在的情感，詩的感人作用也就達成了。「心裏的聲音」就是席慕蓉詩的最大價值了。因此，詩雖然是無心而成，唯賴於情感的抒發，「軟性詩」的愛情抒發[7]，卻在詩藝上刷下記錄，賺人熱淚，成為讀者心中一宗浪漫與真美的信仰。

詩人特殊的地方還在於蒙古血脈，卻落腳臺灣，從小對於故鄉的想望與想像，更甚他事。地域文化的尋根渴望[8]，構成詩人早期詩作中，有別其他詩人的基調。年輕的詩人在詩文中流露出

（臺北：巨流出版社，2002.06），頁 175。

[4] 見席慕蓉《時光九篇》（臺北：圓神出版社，2006.01），頁 208。

[5] 見席慕蓉《七里香》（臺北：圓神出版社，2006.05），頁 192。

[6] 同註 4。

[7] 見古繼堂《台灣新詩發展史》（臺北：文史哲出版社，1997.01），頁 530。

[8] 參見樊星《當代文學與多維文化》（湖北：武漢大學出版社，2005.04），頁 13-18。

對故鄉的渴望，對草原、藍天、湖泊、星空的美麗幻想。而人生的際遇中，有些人懷著對故鄉的渴望，卻終老於他鄉，詩人卻是有幸在中年之時，踏上故鄉之路，見到夢中故土，見到那個存在於父母親及老人長輩的口中的虛幻形象，被還原成真實的事件時，一點一滴的破滅與重整、解讀與對話，在感懷與擔憂中，詩人的心被故鄉牽引成一條起伏的線型，在情緒的波動中，找到夢想解除的鑰匙，也找到夢想歸於實際的道路。

　　鄉愁因此被解開，更深的情感，以及歷史使命重新浮起。詩人因此在情感上與詩文表現上有了新的面目。對於「原鄉」的體悟與書寫，就成了新的生命航線，文化的交融與體會成為詩人進入原鄉後最深沉的思考。本文試從詩人的情感、幾個故鄉的圖象、以及對於故鄉的再認識角度，試圖解讀詩人從浪漫的想像中走出來，到現實世界的理解的種種圖象展現以及現象的解釋。

二、悲喜交集：「懷舊情懷」的啟示

（一）詩人兩重的情感特質

　　詩人是情感豐沛的人。另一位詩人七等生曾與之同班學畫，曾經一起排演一部歌舞劇，席慕蓉擔任幕後吹笛手，沒想到她一面吹笛，一面看著前臺的商旅與姑娘，淚水縱橫地演奏完最後一個音符，讓在場的人都為她的真情流露而肅然起敬，而這種「唯賴情感的稟賦，是外力無法阻擋的。」[9]的敏銳心靈，使得詩人在眾多人群中時卻反而感到孤獨：「我孤獨地投身在人群中／人

---

[9] 同註5，頁218。見七等生之言。

群投我以孤獨」[10]。「只留下孤獨／做為我款待自己／最後的那一杯　美酒」[11]有時，詩人也會直接書寫悲傷，如〈詩的末路〉：

> 要到了此刻
> 我才知道
> 生命裡能讓人
> 強烈懷想的快樂實在太少太少[12]

快樂看似無多，在孤獨之中有時候卻又有著極為歡樂的心境，例如詩人的文中透露出幸福的家庭、美滿的婚姻、深愛她的丈夫以及慈祥的父母親。於是，詩人有時會說自己：

> 在秋來之後的歲月裡　我
> 幾乎可以　被錯認是
> 一個無可救藥的樂觀女子[13]

時而悲傷時而歡喜，詩人的情緒起伏受到環境的深度影響，敏銳的心思又勝於常人，因而具備對萬物有所感有所懷的純真心境。於是，詩人的內心是歡喜與悲傷、熱鬧與寂寞同時並存的。例如〈天上的風〉：「才能　在一首歌裏深深注入／我熾熱而又寂寞的

---

[10] 同註5，頁46。
[11] 同註5，〈美酒〉一詩，頁156。
[12] 見席慕蓉〈詩的末路〉於《邊緣光影》（臺北：圓神出版社，2006.04），頁48。
[13] 同註12，〈秋來之後〉一詩，頁138。

靈魂」、「生命共有的疼痛與悲歡」[14]悲喜交加的情緒往往同時存在於詩人的詩中、孤獨與熱鬧、感懷與歡喜,矛盾的情思同時並存。

　　詩人在文字中莫不流露這樣的情懷,而詩人喜歡回顧的特質,「回流式的抒情方式」[15]讓她的情感總在生命之流中,總是頻頻回首:

> 我是一個喜歡回顧的人。
>
> 我喜歡回顧,是因為我不喜歡忘記。我總認為,在世間,有些人、有些事、有些時刻似乎都有一種特定的安排,在當時也許不覺得,但是在以後回想起來,卻都有一種深意。[16]

因此,詩人對生命的態度,一方面熱愛生活,一方面不斷反省自己、回顧自己,〈詩的本質〉中說:

> 在如此豐美而又憂傷,平靜而又暗潮洶湧的歲月裡,能夠拿起筆來,誠實地註記下生命內裡的觸動,好讓日後的自己可以從容回顧,這是何等的幸運啊!

詩人對於人事物有特別的懷想,總在回首之際,看到當下的自己

---

[14] 見席慕蓉《我摺疊著我的愛》(臺北:圓神出版社,2005.03),頁110。

[15] 見樊洛平〈女性心靈的詮解——席慕蓉的創作心態與情感方式〉於《許昌師範學報》17卷4期,1998,頁47。

[16] 見席慕蓉《成長的痕跡》(臺北:爾雅出版社,1982.03),頁4。

是怎樣的面目,對於過去有份特別的情感,所以她的筆下,以「記憶」為抒發情意的內容的詩佔了很大部份,五本詩集中,約有四十一首寫到記憶與回憶。

懷舊與記憶,是詩人不斷回顧自己的一種方式,她說:用一支筆寫下過去就是一種幸福。把過去的「奇妙和馨香的記憶,我渴望能有一個角落把它們統統都容納進去。」[17]於是,詩中有大量地對記憶與回憶的回顧與書寫。

生命之流一方面向前不斷逝去,一方面卻不斷回首,詩人此種矛盾而相反的情緒構成獨特的情思,以女人的敏銳與強烈直覺,詩人呈現的是極度細膩,對事物極度敏銳的感受,同時,又具有兩種不同感受面,正與反的、悲與喜的,同時在詩人的思維中出現。

比較許多懷鄉的文人,席慕蓉的詩文中多了些熱情與強烈的情感。情感可以是溫柔敦厚,也或許是高亢熱情,席詩則是在生命熱愛、幸福婚姻[18]的日子中,同時有著對自我省思[19]、對生命流逝的惶恐[20]絕然不同的情緒,在兩者的相助或是相擊之下,詩人有對世間萬物敏銳的心靈感受,這是她天生的情感因素,造就的天生藝術傾向,並因此而產生個人化的詩文格調[21],而筆下之所以有超乎常人對人文社會與自然環境特殊的情感,以及源源不

---

[17] 見席慕蓉〈夏天的日記〉於《有一首歌》(臺北:洪範書店,1984.10),頁 26。

[18] 同註 17,〈槭樹下的家〉,頁 28。

[19] 同註 17,〈星期天的早上〉,頁 41。

[20] 同註 19,頁 42。

[21] 見陳劍暉《中國現當代散文的詩學建構》(江西:江西高校出版社,2004.11),頁 41。。

絕的創作力，源於作者自認為「胡思亂想」的一些思緒，這種敏銳的神經挑起的是對萬物強烈的收受，無論面對故鄉或是現實，歷史的或是即時的，都會有不同於普通人的高度悲歡之情。

（二）故鄉與歷史圖象的潛藏

情感的敏銳與外物交接產生不平凡的特殊想像與心情，更何況詩人在面對外事上，時而歡喜，卻又時而悲傷的感懷！當面對自己蒙古人的身分，在遠離故鄉的臺灣成長，父親長期在海外工作，家中的母親與外婆對於故鄉的懷念，使得席慕蓉從小對蒙古有一份深厚的情感，大學畢業後，又到歐洲留學，在歐洲認識另一半，結婚，再回到臺灣，然後在生命的中後半段裏，有機會踏上故鄉蒙古，這種漂蕩的生活，從遠離故鄉，再回到故鄉的生命歷程裏，到底以那裏為故鄉？詩人對於故鄉的認可，在心中，是美麗的草原，在現實，是文明的臺北，最後，是受到文明破壞的蒙古故鄉，還是從小從未瞭解過生活過的夢中故土，詩人心中的「故鄉」面貌到底何在呢？

外婆是蒙古舊王族，全名為字兒只斤光濂公主，屬於吐默特部落，是成吉思汗的嫡系子孫。有時，外婆會對孩子們說著一條河，「西喇穆倫」河，在遙不可及的沙漠高原上，有一群善騎善射的族人，故事中有風沙、月光、騎馬、歷史，身為蒙古王族後代的席慕蓉，在這樣的「故事」中長大，血液裏彷彿有王族氣息，夢中所見的都是那未曾謀面的故鄉風光。因此，詩人對於蒙古有異於其他蒙古人的情懷，也異於一般對蒙古的想像，「小時

候最喜歡的事就是聽父親講故鄉的風光。」[22]在冬天的晚上，幾個孩子纏著父親述說長城以外的故事，那是與自己息息相關卻又從沒見過的故土。[23] 在幼小的心靈中，詩人是以父親的述說中，拼湊起故鄉的圖象：

> 靠著父親所述說的祖先們的故事，靠著在一些雜誌上很驚喜地被我們發現的大漠風光的照片，靠著一年一次的聖祖大典，我一點一滴地積聚起來，一片一塊地拼湊起來，我的可愛的故鄉便慢慢成型了。[24]

故鄉是口中拼圖，是父母親以語言傳述的歷史，圖象則是聽者自己心中的想像。

鄉愁在詩人心中佔有一塊重要的區塊，對詩人而言，不只是一種對故鄉的懷念，她說：

> 我卻比較喜歡法文裏對鄉愁的另外幾種解釋——一種對已逝的美好事物的眷戀，或者，一種遠古的鄉愁。[25]

詩人在夕陽將未落，暮靄蒼茫之時，心中會有不安與疼痛的感

---

[22] 同註 16，〈無邊的回憶〉，頁 25。
[23] 同註 16，〈無邊的回憶〉，頁 25。詩人自己寫著：「冬天的晚上，幾個人圍坐著，纏著父親一遍又一遍地訴說那些發生在長城以外的故事。我們這幾個孩子都生在南方，可是那一塊從來沒有見過的大地的血脈仍然蘊藏在我們身上。」
[24] 同註 16。
[25] 同註 17，〈從畫裏看現代人生〉，頁 203。

受,走在路上會覺得故國山河如雲霧般從腦海中升起,而對母親的渴念,童年的追憶,在心中揮之不去,如絲如縷般,讓人有莫名的哀愁。

> 纏繞我們這一代的,就儘只是些沒有根的回憶,無邊無際。
> 有時候是一股洶湧的暗流,突然衝向你,讓你無法招架。
> 有時卻又縹縹緲緲地挨過來,在你心裏打上一個結。[26]

鄉愁起源於地域的區隔,因空間時間的離別而產生的思念,這或許是一種人類集體潛意識(collective consciousness)的呈現,對於既有成長的以及曾經生活過的人事地的懷想,變成心中隱藏在深處的愁緒,於是,正如蕭蕭說的:鄉愁詩的寫作者就是遠離故鄉的人[27]。而詩人早期在詩文書寫中的故鄉形象,基於長輩們的口述,是潛藏在心中的歷史圖象,也是心中想像的故鄉。這時的詩人,無疑地被「想像中的鄉愁」牽繫著,詩中的意象更是這想像中的畫面,透過書寫想像的鄉愁,而將蒙古風光轉換為詩中意象呈現,對比於曾經生長在故鄉,然後離開的人們的心境,席詩中的故鄉有著個人更多的夢幻似的美好想像,而此種鄉愁建立的形象便少去許多真實的基礎,於是,虛筆之中添加的瑰麗色彩,使得外蒙古奇麗的風光經過口傳歷史所建造的鄉愁中,被重新賦予詩的意象再現,架構起席詩朦朧的美感與浪漫的氛圍。

---

[26] 同註 16,頁 24。
[27] 見蕭蕭《現代詩縱橫觀》(臺北:文史哲出版社,1990.02),頁 33。

三、夢想故鄉
——詩中「蒙古」圖象的替代與轉換

詩人常在詩中創造出蒙古故鄉的想望，這些圖象，從夢、夢土中看出詩人對故鄉過多的期待與幻想。〈飄篷〉一詩中說：

> 每次想到故鄉，每次都有一種浪漫的情懷，心裏一直有一幅畫面：我穿著鮮紅的裙子，從山坡上唱著歌走下來，白色的羊群隨著我溫順地走過草原，在草原的盡頭，是那一層又一層的紫色山脈。[28]

雖然詩人是出身貴族，卻想像著「牧羊女」就是自己應該有的樣子，是詩人對草原的浪漫想像。從以下幾個圖象中可以看出想像與現實的差異。

（一）夢與夢土

詩人對於「夢」似乎有特別的喜愛，在她的五本詩集中，有十七首詩寫到夢或者以夢為主題。如果說，夢與現實是詩人的兩個思考面的話，活在現實中的她，會想到遙遠的故鄉，而那未曾謀面的故鄉則是她的夢[29]。

夢境顯然比現實美麗：「狂野勇猛或者溫柔纖細的／夢中的

---

[28] 同註 17，〈飄篷〉，頁 74-75。
[29] 同註 17，〈有一首歌〉，頁 68。

戈壁」[30]，連可怕的沙漠都成了美麗勇猛的想望。詩人說「戈壁，曾經是我可望不可即的夢土。」[31]夢似乎與故鄉連結，故鄉的沙漠是詩人的夢土，夢圖象成為詩人與故鄉的那條臍帶。詩人在〈槭樹下的家〉說：

> 渴望是什麼，自己也不大清楚，不過倒是常常會做著一種相似的夢。在那種夢裏，我總是會走到一扇很熟悉的門前，心裏面充滿了欣慰的感覺，想著說這次可是回到家了，以後再也不會離開了，再也不走了，然後，剛要伸手推門，夢就醒了。[32]

每一次都是這樣，夢境中的那扇門，如果是啟開詩人故鄉的鎖，碰觸到真正的故鄉時，夢就結束了。這彷彿對詩人是一種暗示，也讓詩人陷入不斷追尋的心理歷程，永遠在追一個摸不著的夢想。過去，是一個夢。而昔日夢境是否還在？故鄉的夢還是帶著一層浪漫的色彩。〈長城謠〉：

> 敕勒川　陰山下
> 今宵月色應如水
> 而黃河今夜仍然要從你身旁流過
> 流進我不眠的夢中[33]

---

[30] 同註4，〈夢中戈壁〉，頁145。
[31] 見席慕蓉〈夢中戈壁〉於《諾恩吉雅——我的蒙古文化筆記》（臺北：正中書局，2003.02），頁108。
[32] 同註17，〈槭樹下的家〉，頁28。
[33] 同註5，頁171。

「夢」成為詩人寄託對故鄉想像的地域。然而，夢在經過現實的體現之後，夢的渴望、夢的內容、夢的圖象隨著時間與現實改變了，二〇〇〇年十月，詩人到內蒙古阿拉善盟額濟那旗的達來庫布鎮，詩人對於「夢」有了新的解釋：

> 忽然領悟，無論是半埋在沙塵之下的城池，還是乾涸的湖泊與河床，這荒漠上的每一寸土地，不都是有過一場繁華的舊夢？我車臨其上，匆匆而過，晚間才會忽然夢到以那樣美好姿態出現的昔日。
> 夜宿荒漠，荒漠與我以夢溝通。
> 這夢裡夢外的時空，誰是虛？誰是實？誰是當下？誰又只不過是一場繁華的舊夢？[34]

新夢舊夢都是夢，過去的是浪漫的懷想，現在的是實際的接觸。〈紅山的許諾〉中說：

> 那玉環和玉佩還在昨夜的夢裡輕輕碰觸
> 那玉鴉和玉鳥還在藍天之上互相追逐
> 層雲逐漸密集　英金河流過眼前
> 曾經被暗紅的山岩見證過的一切記憶
> 就在這瞬間　歷歷重現[35]

紅山是蒙古地名，故鄉的泥土與山河在呼喚著詩人，這首詩是在

---

[34] 見席慕蓉《迷途詩冊》（臺北：圓神出版社，2006.01），頁 104。
[35] 同註 14，頁 137。

詩人二〇〇二年從紅山歸來之後所寫。所以詩人說:「如果我從千里之外輾轉尋來/只是因為啊/有人　有人還在紅山等我」[36]。故鄉在呼喚著詩人的心。故鄉從心中走到了眼前,許多的夢幻必然面對破碎。實景實物的體現,才是親自流汗,親自踏上土地時,真真實實的感受。於是,當詩人踏上故鄉之後,夢境在改變,詩句中漸漸看不到對故鄉如夢似幻的描述,而帶以更真實的描寫。

(二)馬與酒

身為蒙古女孩,詩人對於「馬」與「酒」有特別的情感,蒙古族人是善於騎射的民族,歷史上驃悍的騎士,馬上射箭、原野喝酒、跳舞歡歌,是蒙古族人的生活面。生活在臺灣,從未見過故鄉景致的席慕蓉,早期只能用一種渴望而孺慕的心情,想像自己或許也在馬上行進,在高歌中狂飲,那種豪放不羈而瀟灑自若的性格與畫面,成為詩人特殊的基調。詩人想像自己「此刻我正策馬漸行漸遠」[37]、「英雄騎馬啊　騎馬歸故鄉」[38],「那少年在夢中騎著駿馬　曾經/一再重回　一再呼喚過的家園」[39]在詩人寫〈歷史博物館〉一詩時說:

> 含淚為你斟上一杯葡萄美酒
>
> 然後再急撥琵琶　催你上馬

36　同註 14,頁 139。

37　同註 14,〈天上的風〉,頁 111。

38　同註 5,〈出塞曲〉,頁 168。

39　同註 34,頁 130。

知道再相遇又已是一世

那時候　曾經水草豐美的世界

早已進入神話　只剩下

枯萎的紅柳和白楊　萬里黃沙[40]

在詩人寫作〈歷史博物館〉一詩時，已經是一九八四年九月，詩
人自己說此時：「卻還不識蒙古高原，也未見過一叢紅柳，一棵
白楊，更別說是那萬里黃沙了。」[41]許多的紅柳白楊、黃沙馬
酒，都不過是詩人自己的想像圖象。例如，〈狂風沙〉：

風沙的來處有一個名字

父親說兒啊那是你的故鄉

長城外草原千里萬里

母親說兒啊名字只有一個記憶[42]

風沙起時　　鄉心就起

風沙落時　　鄉心卻無處停息

臺灣沒有沙漠的可怕風沙，「風沙」是作者心中的故鄉圖象，是
詩中想像的畫面與情節。風沙變成故鄉的渴望，也是象徵故鄉的
艱難。〈祖訓〉：

---

[40] 同註4，頁122。

[41] 同註4，〈願望——後記〉，頁214。

[42] 同註5，頁172。

就這樣一直走下去吧
在風沙的路上
要護住心中那點燃著的盼望
若是遇到族人聚居的地方
就當作是家鄉[43]

詩中絲毫沒有痛苦或是可怕的描述,風沙在詩中顯現出對故鄉浪漫的風光的想像。其他,如「酒」的意象也是詩人對故鄉特有的情感。〈烏里雅蘇台〉中說:

三杯酒後　翻開書來
「烏里雅蘇台的意思　就是
多楊柳的地方」
父親解釋過後的地名就添了一種
溫暖的芳香

喝酒、騎馬都是作者想像自己故鄉的圖象。詩中所現的不是真實的事情,而是想像中的圖象。

　　但有一天,當作者親自到達故鄉時,才發現酒與文化的關係。〈篝火〉中說:「從前的我,完全不能領會喝酒的好處,甚至還認為這是一種罪惡,避之惟恐不及。讓我發現酒的必要,是在蒙古國北部庫布斯固勒湖的湖邊,那年是一九九一年。」詩人在湖邊與族人友人共餐,篝火上熱著鍋,幾把麵條、乾羊肉就是一

餐：

> 羊肉麵，詩人與族人唱著祝酒歌，奇怪的是，幾小杯酒之
> 後，那歌聲逐漸運轉自如，好像沒有任何障礙，都完全隨
> 著我的意旨，好像我身體裏有一部份力量可以帶著我的歌
> 聲穿過夜晚的湖面，一直往前飄蕩，甚至可以傳到那遙遠
> 的對岸若隱若現的一長列的白雪山巒——薩彥嶺上去。[44]

於是有歌有酒有月光有湖色有山有篝火，一個盡興的夜晚有著無
盡的回憶與友誼的溫暖。「酒」是詩人建立與族人的情誼的事
物，它伴隨著美好的記憶成為有意義的事物，從此，酒在詩人心
中，不只是想像，還是與族人的美好記憶。

（三）月光

月光在詩人的文字中出現很多，詩人似乎對月有特殊的喜
愛。例如，月光可以是不變的，看盡過去與未來的時光。〈兩公
里的月光〉：

> 當月色澄明如水　溶入四野
> 彷彿是在風中紛紛翻動的書頁
> 帶著輕微的顫慄和喘息
> 時光在我們眼前展示出
> 千世的繁華和千世的災劫[45]

---

[44] 同註 31，頁 117。
[45] 同註 14，頁 147。

千世萬世中，人事更迭，而月光還是一樣的月光。從月光中，詩人想像遠在萬里之遙的故鄉景象。〈隱痛〉：

　　於是，月亮出來的時候
　　只好揣想你
　　微笑的模樣
　　卻絕不敢　　絕不敢
　　揣想　　它　　如何照我
　　塞外家鄉[46]

於是，月光與鄉愁有著切不斷的臍帶。〈鄉愁〉一詩中說：

　　故鄉的歌是一支清遠的笛
　　總在有月亮的晚上響起

　　故鄉的面貌卻是一種模糊的悵惘
　　彷彿霧裏的揮手別離[47]

鄉愁是原本存在的愁緒，只是借物思人，借物引情。月光讓詩人更容易想起故鄉，「鄉愁是一棵沒有年輪的樹／永不老去」、或者說「海月深深／我窒息於崢藍的鄉愁裏」[48]。

　　但是，月光卻是唯一不變的事物，在記憶裏，在現實裏，在

---

[46] 同註5，頁158。
[47] 同註5，〈鄉愁〉，頁162。
[48] 同註5，〈命運〉，頁166。

過去、現在或是未來，月光始終都照耀著大地，鄉愁也罷，歷史也罷，月光不變，流動的只是時間，〈光陰幾行〉：

> 昨天一旦進入歷史就開始壓縮變形
> 沒有任何場景可以完全還原一如當年
> 除了月光和花香[49]

所以，當詩人對於時間的流逝有所感懷時，月光就是那不變的永恆，在所有事物之中，月永遠在那裏，照耀古人，照今人，照塞外風光，也照這現代城市中人。

（四）河流與草原

詩人的外婆常常述說一條河，「希喇穆倫河」是外婆的故鄉，當詩人的外婆一次又一次描述那條充滿蒙古情調的河時：

> 這條河也開始在我的生命裏流動起來了。從外婆身上，我承繼了這一份對那塊我從來沒有見過的土地的愛。……而希喇穆倫河後面紫色的山脈也開始莊嚴地在我的夢中出現。[50]

許多人在討論席慕蓉的詩中意象常常提到「河」的意象，這源自於席慕蓉本身的蒙古名字，稱為穆倫·席連勃，「穆倫」就是大河流的意思，因此，詩人本身對自己名字的所代表的蒙古文字意

---

[49] 同註 34，頁 73。
[50] 同註 16，〈舊日的故事〉，頁 34。

義有特殊的情感。〈父親的草原母親的河〉中說：

> 父親曾經形容那草原的清香
> 讓他在天涯海角也從不能相忘
> 母親總愛描摹那大河浩蕩
> 奔流在蒙古高原我遙遠的家鄉
>
> 如今終於見到這遼闊大地
> 站在芬芳的草原上我淚落如雨
> ……
> 親愛的族人　請接納我的悲傷
> 請分享我的歡樂
> 我也是高原的孩子啊心裡有一首歌
> 歌中有我父親的草原我母親的河[51]

那草原的圖象，是詩人心中的渴望。〈交易〉：

> 他們告訴我　唐朝的時候
> 一匹北方的馬換四十匹絹
>
> 我今天空有四十年的時光
> 要向誰去
> 要向誰去換回那一片

---

[51] 同註 14，頁 126。

北方的　草原[52]

草原與河就是詩人心中的愛。席慕蓉〈我摺疊著我的愛〉[53]：

> 我摺疊著我的愛
> 我的愛也摺疊著我
> 我的摺疊著的愛
> 是草原上的長河宛轉曲折
> 將我層層地摺疊起來

愛是一層又一層被摺疊。這份愛是源自於血脈裏對故鄉的情愁。
楊錦郁在〈一條新生的母河——閱讀席慕蓉〉文中說：

> 席慕蓉的作品裏常常出現「河」的意象，這河，或是地理
> 上的，或是時間上，或是心靈上，無論如何，隨著她筆下
> 的河域，我們穿過了蒙古草原，走進了她生命的長河。[54]

另外一條生命的長河卻在異鄉的歐洲。席慕蓉的父親與姊妹們的
情感有賴於萊茵河，一九六五年秋天，詩人的父親到德國慕尼黑
大學東亞研究所教書。後來，當詩人到布魯賽爾念書時，常常坐
火車沿著萊茵河去探望父親：

---

[52] 同註 12，〈交易〉，頁 154。
[53] 同註 14，頁 285。
[54] 同註 14，見楊錦郁〈一條新生的母河——閱讀席慕蓉〉，頁 204。

> 年輕的我，在那個時候還不能料想到，這一條異鄉的河
> 流，以後會在我的生命裡佔著什麼樣的位置。[55]

後來，詩人的姊妹都在歐洲念書，沿著萊茵河來來往往，包括詩人結婚，父親與姊妹們從河上來去參加婚禮，之後，詩人父親退休，就住在萊茵河畔，詩人曾經帶著孩子，祖孫三人在河邊散步，「就是在這樣的時刻裡，在一條異鄉的河流之前，父親盡他所能的帶引我去認識我的原鄉，那在千里萬里之外的蒙古高原。」[56]最後，詩人也是沿著這條河流，捧回父親的骨灰。

異鄉的河卻是與詩人生活、親人息息相關，在平實的日子中，異鄉的河建立了真實的回憶。而故鄉的河卻活在父親母親及外婆的口述文字中，活在詩人的記憶裏，這種渴望與謬誤，不但是一種時代的荒謬與錯雜，更是詩人深深嘆息之處吧！

無論是席慕蓉母親故鄉的長河：希喇穆倫河。或是她父親常年居住的萊茵河[57]，前者是母親的回憶以及作者心中的故鄉形象，後者，是現實中作者年輕歲月留學時與父親的情感交流，心中的想像之河與現實的體現中，一實一虛的兩條河流卻貫穿作者的生命。

---

[55] 見席慕蓉〈異鄉的河流〉於《金色的馬鞍》（臺北：九歌出版社，2002.02），頁 280。
[56] 同註 55，頁 286。
[57] 同註 55，頁 285。

四、走入故鄉
——原鄉的圖象意涵與文化的融解

一九八九年，詩人步上故鄉的國界，當席慕蓉的父親有機會回到故鄉時，選擇了拒絕[58]，不再面對已經成為廢墟的故鄉[59]，寧可保留最美好的回憶，也不願面對摧毀殆盡的家園，「老家的樣子變了，回去了會有多難過？」[60]而詩人以為自己沒有過去美好回憶的負擔，大膽地成為第一位回鄉的女子[61]。詩人第一次返回故鄉，她先是認識的夢中的草原，然後從夢想的世界走入現實，焦慮首度出現，詩人對自己文化系統不瞭解，甚至是一名連蒙古語都不能明白的「蒙古人」，她強烈的渴望，如海綿般吸收故鄉的大小知識，詩人在〈遲來的渴望——寫給原鄉〉中說：

> 原鄉還在　美好如澄澈的天空上
>
> 那最後一抹粉紫金紅的霞光
>
> 而我心疼痛　為不能進入
>
> 這片土地更深邃的內裡
>
> 不能知曉與我有關的萬物的奧祕
>
> 不能解釋這洶湧的悲傷而落淚[62]

---

[58] 見席慕蓉〈今夕何夕〉於《江山有待》（臺北：洪範書店，1994.04），頁 154。

[59] 同註 58，頁 161。

[60] 同註 55，頁 294。

[61] 同註 58〈今夕何夕〉、〈風裏的哈達〉，頁 155、頁 164。

[62] 同註 14，頁 143。

詩人的焦慮與渴望寫在詩裏，在懇切而焦急的口氣裏。當詩人回到故鄉，血液中流著相同的血脈，卻無法以母語交談，也不瞭解故鄉的習俗、地名、風氣，詩人有著茫茫然的心痛。站在原鄉的土地，「喝著原鄉的酒，面對原鄉的人，我忽然非常渴望也能夠發出原鄉的聲音。」「在那個時候，我才感覺到了一種強烈的疼痛與欠缺，好像在心裏最深的地方糾纏著撕扯的什麼忽然都浮現了出來，空虛而又無奈。」[63]於是，回到故鄉的席慕蓉，卻有與環境的隔閡感。

席慕蓉的鄉愁，表現在另一個層次的，就是文化差異與地域差異的隔閡。血脈中的蒙古人卻生活在臺灣，被戲稱為「臺灣蒙古人」的席慕蓉，對於蒙古文化以及漢人文化的融合，以及歷史以來，蒙古與漢人之間時而爭戰與時而和平的相處模式等，這些曾經有過的文化的差異與衝突，在詩人心中經過一段時間的激盪、糅和的過程。

當詩人回到故鄉，才開始學習故鄉的「文化」，兩種文化的衝擊，詩人開始明白「祖先遺留下來的，不僅只是土地而已，還有由根深柢固的風俗習慣所形成的，我們稱它做『文化』的那種規矩。」兩種文化的並存，以及祖先們時而與漢人為友，時而為敵的歷史悲情，詩人身為蒙古人，卻長於漢人文化之中，遠離故鄉是一種異鄉的漂泊，文化認同的問題[64]又是另一種心痛，詩人

---

[63] 見席慕蓉《黃羊、玫瑰、飛魚》（臺北：爾雅出版社，1996.08），頁221。

[64] 所謂文化認同，是人類對於文化共同傾向的認可，經過長時間的過程，人類對所處環境的認可與接受，並成為其互動的一份子。參見鄭曉雲《文化認同與文化變遷》（北京：中國社會科學出版社，1992.10），頁4-5。

的悲傷隱藏在內心深深處，在〈異鄉人〉中說：

> 是源於無知　還是
> 源於時空的錯置
> 最後　我們就都成了異鄉人
> 只有悲傷年年盛放
> 如花朵　如一棵孤獨的樹
> 因插枝而在此存活[65]

此詩寫於二○○四年，詩人回到自己的家鄉，卻有異鄉人的悲傷。像是孤獨的樹，長在非故鄉的土地上，回到故鄉，無法弭平悲傷，源於時空的陰錯陽差，詩人有無根的悲傷，像插枝的花朵，年年盛開著悲傷。漂泊的心境是在於兩種文化之中游離，找不到歸根的寂靜。〈顛倒四行〉之中說：

> 用鏡子描摹欲望　用時間
> 改寫長路上的憂傷
>
> 用沉默去掩埋一生的錯愕
> 用漂泊來彰顯故鄉[66]

而當詩人回到故鄉，一九九一年，在北京坐計程車時，看見一處地名，兒時曾聽長輩提起過，於是要求計程車司機開車到母親舊

65　同註 14，頁 61。
66　同註 12，〈顛倒四行〉，頁 184。

居地址，計程車司機沉默一會兒，建議她不要去了，可能昔日的
舊景不再，只是徒增傷感，在〈雙城記〉中：

> 為什麼暮色這般深濃　燈火又始終不肯點起
> 媽媽　我不得不承認　我於這城始終是外人
> 無論是那一條街巷我都無法通行[67]

不是街巷無法通行，卻是心中的文化與風俗，時間與歷史的隔閡
讓人有寸步難行之感。這種傷悲，令人感嘆。〈青春‧旅人‧書
寫〉中說：

> 那熟悉的憂愁和焦慮　在暮色裏
> 緊緊地跟隨著我
> 要在醒來之後才能明白我剛才只是
> 一個旅人　穿梭在夢中的街巷[68]

於是，如夢似幻的人生中，漂泊感無疑增加這樣的虛幻感。游離
與漂泊的心思，在故鄉的議題上顯得更加鮮明而撼人。陌生文化
的距離比真實的距離更遠，於是，詩人自比為旁聽生，不是參與
戲中演出的主角。〈旁聽生〉中說：

> 是的　父親
> 在「故鄉」這座課堂裡

---

[67] 同註 12，頁 42。
[68] 同註 12，頁 32。

> 我沒有學籍也沒有課本
>
> 只能是個遲來的旁聽生[69]

「遲來」的旁聽生，無法融入當地文化的難堪與無奈充斥心中，但故鄉帶給詩人最大的痛苦，卻是故鄉的圖象不再，豐美的草原不復存留，旗馬射箭的歷史剩下的是土石沙漠。從草原到山嶺沙漠，詩人漸漸被故鄉受到空前的環境破壞與摧殘，感到憤怒而無奈。〈父親的故鄉〉中說：

> 父親是給我留下了一個故鄉
>
> 我卻只能書寫出一小部份
>
> 是那樣不成比例的微小啊
>
> 縱使已經踏上了回家的路
>
> 卻無人能還我以無傷的大地[70]

原本，在詩人尚未到故鄉時，無論是從照片上看到的原野與藍天，或是想像中的圖象，詩人內心中有一塊土地，稱之為「原鄉」，詩人的原鄉，原來就是「心靈的故鄉」，在〈我摺疊著我的愛〉中說：

> 重回那久已遺忘的心靈的原鄉
>
> 在那裏　我們所有的悲欣

---

[69] 同註 34，頁 118。

[70] 同註 34，頁 127。

　　　正忽隱忽現　　忽空而又復滿盈[71]

「原鄉」最開始是作者心中對於故鄉的渴望,那是一個虛有的名詞,賦予過度的想像,存在詩人心中,所以,詩人稱之為「心靈的故鄉」。這個原鄉代表的是詩人血脈中最初對故鄉的浪漫幻想,也是詩人夢中的渴望:

　　　等到有一天,重新站在這片土地之上,仰望夏夜無垠的星
　　　空之時,才會猛然省悟,原來,這裏就是我們的來處,是
　　　心靈深處最初最早的故鄉。[72]

當詩人真正站在故鄉的土地時,心靈的故鄉變成有泥有土,有水有木的實景,看是實際卻又彷如在另一個夢中。故鄉不是原來想像的故鄉,從山林的摧殘與土地的破壞,原本的山林如今是一片沙石,遊牧民族的草原被一千七百萬移民農耕,漸漸消失的草原,蒙古族人從南方往北遷移,讓出許多的土地成為農耕移民的居所。詩人從浪漫的渴望、少女的夢想,到憤怒與無奈,〈二〇〇〇年大興安嶺偶遇〉中說:

　　　昨天經過的時候　　這裡分明
　　　還是一片細密修長的白樺林……

　　　這不算什麼　　他們笑著說

---

[71] 同註 14,頁 132。
[72] 同註 31,頁 49。

從前啊　在林場的好日子裡

一個早上　半天的時間

我們就可以淨空　擺平

一座三百年的巨木虯枝藤蔓攀緣

雜生著松與樟的　森林

所以　此刻就只有我

和一隻茫然無依的狐狸遙遙相望

和站在完全裸露了的山脊上

牠四處搜尋　我努力追想

我們那永世不再復返的家鄉[73]

詩人心中本以為沙漠與高原，是原始森林的處女地，卻沒有想到，道路破壞山林，無知識地開墾破壞森林、樹木與水源，人類自以為的文明，卻帶來自然環境的浩劫。滅絕與驅離，野獸與獵人失去生存的空間。〈悲歌二〇〇三〉：

眼前是一場荒謬的滅絕和驅離

失去野獸失去馴鹿的山林

必然也會逐漸失去記憶

最後一個獵人失去了賴以生存的山林，遷徙到更遠的地方。詩人在詩後附註寫著：

---

[73] 同註 14，頁 116。

無知的慈悲，可以鑄成大錯。二○○三年八月十日，內蒙
古根河市官方以「提昇獵民生活水平，接受現代文明」為
目標的遷徙行動，極為草率與粗暴，不但損傷了馴鹿的生
命，也損傷了最後的狩獵部落「使鹿鄂溫克」一百六十七
位獵民的心。[74]

過度的文明對於原始是一種無可計算的傷害，原以為文明可以帶
來更好生活的善意，未曾估算自然的破壞，以及生活在這一塊土
地上數百年的人們的傷害。許多的原始森林，需要數百千年的養
成，卻可能在一夕之間被現代文明的機械鏟除殆盡[75]，這樣帶來
的文明，忽略了原始森林對地球環境的損傷，諸如無法調節二氧
化碳的含量，使地球表面溫度越來越高，諸如，原始森林本有的
蓄水功能的消除，使得沙漠化更為嚴重，而造成沙漠化的地區往
南移動，間接也影響南方的城市，沙塵暴的形成，所飄之處，甚
已遠到太平洋。

　　詩人在面對故鄉之前，懷著舊有的記憶，此時的故鄉圖象建
立在內心想像的心象上，見到老家以及現在的原址時，詩人對於
故鄉的想像在現實的衝擊下蕩然無存：

---

[74] 同註 14，頁 121

[75] 同註 58，〈松漠之國〉，頁 180。詩人寫道：「每一個蒙古人都知道，在
蒙古高原許多無處無邊無際的大草原上，其實只鋪了一層薄薄的土壤，
這層土壤是整塊土地的命脈，所有的草籽都藏在其中，等待冬雪與春雨
之後再欣然生長，幾千年以來從不曾讓牧人失望過一次。……當一千七
百萬農耕的漢人源源湧入……帶著他們的鋤頭來把那一層薄薄的土壤翻
犁過之後，底下暴露出來的，是無窮無盡的細砂，細砂一旦翻土而出，
所有的草籽就從此消失，永不再生長。」

可是那些房子呢？在書裡記載著的、在父親記憶裏永遠矗
立著的那個尼總管的總管府邸呢？你總不能用眼前這一處
小得不能再小的村落來向我說，這就是一切了吧？[76]

失去森林的傷害，不僅是當地的人們，也是整個地球生態的問
題。一夕失去的，卻要幾十幾百年或許也救不回了。就如詩人的
另一首詩中說〈悲傷輔導〉：「一片草原　究竟是他年能夠再生的
／還是　還是／永不復返的記憶」[77]。

　　詩人母親心中的原始松林，在民國二十到二十幾年時，從遠
古以來覆蓋土地，鬱鬱蒼蒼的森林，沿著克什克騰到巴林再到翁
牛特旗，大興安嶺餘脈北麓的高原山地，「松漠都督府」，林中巨
木叢林，松濤流水，隨風起伏，一片豐腴的土地，如今只剩三百
里地的森林。那片母親向孩子描述的走不完的「樹海」，草香樹
香充滿空氣裏，連衣襟上臉上似乎都沾滿了清露與樹香的原始森
林，卻在農耕之下，成為荒土，森林的樹木，一棵不留[78]。於是
詩人終於承認事實：

　　我終於接受了眼前的事實——母親記憶裡芳香美麗的森
　　林，書中記載的長滿了榆檜松柳的佳山水，那在歷史上曾
　　經喧喧騰騰地生活過的松漠之國，終於都已是遠去了的永
　　不能再回來的夢境。[79]

---

[76] 同註 58，〈今夕何夕〉，頁 159-160。
[77] 同註 14，頁 129。
[78] 同註 58，頁 182-184。
[79] 同註 58，頁 185。

記憶與夢境，至此破碎。那曾經對故鄉懷有極大夢想的詩人，原本是想到故鄉找到父母親口中的景象，以圓滿自己從小到大的夢想，卻沒有想到，一無所有的荒蕪，土石畢露，枯黃荒涼的圖象才是真正的事實，從對故鄉的夢到尋夢的過程，然後，夢碎。到此，夢想中的故鄉圖象真的也只能在記憶裏蒐尋，在心中想像，在語言文字的形容裏生存！

然而，夢境的破碎是故鄉景物的更迭，人情的熱絡與族人對風俗的保存，又讓詩人有新的體悟：

> 當敖包祭典開始之後，只覺風颳得越來越緊，……彷彿天地神祇和祖先的英靈都從遙遠的源頭，從莽莽黑森林覆蓋著的叢山聖域呼嘯前來，我心不禁顫慄，而在畏懼之中又感受到一種孺慕般的溫暖。
>
> 就是在那個時候，我開始察覺，「還鄉」原來並不是旅程的終結，反而是一條探索的長路的起點，千種求知的願望從此鋪展開去，而對這個民族的夢想，成為心中永遠無法填滿的深淵。[80]

從夢想的破碎，詩人卻在族人的風俗中感受到天地的力量，在祭拜的禮節中感受到祖先們披荊斬棘的歷史，於是，身負瞭解故鄉的知識與幫助族人的渴望在內心昇起，成為夢碎之後，新的奮起力量。

從此，詩人開始大量瞭解故鄉與風俗，書寫原鄉，喚起的世

---

[80] 同註 58，〈黑森林〉，頁 205。

人對於蒙古人的生存權的重視。然而,這卻也讓詩人增加散文書寫的份量,原鄉的題材寫作成為詩人地域文學[81]文本寫作的開始。

> 從初見原鄉的孺慕和悲喜,到接觸了草原文化之後的敬畏與不捨;從大興安嶺到天山山麓、從鄂爾多斯荒漠到貝加爾湖,十年中的奔波與浮沉,陷入與沒頂,可以說是一種在生活裏的全神貫注,詩,因此寫得更慢了。[82]

自此以後,詩人以「原鄉」作為書寫的對象。從一九八九年開始,作者書寫了七本散文集[83],其中六本都與蒙古有關。十幾年的時間中,詩人以蒙古為書寫題材,只是心境上從興奮新鮮與好奇,到焦慮不安,悲傷憤怒,詩人小時候的美好夢想,在現實世界中一點一滴瓦解粉碎。詩的浪漫與情懷也轉型為對故鄉理性的認知,於是,散文變成書寫憤慨、表達理念的主要文體工具,詩則是只有《迷途詩冊》(2002 年出版)、《我摺疊著我的愛》二本(2005年出版)。

歷史的圖象包含了人文與自然的碰撞,如果不是詩人浪漫的情懷,可能不會碰撞出對故鄉的激情;如果不是充滿愛與關懷的心境,可能不會在面對故鄉所受的自然摧殘時,才痛苦莫名。彷

---

[81] 見靳明全《區域文化與文學》(北京:中國社會科學出版社,2003.05),頁 163。地域文學主要是地域題材的書寫。

[82] 同註 5,〈生命因詩而甦醒──新版序〉,頁 II。

[83] 七本散文集為《我的家在高原上》、《江山有待》、《黃羊‧玫瑰‧飛魚》、《大雁之歌》、《金色的馬鞍》、《諾恩吉雅──我的蒙古筆記》、《人間煙火》等,前六本都與蒙古有關。

佛這一生中，到這時候才明白生命也有承受不了的痛楚。〈備戰人生〉中說：

> 而在長路的中途　裝備越來越重
> 那始終不曾自由飛翔過的翅膀
> 在暮色中不安地搧動　直指我心[84]

飛不動的翅膀，在夢想與現實的碰撞之後，才赫然發現這是一件沉重的生命負荷。特別是在敏銳的心思中，所有的衝擊加大加深撞擊力，也加強了感受性，夢中的故鄉圖象與真實的故鄉對詩人而言，顯然有太多的衝擊，需要更多的傷口撫平與重新的認識。

文化與原鄉的思考，在詩人面對家鄉之後，成為一個相當重要的命題。詩人在《諾恩吉雅》一書中不斷書寫有關文化的誤解帶來的人與人間的隔閡，並且逐漸體認出地域的區隔不是問題，文化才是不同種族是否可以和平共存的要點。〈迷途〉中說：

> 你說我這樣努力地書寫著蒙古高原，其實可以算作是對自己命運的一種溫和的反抗。是這樣嗎？
> 那天晚上，當月亮越升越高，光芒越來越明亮的時候，……身邊的朋友，從是從小在這片草原上奔跑著長大了的，……而我，我是多麼羨慕著你們的從容啊！[85]

所以，作者寫詩，或許是對自己的釋放，在詩人心中，「還是

---

84 同註 12，頁 200。
85 同註 31，頁 168。

說，只有書寫本身，才是我唯一可以依附的原鄉？」[86]不斷書寫原鄉的詩人，在書寫過程中思考自己的定位，並透過書寫找尋原鄉，「我只是想問你，這持續不斷的書寫，可以讓我找到一處真正屬於我的故鄉嗎？」[87]直到有一位蒙古長者對她說：

> 每一種文化都是一條既深且緩的河流，可以平行，也可以交會，卻不需要對立。[88]

在詩人覺得自己不知道「何去何從」，「長久以來，我總以為這是我生命裡真正的痛處，置身在兩種文化之間不知道何去何從。」[89]之際，詩人聽到長者的話，忽有所悟：

> 土拉河靜靜向北流去，智者的話語如鐘聲般在原野上迴響。半生以來，一直在我心中互相牽扯互相僵持的兩種文化彷彿在同時開始流動，安靜而又緩慢地，逐漸地變成了兩條渾厚的江流過冰封已久的大地，一條是我血源深處無限戀慕的充滿了神話與傳說的黃河，一條是我生於斯長於斯從她的懷抱裡得到了所有知識的長江，而我竟然剛好站在兩條河流的交會點上。[90]

文化是一種生活的共識，風俗民情的約定俗成，共同形成的文化

---

[86] 同註31，頁169。
[87] 同註31，頁169。
[88] 同註58，〈江山有待〉序，頁4。
[89] 同註88。
[90] 同註58，序，頁5。

圈，而語言也是文化形成的重要部份[91]。兩種文化的交流下，其實要找到彼此的共通點，也就是根據文化特性找出文化共通性（cultural universals）比找出文化差異更難[92]。但是，詩人竟在蒙古的文化圖象中、臺灣、歐洲不同文化的交會下生活著，多種文化的交會與衝擊最後必然得找到一條歸依之路，特別是從小聽聞的故鄉與實際生活成長的家園，而這竟是詩人回到故鄉之後才意識到自己漂泊的心境是源於兩種文化的衝突，於是，歸根之旅更重要的是在於尋找自己內心的故鄉，找到一個平衡點之後，化解兩種文化的衝突。

　　文化與血脈的糾葛，地域與故鄉的不斷遷移。詩人蒙古的血脈卻在相隔萬里之遙的臺灣生長，在歐洲結婚，在漢人的世界中受教育並教育漢人，尋根到自己的故鄉時，卻又面對不懂語言不懂風俗的窘境，夾在其中的尷尬身分，讓詩人不斷思考自己的身分與自己身上不同文化的衝突與融合，複雜的心境與多重的故鄉角色扮演，詩人的許多思緒紛擾，以及多種問題的糾結與思考，同時鮮現在詩人詩文之中就不足為奇。後來，漸漸體會出：

　　　　漂泊的族群其實不一定是遠離了家鄉，就算是一直生長在自己的土地上，也可能是不知根源的浮雲啊！
　　　　那麼，也許任何時候開始都不算晚罷？只要我們願意面對自己的來處，讓所有的顏色和光彩一一進入，讓記憶的庫

[91] 見 Norman Goodman（諾曼‧古德曼）著、盧嵐蘭譯《社會學導論》（臺北：桂冠圖書出版，2000.07），頁29。
[92] 見尼爾‧史美舍著、陳光中、秦文力、周愫嫻譯《社會學》（臺北：桂冠圖書出版，1996.07），頁33。

存越來越豐厚飽滿，那所謂的「鄉土」，就再也不是可以
被他人任意奪取的空白了罷？[93]

面對不同文化的融合，對蒙古與漢族文化同存著熱愛，詩人在其
中擺蕩多年之後，慢慢找到融合的交點。文化可以如同兩條並存
的河流，同時存在而時而交會時而分流，或平行或交叉，文化的
融合是一個難題，夢中故鄉與現實故鄉的距離靠近卻是另一個難
題。詩人的心境與情感悲喜交加的矛盾，詩人的一生中面對的文
化差異、居所與故鄉的差異，都在尋求融合匯集，這或許也是詩
人特殊身分與特殊情性之中必然產生的矛盾距離，也是詩人終其
一生不斷尋求的融會之路。

五、結論——故鄉的再定義

詩人余光中曾經說，他有幾個故鄉，在臺灣時，想念大陸，
在香港時，想念臺北，到了美國，又想念臺灣[94]，生命的分期被
板塊瓜分，被地理重新啟動與塑造。席慕蓉的懷鄉，從小時候對
蒙古的想望，一直認為那是「故鄉」，也寫了不少鄉愁的詩，到
歐洲時，被鄉愁折磨，才隱然發現那鄉愁是在臺灣的北投故
宅[95]。而或許，當詩人回到臺北的家時，又會想念歐洲的冬雪
了[96]。

---

93 同註 55，〈原鄉的色彩〉，頁 169。
94 參見余光中〈地圖〉於楊牧編《現代中國散文選二》（臺北：洪範書店，1981），頁 587。
95 同註 5，參見張曉風〈江河〉一文，頁 16。
96 同註 16，〈四季〉，頁 50。

　　鄉愁的余光中與鄉愁的席慕蓉卻有著不同的面貌。席詩基於女子敏銳的心思，以及時而極歡樂，與事交接時有強烈的悲憤，此種悲喜交集的情感，加上豐富而敏銳的心思，獨有的人格特質形成詩人中獨有的悲喜。驗之於對故鄉的情感，更是顯現出有別於其他人的特殊感受。也因此，席慕蓉詩中意象的重複出現，幾個圖象的情感，都有其一致的情調。前半生對故鄉的過度想像，於是，風沙、馬、月光、沙漠的想像都帶有夢幻的浪漫的色彩，就連可怕的沙漠都是美的，簡陋的生活環境都是羅曼蒂克的。

　　當夢想碰到現實時，夢想的事物必然遇到現實粉碎的力量，而重新評估或是再造。當席慕蓉成了第一個返鄉的女子時，迎接她的故鄉已經不是原來的想像，加入政治的力量、人事的更迭、屋瓦的破壞，對故鄉的渴望變成傷痛與感嘆、無力感與無奈的悲傷重新攫獲作者的心，讓她從夢幻中走出來，面對現有的事實。於是，鄉愁被開放的政策與歸鄉的行程解開消除，但解開了夢想之後，卻是現實的殘酷，鄉愁的消解帶來的是另一種現實的愁悵。

　　但是，鄉愁之解愁雖然帶來一些悵惘與失落，但詩人反而有機會重新面對想像中的故鄉，從浪漫的思維裏面對生命的真實，從幻想的世界中，找到與現實接軌的道路，衝擊是難免的，卻是新生的力量與契機，只有在經過碰撞與理解之後，才有機會對過去的夢想重新整理，並重新定義。在經過現實的體認之後，詩人才會思考處於兩種文化風俗與地域的交會點裏，生命應該如何安頓。走過的路會留下痕跡，思考與融合的文化會有新的匯注與面貌。這就是新與舊的交集、夢想與現實的調和、過去現在與未來在同一條生命之流時，激起的合流。

本文發表：香港中文大學「歷史與記憶：中國現代文學國際研討
　　　　會」，2007.01
本文刊登：《台灣詩學學刊》第 9 號，2007.06

語言的匯流
——洛夫詩觀、詩作分期與東西方
詩質之融合重整與創新

一、前言——古今中外一番

　　洛夫的詩無疑是現代詩壇上一顆閃亮的鑽石。洛夫從 1957 年出版詩集《靈河》，到 2007 年為止，共出版詩集 37 部（包含詩選集），有聲詩集《因為風的緣故》，散文集《一朵午荷》到《雪樓小品》等七部，評論集《詩人之鏡》等五部，譯著《雨果傳》等數部。從詩到散文，從年輕到年長，50 年之間，詩人的創作持續而未中斷，並在七十多歲高齡尚能創作出版新的詩集[1]，已打破詩人的年齡禁錮。

　　洛夫的詩風轉變，從早期以超現實主義為創作指標到後期轉以古典情韻入詩，詩風的轉變上呈現由西方回歸古典的現象。同時，創作詩觀與技巧也從西方超現實主義到古典詩詞的取擇，融合東西方的創作技巧，同時促使古典與現代的創作技法的貫通，其創作手法多變而漸趨隨心而至，任性自然，頗有融古今中外於一家的企圖。

　　早期的洛夫是以〈石室之死亡〉超現實主義的手法創作驚動詩壇，但是洛夫的創作之路卻不停於此處，他不斷思考語言的轉

---

[1] 洛夫《背向大海》（臺北：爾雅出版社，2007.07），此本最新的詩集為 2007 年出版，距第一本詩集已有 50 年。

變，自《魔歌》之後，開始向古典詩詞的傳統取經，進而融入古典文學的創作手法。沈奇稱：

> 得西方詩質之神而擴東方詩美之器宇，取古典詩質之魂而豐潤現代詩美之風韻，以求為新詩的「藝術探險」和詩學建設，帶來更多有益於屬於詩這種文體的因素和特質。[2]

從傳統的詩詞世界裏，洛夫找到語言發展的新方向。回歸傳統的過程對洛夫而言更是融合東西方理論與詩的創作手法的道路。對於詩的質素深思漸漸超脫西方或是東方、古典或是現代，融合古今中外於一環，成為詩人後來選擇的創作路線。

洛夫後期的詩作漸漸脫離超現實主義色彩，對於此一角度的研究論文，早在《七十六年文學批評選》中有簡政珍的〈洛夫作品的意象世界〉一篇[3]，他從超現實、比喻的語言、意象並置、換置、時空的關係……等論詩中意象，此文特色在於一反眾人對洛夫詩「超現實」的批評視角，從新鮮的角度看洛夫的詩。又有從「古典詩質」討論洛夫詩作的論文，以李瑞騰〈試探洛夫詩中的「古典詩」〉為要[4]，此文從洛夫詩風的轉變，納入古典詩質的歷史背景說起，並討論洛夫詩中的李白、杜甫、李賀三位詩人的詩，從意象的引用到典故的說明，從傳承的眼光看待洛夫詩質的

---

[2] 見沈奇〈現代詩的美學史——重讀洛夫〉於《洛夫世紀詩選·序》（臺北：爾雅出版社，2000.08），頁8。

[3] 見簡政珍〈洛夫作品的意象世界〉於陳幸蕙主編《七十六年文學批評選》（臺北：爾雅出版社，1988.03），頁15-72。

[4] 見李瑞騰〈試探洛夫詩中的「古典詩」〉於陳幸蕙主編《七十七年文學批評選》（臺北：爾雅出版社，1989.03），頁89-125。

內涵，無疑是在「超現實」的認定中開拓一條新穎的解釋途徑，為洛夫的研究開啟新的視角。之後的大陸學者費勇在其《洛夫與中國現代詩》[5]一書中，為洛夫詩中的古典素質做一番深入考察，從莊禪思想、歷史題材、古典意象等一一提出說明。綜而言之，對洛夫詩中古典意象的討論以及幾首歷史典故為題材的詩，研究者已有論文，而揭櫫洛夫古典詩的創作因子、古典意象與歷史的運用，也公認為洛夫詩中具有的古典題材及創作手法。

　　然而，較少研究論文直接指出洛夫後期的詩作如何融合古典情韻與超現實手法，其融合之後的創作技巧具體表現為何？呈現何種效果與風貌？

　　同時，洛夫的詩觀轉變，與作品的風格分期，是否與超現實的手法及古典詩質的融合相關？以及洛夫後期的清朗詩風如何融會與呈現？再者，洛夫長詩《漂木》是否看出洛夫後期詩風在融鑄古典與現代、超現實主義與古典的詩質上的成果？因此，本文從三個角度切入論述洛夫的創作歷程與轉變，其一是從其詩人詩觀的轉變，可分為三個階段。其二是從作品詩風的轉變，從《靈歌》到《漂木》，1957 年到 2001 年，共可分為四個階段。其三是從作品的呈現中，應證其詩觀與詩風的轉變歷程，證明洛夫的超現實主義與古典詩質在創作技巧上的轉變、融合與創新。

---

[5]　見費勇《洛夫與中國現代詩》（臺北：東大圖書公司，1994.06），第三、四、五章。

二、洛夫詩觀的流向
——超現實主義與古典情韻之語言轉變

　　洛夫是一位特殊的詩人，在於他是一位具有哲學思考、自我反思力的詩人，此從洛夫的詩作及散文小品中，可以找到蛛絲馬迹。在創作的路上，他不斷嘗試新的形式與意象，不僅如此，在創作的背後，詩人先以詩觀的確立，接著是詩觀的實踐，往往有意識地朝著某種詩風流向走去，或者以某種理論為先導，透過作品，一步一步完成其詩觀。

　　洛夫從 1957 年出版詩集《靈河》到 2007《背向大海》共 50年間，其詩觀經過三個階段的轉變，從超現實主義的運用，古典詩歌的手法融入，到超現實與古典詩意／禪風的融合，這三個詩觀的轉變，引領詩人創作上的風格流變，同時，觀察詩觀的轉變，彷如站在高處，看著詩人每一時期的寫作風貌，如同河流歸於大海，對照詩觀與詩作，就可以得到清晰的流向。

（一）超現實主義的詩觀

　　洛夫早期詩觀是以「超現實主義」為創作手法，在新版的《魔歌·自序》中洛夫引超現實手法的詩說：

> 在詩學上，這或許就叫做超現實主義手法，把一些全不相干的東西結合一起，以期產生一種新的美。……三十年

前，我完全接受這些新的觀念。[6]

超現實主義的創作手法是早期洛夫在《石室之死亡》中刻意表達的技巧，同時也是當時洛夫接受西方超現實主義的詩觀的具體呈現。在 60 年代時期，詩人自認完全接受這種觀念，而此一觀念也影響甚遠。其因是政治環境下的限制，軍人身分的隱藏，使得詩人採用隱晦的創作，以表達內心的情思。洛夫在〈詩人之鏡〉中寫到超現實主義對現代詩的啟發：

> 以純藝術觀點來看，超現實乃一集大成之流派，只要你自
> 詡為一個現代詩人或畫家，就無法完全擺脫超現實的影響
> 而或多或少在作品中反射出那種來自潛意識似幻還真的不
> 從理路但又迷人的微妙境界。[7]

從詩人的語氣中，讀出詩人對超現實主義的崇敬與迷戀，他把超現實主義那樣迷離的夢境、各式不相干的意象組合、以及潛意識的「自動書寫」[8]，看成是迷人的美妙境界。其實，超現實主義的思考模式開拓想像的範疇，讓人們探索內心深處不易見出的部份，因此在創作上會出現彷如突如其來，現實中不可見的，超越

---

[6] 見洛夫《魔歌》（臺北：探索文化事業公司，1999.11.）新版〈自序〉。

[7] 見洛夫〈詩人之鏡〉於《創世紀四十年評論選》（臺北：爾雅出版社，1994.09），頁 42。

[8] 見〈超現實主義〉於伍蠡甫、林驤華編著《現代西方文論選》（臺北：書林出版社，1992.08），頁 174。所謂「自動書寫」是指創作者處於被動的接受狀態，自動書寫出現在腦海中的話語，而不以理性的邏輯為思考的創作方式。

理性邏輯的想像世界。這對於創作者而言，開展了心智想像的空間，拉開了現實世界的侷限，而把想像的界限跨入不可思議、難以言說的心靈境界，對於詩人而言，無限的想像空間以及不合理的想像內容，那是一個沒有邊界的存在，其境界之迷人，可想見一斑。透過這樣的創作手法，詩人開展前所未有的創作空間。洛夫對此一創作手法推崇備至：

> 超現實主義對詩最大的貢獻乃在擴展了心象的範圍，濃縮了意象的強度，而使得暗喻、象徵、暗示、餘弦、歧義等重要詩的表現技巧能發揮最大的效果。[9]

超現實主義對於意象的組合與語言的要求，傾向濃縮與各式意象的組合，而任由思維流動，採用不透過理性處理的意象。因此，超現實主義對創作的直接幫助，就是想像力的無限擴張，任何的可能與組合都能成為超現實的意象來源，借此擴大傳統思維的限制，把心象的範疇從具體可見可聞的事物擴大為不可思議難以具體化的虛幻之境，而超現實帶來的啟示更在於使暗喻、象徵等手法發揮盡致，試圖以隱微的方式暗示詩人內心世界的真正企圖。而微言大義正需要微妙的詩中境界的暗示，在 60 年代的詩人們，透過超現實過度想像的手法，悄悄地在詩中抒發個人的鄉愁以及各種情思，試圖在嚴厲的政治環境下保有文學家浪漫的想像與個人情志，因此，這樣的「超現實主義」未必就是西方理論中的超現實主義，雖然，後來的學者研究也漸漸發現洛夫的超現實

---

[9] 同註 7。

主義並非西方超現實主義的全然翻版，費勇說：

> 洛夫曾打出超現實主義的旗號，但如果據此即以「超現實
> 主義」的標籤來概括洛夫的詩歌，則不免輕率。像「洛夫
> 的詩是超現實主義的」這樣的判斷，空洞得沒有實質性的
> 內容。[10]

費勇的看法清楚指出洛夫的詩並非全然是超現實主義的完成，此
點，筆者亦十分認同，因為超現實主義帶給洛夫的是心象的拓
展，並提昇了暗喻、象徵等在詩中的技巧層次，意象的豐富性因
為超現實主義的啟發而更加變化多端，但是，洛夫終究在創作上
保持一種「清醒的意識」與「理性的邏輯」，而非採取「自動書
寫」任其意識漫流的創作方式。同時，在《石室之死亡》之後，
詩集《魔歌》的創作手法已經不全然保留《石》詩那樣晦澀的語
言，而是有意識的轉向古典詩歌中的創作技巧與境界的延用，因
而洛夫詩歌的早期特色，與後期詩歌的風格，已經大為轉變[11]。

（二）古典詩觀之融入

作為詩的探險者，洛夫早期接受西方的理論並且如走鋼索般
地嘗試新的意象[12]，直到詩集《魔歌》以後，詩人不但改變詩
觀，並調整創作的手法。洛夫在新版的《魔歌·自序》中說：

---

[10] 同註5，頁216。
[11] 見張漢良〈論洛夫後期風格的演變〉於蕭蕭主編《詩魔的蛻變——洛夫
詩作評論集》（臺北：詩之華出版社，1991.04），頁119。
[12] 同註6，頁3。

自《魔歌》以後，我的詩觀與詩法的確有了極大的變化，具體說來，我企圖使非理性的超現實主義合理化，追求中國的「無理而妙」的特殊詩律，不論是形而上思考，或禪的妙悟，都希望能回歸到自然的秩序中來。在《魔歌》以後的作品中，像以上舉的那些出人意表，極盡誇張突兀之能事的詩句已不多見，晚近的詩風更趨平實，由「陌生化」而轉為「親切化」。

洛夫有意識使用超現實主義的手法，企圖把不相干的東西組合，造成詩中的「陌生化」。「陌生化」是一種叛逆與創新的渴求。洛夫詩風轉折的思考來自於對超現實主義的反思，以及對於古典詩詞傳統的回歸，洛夫自言其詩風的掌握過程中，汲取的中國傳統詩詞的情意與表現方式。他說：

在這首詩中我仍採用了一些一貫的表現方法，盡可能做到詩性的含蓄與蘊藉。象徵、暗示、超現實等技巧的交互運用，構成了這首詩表面上洸洋恣肆、語符飛揚，但內在精神卻沉潛得很深的特殊風格。[13]

洛夫後期的詩理論強調超現實主義與禪的契合，他把超現實主義所強調的潛意識與中國禪的思維方式都視之為具有反對邏輯推理的本質，而此種特質結合詩的「妙悟」，也就是詩的「直覺的心靈感應」，以及古典詩歌美學中的「無理而妙」，強調詩的「無

---

[13] 見蔡素芬〈漂泊的，天涯美學──洛夫訪談〉於《漂木》（臺北：聯合文學出版社，2001.08），頁285。

理」的部份[14]。

「無理」是打破既定思維、反邏輯的思考，讓非理性的部份切入詩的創作，消融邏輯而強調潛意識或是不合理性的思考，讓直覺的成分引領詩的意象創作，無理之中卻又契合了絕妙的意象，無理而妙悟的思考正符合詩的直觀，也借由「破」除理性而重新「立」出符合人生道理，卻不一定在既有的思維理路上出現舊有的意象，也不一定符合既定的理性邏輯的意象，如此突破詩的既定思維，達到一種無人知道，卻是由詩人一手開創的新的領地。

臺灣現代詩從 1956 年紀弦標舉的「現代派」的成立，提倡「橫的移植」而不要「縱的移植」，強調西方的理論引入詩壇，透過「現代主義」，學習西方的象徵派、立體派、達達派、超現實主義等[15]。引起詩壇對於詩的現代主義創作傾向的討論，同時，有另一派的聲音，主張回歸傳統古典的實踐，以不廢棄傳統的作法創作，此以余光中等人的論點為主。

六十年代時期的現代詩，就在西方與傳統之間擺盪，試圖找出一條自己的道路。洛夫的詩是屬於前衛的，一開始便以〈石室之死亡〉一詩的超現實主義路線引起注目，後來，詩壇回歸到傳統詩質的聲音不斷，洛夫也是眾人之一，柯慶明先生的〈六十年代現代主義文學？〉一文說：

> 引用唐詩，作為技巧的示例，似乎是當時常見的修辭策

---

[14] 見王偉明〈煮三分禪意釀酒——訪洛夫〉《詩網絡》卷 15，2004.06，頁 11。

[15] 見紀弦〈現代派信條釋義〉於《現代詩》季刊封面，1956.02。

略：覃子豪不但引陳子昂〈登幽州臺歌〉解釋抒情詩的形
態與詩的特性；⋯⋯余光中則在〈從一首唐詩說起〉一
文，⋯⋯。洛夫在其《石室之死亡》詩集的自序〈詩人之
鏡〉，不但引了李商隱〈錦瑟〉詩，作「超現實手法的
詩」的例證，⋯⋯這些例子與現象，無形中不但可以肯定
了六十年代，不論現代詩與現代小說，顯然在技巧上，都
具有「將傳統溶於現代，借西洋揉入中國」的自覺與用心
的一面；而且都特別偏愛唐詩，⋯⋯是以，唐詩，尤其是
深具「神韻」風味的作品，異於五四時代的批判，反而成
了「現代」的典範。[16]

柯先生的文章中指出，不但在理論的自覺上或是作品中，其實許
多的現代詩作品已經融入傳統的文字創作技巧，特別是從唐詩學
來的神韻與典範，實在無法絕然分割西方的或是古典的。而洛夫
的觀點更在於說明唐詩中的李商隱詩也具有「超現實手法」，超
現實手法並非只有西方理論才有。同時，洛夫最大的企圖在於連
結古典傳統與西方理論，洛夫自言：

北宋魏泰論及禪與詩的關係時說：「禪宗論雲間有三種語
言，其一為隨波逐流句，謂隨物應機，不主故常，其二為
截斷眾流句，謂超出言外，非情識所到，其三為涵蓋乾坤
句，謂泯然皆棄，無間可伺。」第一種正是現代主義慣用
的意識流手法，第二種是超現實主義的手法──切斷機械

---

[16] 見柯慶明〈六十年代現代主義文學？〉於《中國文學的美感》（臺北：
麥田出版社，2000.01），頁419-420。

的理性語言結構，以表現潛意識的內涵，第三種則近乎純粹經驗論，主要是對時空界限的泯滅，萬物融合一體。[17]

洛夫評論古典詩時認為創作的手法名稱不同，而實體則相似，例如意識流的手法、超現實主義的手法，在古人的創作中早已出現。然而，「超出言外」並非就是西方超現實主義強調的主要創作手法。在此，洛夫實則已經把所謂超現實主義的精神轉化為「超現實手法」，超現實主義強調的潛意識與不合理性的書寫方式，在洛夫隨手引來使用時，作了若干修正，他取擇其超乎現實的想像部份，而捨棄某些不理性的成分，包括自動書寫等，因此，洛夫的超現實主義手法反而是理性的刻意的營造。（此見本文後面「超現實主義的擴大解釋」一節）

同時，洛夫對於超現實主義的定義，試圖找出與西方理論相近的地方，用來支撐自己認為凡藝術都有相通之處的觀點。將中國古詩與西方的艾略特等人的藝術創作的共通原理視之為超現實主義手法。於是，當時與洛夫皆有強烈的回歸傳統的眾多主張，在時代環境的因素背景下，試圖把西方的理論與傳統詩的創作結合在一起，自然而然，唐詩中具有「神韻」的作品，也與西方的作品在創作技巧上有著相契合的地方，於是，洛夫自言從唐詩中學習，就成為一件自然而正當的事情，符合當時詩人的期望，也符合當時詩人創作的期待與背景。洛夫自言其唐詩與他的詩作的關係與影響，在《月光房子‧自序》：

---

[17] 見洛夫〈靈感及其他〉於《洛夫小品選》（臺北：小報文化有限公司，1990.09），頁111。

我讀唐詩愈勤，所得愈多；我從杜甫和李商隱筆下學到如
何經營意象，從李白筆下學到如何處理戲劇結構，從王維
與孟浩然筆下學到如何通過自然，表現禪趣，從賈島與崔
灝筆下學到如何掌握生動的敘事手法，（前者如〈尋隱者
不遇〉，後者如〈長干曲〉）。古典詩中有它可變的因素，
也有它不變的因素，捨其可變者而承其不變者，實為現代
詩人拓展視野，擴大胸襟，以期突破創作困境的重要途
徑。[18]

洛夫自己說明從唐詩中學得到的創作技巧，包括意象經營、戲劇
結構、禪趣表現、敘事手法等。並且主張從唐詩中選擇不變的因
素，也就是一些從古至今皆能通用的文學創作技巧，把這些古人
的精華用之於現代詩，對於一開始使用西方超現實主義手法的詩
人而言，反而是寫作的營養劑，回歸到古典的領地，發掘古典詩
歌中原本具足的創作技巧，無疑是擴拓視野、突破困境的一大轉
折。甚至明白指出自己詩中學習古人之例，洛夫〈靈感及其他〉
中說：

我的詩《煙之外》中曾有這樣的句子：「潮來潮去／左邊
的鞋印才下午／右邊的鞋印已黃昏了」。讀者有茫然不解
者，我頗為自得地對他說：這是現代詩中時空壓縮的技
巧。然而又覺報然，李白在《將進酒》中有句：「君不見
高堂明鏡悲白髮，朝如青絲暮成雪」，這種技巧古人早就

---

[18] 見洛夫《月光房子‧自序》（臺北：九歌出版社，1990.03），頁7。

運用了。[19]

讀者茫然不解之處，是否就是洛夫自為得意之處？而此超現實的時間壓縮手法，本是洛夫學習西方理論之後的創新，最後卻又意外地相契於李白的詩作，古今技巧的相似，讓洛夫認定所有的藝術都可能有所相通，他說：

> 現代主義的諸多手法都暗合古意古法，或者可以這麼說，古今藝術觀念多有匯通之處，此又一例證。[20]

而把現代主義暗合於古典作法，擴大的解釋現代與古典的相通現象，就是此種契合的結果。李瑞騰在其論文中提到洛夫詩中的古典詩質，他探討洛夫詩風的轉變，早期洛夫嚮往西方理論與傾心於超現實詩風的創作，詩中沒有古典的影子，然而，到了 1965 年以後，「根本反省現代詩的創作路向與傳統詩之間的關係，就時間上來說，意義非常重大。」[21]洛夫發現古典詩質的重要性與特色，在其詩集《魔歌》裏，漸漸翻化古典詩的句子，而成為現代詩的表現方式，自此以後，洛夫詩風不再僅有西方的色彩，而能融合古典詩質，轉變為後期更圓熟的詩風[22]。這種詩觀的發展軌跡與思考脈絡，讓詩人順理成章走向古典與現代的融合路線，同時也找到一個新的轉機。

---

[19] 同註 17。
[20] 同註 17。
[21] 同註 4，頁 95。
[22] 同註 4，頁 89-96。

（三）超現實主義的擴大解釋

早期的洛夫在自我的詩觀中呈現出「超現實主義」傾向，然而，試圖消融個別的、短暫的、單一的理論的歷史與文學觀，他試圖把自己放在更高更遠的宇宙中回過頭來看自我的侷限，隱約地，意識到詩是自己內心追求的淨土[23]，而詩中的情感具有無限的延伸，這超越歷史的延伸，讓古今串連起來，無古無今，也是此種創作傾向讓洛夫得以拋開時下理論的限制，頭也不回往自己心中的淨土奔去，不斷開創出新的創作方向，而這方向也隱然成形，試圖突破的是古今中西的限制，朝向詩人純粹的美感、真我的生命表達方向邁進。

洛夫後來的詩風轉變之後，不太喜歡評論者直指其詩為「超現實主義」的創作，他在《釀酒的石頭·後記》中說：

> 但令人難以釋懷的是，某些半調子詩評者，對我作品中凡插上想像翅膀的詩句，一概視為「超現實」；凡讀到我以間接暗示手法處理的詩句，一概視為「自動語言」。你如問他何謂「超現實」，何謂「自動語言」時，他又瞪目以對，不甚了了。[24]

洛夫的超現實語言，自《魔歌》之後大為轉變。而《釀酒的石頭》是在《魔歌》之後出版，其詩風與語言是轉變後的結果，詩

---

[23] 見左乙萱〈神性的聲音——二〇〇三溫哥華洛夫訪談〉《創世紀詩雜誌》138 期，頁 157。

[24] 見洛夫《釀酒的石頭》（臺北：九歌出版社，1983.10），頁 166。

中純粹以超現實主義手法表現的句子已經越來越少，保留詩中的
是「超現實」的想像，此論點已見前文。「超現實主義」的影子
不斷被稀釋，詩句已見清朗，但是，相較於傳統詩詞，更出現許
多「超乎現實」的想像，例如〈清明讀詩〉：

> 每個意象
> 都被強烈的胃酸溶解
> 吐出來時
> 竟是一堆
> 熱得燙手的鐵釘

「意象」不可能被胃酸溶解，是一種超乎現實的想像，吐出來的
鐵釘暗示意象的轉化，此詩的詩句清朗，五句為一個意象，而不
是五個意象放在一個句子之中。透過胃酸溶解的過程，書寫意象
的變化，從句子一行一行的演變過程裏，語言被稀釋得較為乾淨
清晰。而意象中的「超現實」想像未必就是超現實主義擅長使用
的晦澀語言。又如〈午夜削梨──漢城詩抄之七〉：

> 刀子跌落
> 我彎下身子去找
> 啊！滿地都是
> 我那黃銅色的皮膚

想像自己從梨子的顏色與膚色的相同，從兩物相關中產生聯想，
當梨子掉落，我彎下身子去找時，卻發現梨子是我自己黃銅色的

皮膚，因為「梨」與「離」字雙關，暗示著「分離」，分梨（離）而讓詩人驚覺，無論多久的分離都不能改變黃銅色的皮膚，暗示血緣是無法以刀子割斷的。以四句寫一個意象，並在詩句最後以情景轉換表達思想，這是以「超乎現實」的想像完成的意象，不涉及超現實主義的自動書寫或是潛意識書寫等手法。同時，一個意象分散於四個句子完成，也讓意象統一而無超現實主義使用的任意組合意象的問題。

洛夫對詩歌中「超現實主義」的解釋，顯然是想跳開此一「主義」的限制，而把「超乎現實」做為擴大的超現實主義的新方向。同時，洛夫「詩」的思考，進展到「超越時空」的無限性裏，擴大的思考方向促使詩的創作漸次擺脫原有的格局，最後，必然試圖把主義或是理論拋到一邊，而純以「詩」是什麼？詩質為何？做為主要的思考方向。

《釀酒的石頭》（1983 年）中說到「明朗的詩固然是好詩，但先決條件它必須是詩，而不是散文」，又提出詩是一種超越時空的價值創造，其《釀酒的石頭・後記》中說：

> 詩本身是一種超越時空的價值創造，故我們今天讀唐詩，仍有面對古人的真實感，……詩人的本領就在如何化有限為無限，因此我認為詩人宜乎寫人生的觀照，而不須傾全力於寫生活的細節。……一切文學藝術無不以我為起點，有「真我」，才能有真實的創作。[25]

---

[25] 同註 24，頁 168。

洛夫詩觀到此一階段，不再口口聲聲高舉超現實主義的大旗，而
能客觀地將詩放在歷史的天枰中衡量，視詩為超越時空的創造，
「化有限為無限」、「寫人生的觀照」、以「真我」為起點，這幾個
概念貫穿洛夫的詩創作歷程。同一篇文章中，洛夫前半段提到自
己創作的語言已不全然是超現實主義的產物，因此，從詩質的角
度化解其為超現實主義詩風的侷限，而從「詩」可以超越時空的
角度思考，跳出理論的架構，提出詩本身應該具備的語言藝術特
質為思考的指標，並以表現人生觀照，個人真我為創作的起點。
如此擴大了超現實的範圍，詩人為自己解套，也把詩風轉向超越
時空地域的方向，從揚棄、超越而走向融合貫通之路。

　　另一個思考的角度，則是從創作手法來看，洛夫視古典詩與
西方詩家的創作超越古今時空者，皆視之為超現實手法的表現。
長詩《漂木》（2001 年）之寫作，洛夫把「超現實」手法擴大解
釋，認為所有的詩人都應該有超現實的手法。他說：

> 我只是運用「超現實主義」的表現手法，其實所有的詩都
> 是超現實的。如果詩不能超越現實，超越時空，兩千年前
> 的唐詩，像李白、杜甫的詩都沒有人懂了。藝術的原創性
> 就在此。詩不能太著相、太落實。詩是人與自然，人與神
> 的對話。但有時詩更是心靈的獨白。所以詩介於現實與超
> 現實之間，它徘徊于生活的邊緣，與人生若即若離。[26]

洛夫對於慣用的超現實主義手法，擴張其解釋，把超越時空的想

---

[26] 同註 23，頁 158。

像都視之為超現實的手法，擴大解釋「超乎現實」的想像作為詩中必然的創作想像。

洛夫在汲取古典詩詞的營養之後，以語言清晰、意象明朗的詩風呈現，依然融合原本擅長的超現實主義手法，卻擴大解釋為「所有的詩都是超現實的」，這裏「超現實的」不再是狹隘的超現實主義的理論，而是筆者所提出的「超乎現實的想像」的手法[27]，超乎現實上天下地的想像，是把古代詩人與現代詩人連結起來的最好管道。所以洛夫認為詩是「超越現實，超越時空」的，他的時間觀念是整體的，沒有過去、現在和未來[28]。也因而，李白、杜甫與李賀等人與現代詩人有何差異？除了時間的不同，只要是「詩人」都具有詩的「原創性」，都是「人與自然」的問題。那麼，化繁為簡，詩就是詩，詩就是人們面對自然時，人與自我、人與自然、人與心靈的對話。

換言之，洛夫後期詩作融入中國古典詩詞的情韻，個人的「超現實主義」手法已經轉向，擺脫《石室之死亡》那種晦澀的語言，給予詩人「超乎現實」的想像界域，擴大詩的創作想像空間，比起具體的想像內容，超現實的想像空間更寬廣無邊，可說是現代詩人透過西方理論洗禮之後開展的廣大境域。

失卻時空的距離隔閡，也失去東西方的差別困境，失去理論與非理論創作手法的相異，洛夫的詩觀很簡單清楚，就單純為一個「詩人」應該面對的「詩」是什麼？應該如何寫詩的問題。於

---

[27] 此見筆者論文〈超越想像——論現代詩中超現實主義與示現修辭法之意義與表現〉於《第三屆文學與資訊學術研討會》論文集，臺北大學，2006.10。並收於本書。

[28] 同註23，頁156。

是也沒有所謂東西方的問題、沒有超現實主義的問題，只有如何表現詩的想像，超乎現實的詩境，原創的詩性，以及如何面對生活、思考人生，這就是詩人化繁為簡的單純的創作思維。

（四）詩就是詩：不限古典現代或者東方西方

消融了東西方、也消融了理論與現實，這些被放在大歷史、大宇宙、大世界的天枰上，相互消解彼此的關聯，就會剩下一種恢宏的、寬廣的寫作觀。洛夫摻入中國傳統古典詩質，化去超現實主義的高濃度語言，將意象疏解、淡化，卻保留超現實主義中天馬行空的超現實想像，以擴充古典詩歌的不足。兩者的匯通與融會，使得詩人創作手法隨手拈來，因題材而異，因意象而生。詩人站在「詩」的立場考量，這是跳出思維限制的開始，洛夫在1997年〈詩・書法・篆刻三種美的結合〉一文中說：

> 在詩藝上追求原創性，現代性，並試圖摻合傳統美學與當代思想，使其銲接鎔鑄，融為一種全新的藝術生命，這是我從事詩創作數十年來一貫的理念。最突出也最具成效的一項實驗，便是將西方的超現實主義和中國的禪，在理論上和表達計巧上做一種有機性的融會，具體的作品可在拙作《因為風的緣故》，《詩魔之歌》，《月光房子》等詩集中找到。像這種中國的和西方的，傳統的和現代的彼此摻合，相互辨證，就詩而言，最後還只是落實在印刷的語言上，至於能否在表現的媒介上有所突破呢？我一直在思考

這個問題。[29]

　　洛夫自己說明創作的企圖心與理想，融合的對象在於：傳統美學
與當代思想。詩的理想在於：原創性與現代性。自認為最有成效
的創作技巧，是超現實主義與中國的禪意。詩的語言與意象是構
成詩最大的資本，所有的理想與理論，最後都涉及創作者本身對
於語言的掌握與創作技巧的運用是否能夠隨心而至，所以洛夫最
根本的問題思考還是放在語言藝術的層次，或言創作技巧的問題
上面。此即是洛夫自言最得意者，在於「融鑄」西方與東方、傳
統與現代的成就，並且表達上轉換理論而達到詩的「原創性」與
「現代性」。

　　詩觀的理論是促使詩人創作朝其方向前進的動力。從〈石室
之死亡〉以超現實主義的寫作技巧，書寫孤寂、疏離的詩風，到
《魔歌》以及之後的《時間之傷》、《釀酒的石頭》、《月光房子》
等，以古典題材及詩篇為寫作內容，一直到融合兩者而進入禪意
的內涵，並把超現實主義的手法轉變為「超乎想像」的意象，洛
夫在作品中融鑄兩者的軌跡是很明顯的。而融會的關鍵在於詩人
必須跳出一家一派之言，拋開既有理論的制約，從「詩」本身應
該具有何種特質為考量點。

　　其中最大的關鍵，在於發揮詩人的觀察力與詩人創作特質。
洛夫在〈詩人之鏡〉中說到超現實對於詩人的啟發是在於啟發詩
人「心眼」。他說：

---

[29] 見洛夫《落葉在火中沉思》（臺北：爾雅出版社，1998.06），頁161。

> 超現實主義最成功的作品之所以使我們感動和驚奇，主要
> 是詩人的觀察受到他對事物新認識的支配，因為他不是以
> 肉眼去看，而是以心眼去透視，這種認知不是浮面的或相
> 沿成習的，故轉化為創作品時能賦予事物新的意義與生
> 命，一般人所謂「不懂」，即由於詩人未能按照他們心中
> 原有的認識的模式（Pattern）去述說。[30]

古典詩人的心眼在於實物的歌詠與述說，個人情懷與故鄉國家之間的含蓄表達，透過的是具體的景物，或是不在眼前的想像，即修辭上的「示現」修辭，讓不在眼前的景象，於心象中顯現於前，但是這些想像卻還是在具體事物的重現，或是合於情理的圖象與情節發展。然而，超現實主義所帶給詩人的刺激，在於開擴「新的心眼」，把抽象的事象、不可能完成的組合、或是以推想獲得的想像，啟開詩人心中對世界的「再認識」。此可從超現實主義對於潛意識的重視，對於事物的任意組合、任其意識自動書寫等等創作方式的主張可以得知，超現實主義對於古典詩的創作模式將引起的巨大變革，並因此啟發詩人在創作心眼的另一個層次的體識與刺激。洛文此文又說：

> 所謂「靜觀」亦即心觀，即詩人往往在頓悟中體認出物象
> 之原性，而不是物象的概念。所謂賦予事物以新的意義，
> 意指詩人能透識某一事物過去未經發現的新的屬性，並攫
> 住它，以一種最適切的形象表現之。[31]

---

[30] 同註 7，頁 43。
[31] 同註 7，頁 43。

可見西方與東方的融合點，其樞紐在於獲取事物的共通本質，而以「詩心」攫獲，也以「詩心」互通彼此。現代詩人在新的觀點與視野之上，找到過去古人尚未發現的事物的屬性或是特質，將此一屬性以適當的形象表現，現代詩心與詩觀並不捨棄古典的詩觀，詩的本質具有共通的地方。掌握相同的詩質，轉換以現代人的觀點與現代的表達方式，同時尋找出舊事物的新形象，用以表達現代詩人的情感與思想，這是古典與現代融合而轉化的關鍵。

三、天涯美學第四期——洛夫詩歌風貌分期

洛夫的詩通常被分為前後期，前期以〈石室之死亡〉為超現實手法的代表作，後期則從《魔歌》開始，轉而吸納傳統詩詞的寫作手法與情調，從〈沙包刑場〉為轉捩點，之後其詩風轉變，即如張漢良說：「意象之單純、句構之散文化、與用字之口語化，是洛夫創作過程的一個轉捩點。」[32]

洛夫《魔歌》後的作品，有詩集：《眾荷喧嘩》、《時間之傷》、《釀酒的石頭》、《月光房子》、《天使的涅槃》、《葬我於雪》（北京）、《隱題詩》、《我的獸》、《雪落無聲》、《形而上的遊戲》、《漂木》、《雨想說的》、《背向大海》。詩選則有：《洛夫自選集》、《因為風的緣故——洛夫詩選》、《愛的辯證——洛夫選集》、《詩魔之歌——洛夫詩作分類選》、《洛夫詩選》（北京）、《夢的圖解》（舊作選編）、《雪崩——洛夫詩選》、《洛夫小詩選》、《洛夫精品》（北京）、《世紀詩選：洛夫》（爾雅）等。

---

[32] 同註 11，頁 123。

　　洛夫的古典詩觀傾向，令其詩風大為轉變，從超現實主義到傳統詩歌的融入，其古典詩觀的創作傾向在《魔歌》中已經明顯看出。因而學界把洛夫詩歌分為前後二期，是以此詩集為分斷的轉折點[33]。

　　一般將洛夫詩風分為三個階段，一是早期受到超現實主義與存在主義影響，二是軍中作家的漂泊心境所致，透過超現實主義晦澀詩風，抒解內在壓力的出口，並借此脫離政策的限制，深切體悟生命與確立詩的藝術性價值[34]，此時期以〈石室之死亡〉為代表。第二階段是 1970 到 1980 年代，正值臺灣文學反思階段，回歸鄉土的聲音與西方文學詩風的爭論，於此時囂騰，而洛夫在此時重新正視傳統古典詩歌美學中的因子，以及對於現代詩的啟發與傳承，試圖結合兩者的精神思想，將超現實的詩風與古典傳統的美學合而為新的「中國現代詩」為目標，此一轉變從《魔歌》的詩風轉變中可見一斑，其後的《時間之傷》等，已見出洛夫將詩中意象放鬆，語言活潑，甚而將古典詩歌的情韻含納其中的努力。第三階段的轉變，以 1988 年開放大陸探親為界，洛夫與管管、商禽等人回鄉訪親，並探訪大陸詩界之後，書寫許多有懷鄉的詩作，更以歷史為題材，書寫出大量懷鄉的抒情詩[35]。

　　然而，筆者認為，洛夫詩風到此一專訪結論，乃 1999 年之事，之後是否有新的轉變則有待作品的呈現。洛夫 1996 年移居加拿大，詩人以書法轉型生活，然而詩人的創作之筆是否停歇就

---

[33] 同註 11，頁 123。

[34] 見劉正忠〈軍旅詩人的疏離心態——以五六十年代的洛夫、商禽、瘂弦為主〉於《台灣文學學報》第 2 期，2001.02，頁 119。

[35] 見于盼〈我是一隻想飛的煙囪——專訪詩人洛夫〉，《文訊雜誌》，1999.07，頁 66。

成為有待觀察的現象。2001 年，洛夫出版長詩《漂木》，七十幾歲高齡，以「長詩的寫作是檢驗詩人成就的指標」[36]，為其創作再創一新的里程碑，洛夫在〈《漂木》創作紀事〉中自言，醞釀此一長詩是從 2000 年 1 月 13 日之前數日，從語言的策略思考，試圖「把自己的生命體驗和美學思考做一次總結性的形而上建構。」[37]而此詩的創作動機基於兩個因素，其一是詩人近年來一直思考的「天涯美學」，其二為自我二度流放的孤獨經驗[38]。所謂「天涯美學」的產生，洛夫在專訪中曾說：

> 認為海外作家如想繼續創作，而且能另創新猷，首先必須調整心態，該保留的（如優質的傳統文化）盡量保留，該揚棄的（如狹隘的民族主義）盡量揚棄，進而培養一種恢宏的、超越時空的、超越本土主義的宇宙胸襟。……我把二度流放中累積的漂泊經驗與孤寂情感，結合上述的那種開闊胸懷，便逐漸形成了一種新的美學概念，這就是支持〈漂木〉這座龐大建築的基石：天涯美學。[39]

旅居國外的洛夫，對於「地域」與人的情感之間微妙的相互影響，會有更清晰的覺察，對於古典詩詞到現代詩的中間的取擇與

---

[36] 見簡政珍〈在空境的蒼穹眺望永恆的向度——論洛夫的長詩《漂木》〉為序，於《漂木》（臺北：聯合文學出版社，2001.08），頁 7。

[37] 見洛夫〈《漂木》創作紀事〉於《漂木》（臺北：聯合文學出版社，2001.08），頁 248。

[38] 同註 13，頁 284。

[39] 見陳祖君〈仍在路上行走的詩人——洛夫訪談錄〉《文訊》235 期，2005.05，頁 130。

揚棄,是詩人在創作時的重要思考,他必須走出自己的道路,有別於古代與現代情感的新道路。因為「天涯觀」的立場,地域廣大,距離遙遠,從中國到臺灣到加拿大,不但是環境的改變,地區的差別,人文的相異,語言的差別,文化的對照與對比,這種「境遇」是古代詩人受限於環境地域因素無法達成的「環境刺激」,同時,東方與西方的大量交流,古典詩情與現代社會的強烈衝擊,這些相反事物的相激相盪,剛好提供詩人極大的思考空間與創作泉源,融合或是揚棄,拒絕或是匯通,這是現代人的課題,而洛夫比臺灣或是大陸地區的詩人,更早一步從西方世界與東方文化中提煉出融合匯通的思考點。加上個人漂泊心境的流露,詩人的情感與創作手法有著融鑄於一爐的成果,因而必須走向一種:「培養一種恢宏的、超越時空的、超越本土主義的宇宙胸襟。」並由此建立詩人漂泊的「天涯美學」,他對於自己漂泊的情感更說道:

> 我發現一種天涯美學,裡面有兩個基本因素,一個是悲劇意識,一個是宇宙情懷。所謂悲劇意識,是個人的悲劇經驗跟民族的悲劇經驗的結合。這首詩的哲學思考是對生命的一個反省。[40]

長詩《漂木》中充分體現的洛夫的漂泊感,這「漂泊的意象」,簡政珍直指:

---

[40] 同註23,頁160。

> 以「漂木」為名，漂流、流蕩、放逐、離鄉背井當然是最
> 明顯的題旨。[41]

〈漂木〉雖以生命旅程為主軸，探索生命的議題：生命的無常與
宿命的無奈[42]。但生命的反思卻在於「漂泊」的心情反映。探索
原因，從年少就離鄉背井的詩人一直到年老，經過大陸、台灣、
加拿大的居住，生命被環境切割成三個片段，雖然這三個片段不
能用來套在詩人詩風的轉變上面，卻共同指向一種心靈的浮動，
就是一種漂泊的心境，無法安土重居，一世不遷的生命遭遇，構
成詩人心中潛在意識的不安與漂泊感。「漂木」的意象，其實歸
納總結了詩人這一生潛在思維的傾向。因此，生命的無常感與漂
流的宿命被規限在「漂木」的象徵意義中，流動的思維裏潛藏的
記憶，是詩人漂泊的心態所外顯的創作意向。

　　洛夫自言 1949 年從大陸到臺灣，為時勢所迫，是生命中的
第一度流放，而 1996 年移居加拿大，是自己有意的自我流放，
這「二度流放」自我選擇的決心大於被迫的因素[43]，移居加拿大
之後，詩人對於過去的回想以及對現在遠離鄉土的孤寂心境，不
但在生活形態上有很大的轉變，在心情上也有新的思考。在臺灣
時期的詩人，對家鄉總有份期待與思念，但在 1988 年回鄉之
後，景物變幻、人事更迭，內心的衝擊到詩人情感深層意蘊的潛
藏，致使思考轉變，情感解脫。到了 1996 年，選擇移居它鄉，
既不是從年少到老年熟識的臺灣，也不是少年時長大的故鄉，這

---

[41] 同註 36，頁 9。
[42] 同註 39，頁 130。
[43] 同註 17，自序：〈獨立蒼茫〉。

對於詩人而言，無疑是從小地方到大環境，從一個狹隘的世界觀，拓展了全球化的宇宙觀的絕佳環境力量。

因此，洛夫詩觀與創作的改變，不再是西方與東方的問題，而能跳脫東西方的地域侷限，以地球的世界的角度看自己、看詩創作，由此見出，洛夫跳出的視野中，承認了所謂東西方最後走向的「共同繁榮」的道路[44]，也許連洛夫自己都沒有發現，他的詩觀從東西融合的「生活語言」[45]到天涯美學的主張，已經有所差異。〈《漂木》創作記事〉一文中，洛夫說：

> 首先，想得最多的是語言策略問題。……要我再走意象繁複，語言艱澀，而象徵和暗示性特強像《石室之死亡》那樣的老路，我又心有不甘。[46]

對於語言的思考，洛夫既不想用過去意象繁複的手法，卻還在尋找知性的表現方式，洛夫受訪中說：

> 就整體結構而言，這是一首堂廡龐雜而脈絡清晰的詩，宏觀地表述了我個人的形而上思維，對生命的觀照，美學觀念，以及宗教情懷等。[47]

對照 1974 年的洛夫，他在〈我的詩觀與詩法〉中說：

---

[44] 同註 39，頁 123。
[45] 同註 39，頁 126。
[46] 同註 37。
[47] 同註 13。

但在精神上，我仍像在《石室之死亡》時期一樣，維持著
一貫的執拗：即肯定寫詩此一作為，是對人類靈魂與命運
的一種探討，或者詮釋，且相信詩的創造過程就是生命由
內向外的爆裂、迸發。……因此，在如此沉重而嚴肅的
「使命感」負荷下，我一直處於劍拔弩張，形同鬥雞的緊
張狀態中。[48]

早期的洛夫寫詩，是把自己放在緊張的狀態中，奔放出生命的吶
喊，他將詩視之為神聖之傳遞，負有生命靈魂之探討，是生命的
迸發，過多的內容承載著沉重的情感，後來，經過十年，他慢慢
體會生命與詩之間的關係：

從我早期的《石室之死亡》詩集中，讀者想必能發現我整
個生命的裸程，其聲發自被傷害的內部，悽厲而昂
揚。……於是，我的詩也就成了在生與死、愛與恨、獲得
與失落之間的猶疑不安中迸出來的一聲孤寂的吶喊。十年
後，我卻像一股奔馳的激湍，瀉到平原而漸趨平靜，又如
一株絢爛的桃樹，繽紛了一陣子，一俟花葉落盡，剩下的
也許只是一些在風雨中顫抖的枝幹，但真實的生命也就含
蘊其中。[49]

十年的時間讓詩人從昂揚激情中漸趨平靜，從血脈賁張中漸歸寧

---

[48] 見洛夫〈我的詩觀與詩法〉於《魔歌》舊版自序（臺北：中外文學月刊
社，1974.10）。
[49] 同註48。

靜，年紀越長，對於詩的想法就越離當時超現實主義那樣的孤寂越來越遠，對於創作方式的精神執著，有著老年人輕鬆自如的超然，他說：

> 我仍大力追求語言的原創性，調整語言的習慣用法，把語言從街坊商場等公共場所的流行語境中解救出來，使詩的聲音成為生命的原音，語言不再是符號或載體，而是生命的呼吸與脈搏。[50]

詩人從手中奮力舉起的斧頭，似乎一出手便見砍痕血跡，卻因年歲漸長，逐漸轉而平靜安詳，語言也許成了一支小小匕首，最後，不再有任何武器，詩的語言變成生命的呼吸，自然而不再刻意。只是長詩的寫作方法畢竟與短詩不同，當詩人在創作長詩時，或多或少調整了創作的手法，他說：

> 短詩通常只需靈性的語言，只要靈感驟發便可一揮而就，而長詩則需要一種表現冷靜而理性的審視與批判所需的智慧性語言，不過在個別的句構上仍得重視它的原創性和張力。[51]

從洛夫在《漂木》長詩中思考的焦點，不以超現實或是古典詩的等傳統美學問題上糾纏不清，而是跳開這些地域與時代的限制，思考語言的問題、美學的表現、意象原創性、張力等藝術表現方

---

[50] 同註 13。
[51] 同註 13。

式,而不再侷限於某一主義或是東方西方、古典現代的爭執。

　　或許環境的漂泊與大範圍地域的遷徙會帶給人們內心更多的思索。洛夫其數度地域的遷動時,在〈異鄉的月光〉中說:

> 我對這次在半被迫、半自我選擇之下移居海萬外,稱之為「第二度流放」。顯然,第一度流放是指五十年前去國旅臺,大半生追求自我成長的滄桑經驗。初抵屏東左營那數年的生活,豈只是「流放」二字所能概括,⋯⋯只是浮萍一片,全身都浸泡在一種孤獨無依,鄉愁漫漫的水澤裡。⋯⋯在臺灣四十七年歲月一晃而過,我從不自認為是過客,但也總覺得未曾落地生根。[52]

　　在〈異鄉的月光〉一文中,洛夫寫到自己從大陸初抵臺灣時的孤寂,在屏東左營軍隊中的日子,說不上是前途似錦般的歡喜,卻也未必是充滿無奈的懷鄉,畢竟到臺灣是自我的選擇,而不是被迫離鄉,到了 1988 年回到故鄉時,卻發現回憶中的故鄉早已消失,「往事成了髣髴的夢境,一旦面對現實,夢便粉碎無遺。」在〈楊泗廟的幻影〉一文中:

> 譬如我急於重見的仁愛小學,那座楊泗廟,竟整個從地球上消失了,據說是燬於「文革」時期。[53]

洛夫回到家鄉,最想找到童年遊玩的地方,楊泗廟與小學,卻再

---

[52] 同註 29,頁 176。
[53] 同註 29,頁 131。

也見不到,故鄉的回憶似乎在人們回到它的懷抱時,突然成空。夢境一旦成真,現實與夢境究竟誰是真誰是假?卻也說不清楚。

洛夫第一度流放到臺灣,1988 年回故鄉,故鄉的夢碎之後,到了 1996 年移居加拿大,作者稱為「第二度流放」。這大陸、臺灣、加拿大,之間的地域遷徙,或許也推展了詩人個人的心境,跳開地域的困擾,而有大的思考方向,拋開古今中外的思索,回歸詩的原創性與藝術性似乎是最好的選擇。因此,筆者認為洛夫詩在長詩《漂木》之後,在 2001 之後,應該有第四階段的創作高峰。〈漂木〉一詩推舉的「天涯美學」可視之為第四階段,稱之為漂泊美學詩觀,應為洛夫近年來,結束大陸懷鄉抒情詩之後,新的創作階段。

四、《魔歌》之後
——開啟語言藝術之轉變與創作技巧之融鑄

(一)稀釋超現實主義的語言技巧

洛夫試圖把古典的禪意與詩韻融合超現實主義的內涵,在創作手法上,「超現實主義」強調意象的各式怪異組合,誇張而極不相類的事物放在一起形成強烈的緊張與張力,以及高度的自我主義,並以扭曲、誇張的動作手法書寫,這些創作技巧一旦建立,反而必須經過一番梳理調整,才能稀釋掉語言的晦澀與高密度的問題。

洛夫後期的作品中,超現實的意象還是存在,但早期可能以

一二句話濃縮成一個意象，後來卻用五句話或六七句完成，而高
度相異事物之組合縮小彼此的相異性，讓意象的融合較為接近習
慣的語言思維，於是，超現實主義的怪異性降低，更多超乎現實
的想像取代緊張而不合情理的阻合，合理順情的意象漸脫離超現
實主義強調的內容，而稀釋過後的超乎現實的意象則是變成詩人
筆下善於運用的手法。如〈頓悟乃在吃下一本厚厚的佛洛伊德之
後〉：

> 洛夫對鏡莞爾
> 依稀看到背後有人冷面而去
> 德行遍載史籍且滿街遊走
> 之乎也者無人聽懂
> 後面的鞋聲踢踏、踢踏、踢踏……

這首詩還見到超現實主義的影子，諸如看到背後，而德行滿街遊
走塑造荒謬的畫面，接著鞋聲踢踏踢踏，是意象的突然跳躍，但
所指的意涵較為難解，似有所指卻無法明白指出，藉以表達反諷
的意味。詩人用五行書寫，意象上雖有超現實的手法，但語言明
顯清晰許多，又例如〈裸著身子躍進火中為你釀造雪香十里〉中
說：

> 裸著
> 著火
> 身體化水之前魂魄早已在
> 子夜時分不知去向

> 躍起一望，地面不見任何腳印爪痕
>
> 進入火燄又倉皇逃出
>
> 火燄時，赫然發現
>
> 中間卡著一根生鏽的脊椎骨（《隱題詩》）

這首詩花費八句詩句寫火的意象，而身子著火之後，魂魄早已不知去向，在火中逃出的身子，卻恍然發現燃燒過後的身體還卡著一根生鏽的脊椎骨，而「火燄」與燃燒代表著除舊納新，具有重生的暗示，然而失去魂魄的身子在燃燒過程中卻被一根脊椎骨卡住，顯然達不到全然重生。這些意象如同一場戲劇，卻是文字的戲劇，無法用真正的事物表演，虛無的超現實想像多過具體的現實想像。但整體而言，沒有超現實主義的濃縮與晦澀，因為意象稀釋，語言清晰，而畫面充其量不過是「超乎現實的想像」，不再是超現實主義夢囈般的意象表現或是極高濃度的語言組合。比較〈石室之死亡〉一詩中：

> 在清晨，那人以裸體去背叛死
>
> 任一條黑色支流咆哮橫過他的血管
>
> 我便怔住，我以目光掃過那座石壁
>
> 上面即鑿成兩道血槽

四句詩中，把清晨、裸體、死亡、黑色支流、血管、目光、血槽等，糅合製造出黑色的恐懼，而裸體與死之間是以「背叛」連結，目光本無實際力量，卻能在石壁上鑿出兩道血槽，這是現實中不可能發生的想像。但歸其為超現實的手法，是因為兩個意象

之間以奇怪的組合完成一個完整的意象，超現實主義任由思緒的流動而捕捉意象，在洛夫此段中，表現的是一種怪誕而不合情理的組合，意象所指涉的詩意似有若無，含有反諷的意味，卻不能清晰到一眼即可見出，語言的晦澀因此而生，意象的隨性組合與怪異的連結，也令詩的流暢度較差，而意涵指向較為模糊，讀者只能透過曲折的想像與暗示回溯詩人要表達的意涵。

超現實主義者本是以潛意識的追索為目標，試圖挖掘人們心中的連自己都不明白的意念，因此，詩中的意向不清晰，真正的目的不能清楚說明，故意表現一種似有若無的指向，把真正的意圖藏在複雜的意象之下，任由讀者猜測與解讀，這本就是超現實主義者的創作目的與手法。

然而，此種手法固然擴張了現實與具體的世界，帶入超乎現實的意象表徵，並透過強調潛意識的發揚而開啟詩的新的創作面向，但是，過度強調的錯亂意象容易陷入閱讀上的困境，相對的，詩的清朗作風則較能拉近讀者的距離，洛夫後期的詩風，試圖轉變超現實主義手法，葉維廉〈洛夫論〉中說：

> 視覺轉化為聽覺兼感受（激情、欲望）的意象，在「石」詩裏很多，在「石」詩以後也常出現。可以這樣說，洛夫用了「石」詩中這類屬於力的建造與放射的意象來寫淡而不濃、疏而不塞的詩，於是便開拓了他後期的風格。[54]

葉維廉認為洛夫善用「動態意象」以表現詩中張力的句子，藉此

---

[54] 同註 11，葉維廉〈洛夫論〉，頁 29。

開拓詩人後期的風格,而張漢良也認為洛夫後期風格較〈石〉詩有較大轉變[55]。〈石〉詩之後到《魔歌》之前的詩集,如《外外集》、《無岸之河》等,在文字上已漸漸疏朗,如〈煙之外〉:「潮來潮去/左邊的鞋印才下午/右邊的鞋印已黃昏了/六月原是一本很感傷的書/結局如此淒美」,不一定每首詩都有超現實主義那樣的手法。卻也同時存在如〈果與死之外〉詩中的句子:「誰的手在撥弄枝葉?陽光切身而入/我們便俯首猛吸自己的乳房」這樣奇怪的意象與荒謬的情節。可以說,洛夫在〈石〉詩之後試圖轉換創作手法與語言風格,其中雖然還是保有超現實主義的手法,但是,詩句卻慢慢走向淡化、稀釋語言濃度的方向,也漸漸把意象轉換成較為合情合理的想像,超現實主義的荒謬組合漸漸被超乎現實的想像取代。這是一種超現實主義的稀釋與擴大。

　　詩集《魔歌》的出版迎向洛夫詩風的高峰,其中,最令人激賞的是結合古典詩歌的趣味與情韻,再融以原本超現實想像的擴大意象,成功地塑造出新的語言與意象內涵,來自於傳統詩歌的情趣,成為打動讀者情感與共鳴最有力的武器,而超現實主義轉換而來的超乎現實的想像卻又開展古典詩歌缺乏的虛境的領域,兩者的結合成為洛夫驚人的創舉並開創個人強烈的特色。

　　走向清朗的詩風,以清麗的語言表達營造詩中若干類似唐詩的情蘊。稀釋後的超現實手法,仍然保留以「超乎現實」的想像,調入一點神祕的色彩,以及令人驚呼的想像,如《時間之傷》中〈秋來〉一詩具有超現實手法的意味:

---

[55] 同註 11。

> 連招呼也不打一聲
> 乍見一片偌大的麵包樹葉
> 迎面飛來
> 我伸雙臂托住
> 奮力上舉

前半段是以誇張的手法寫虛無的輕重之感,把麵包樹葉視為其重無比的東西,因此需要伸雙臂,且奮力上舉。後面則說:

> 它以泰山崩落之勢壓將下來
> 我聽到一陣輕微的
> 骨折的聲音
> 好威風啊
> 那步步逼近的歲月

落葉以泰山之勢壓過來,這是承前句的誇大重量感,而骨折的聲音豈能清楚被詩人「聽到」?誇大而超乎現實的想像讓此首詩「失」去原來價值觀中的重或輕,而訴諸於情感上的重或輕,用誇張而不符事實的想像,強調這「麵包樹葉」的偉大的重量,然後在最後兩句點出題旨。原來真正壓得人喘不過氣來的重量卻是「歲月」。全詩以超乎現實的想像、誇張的修辭手法,描寫歲月在詩人心中的「重量」,可見當超乎現實的想像被適度使用時,反而得到比古典詩中規規矩矩的描繪方式更為強大的藝術渲染力。又如拿自己身體開玩笑、反諷的詩,如〈嘯〉:

倘若我們堅持

用頭顱行走

天空，會在一粒泡沫中死去麼？

全部問題

隨著一尊舊砲

從沉沙中

升起（《雪崩──洛夫詩選》）

此詩用七句完成一個疑問，「堅持用頭顱行走」的可能性及其後果，在語言上較為清晰而不晦澀。從頭顱行走的人體切割意象，跳到天空之死的疑問，此兩者便是一種奇妙的組合，接下來把問題的解答交給沉沙中升起的一尊舊砲，「沉沙中升起」本身就是荒謬的邏輯，而問題與大砲之間更是無特別的關聯，除了可能的回憶之外。整首詩營造荒謬的情節，怪誕的想像，以及各式事物看似無機的組合，強調了反諷的內容。超乎現實的「頭顱走路」事件，證明超現實主義的影響力，而受到此種超乎現實、天馬行空的想像薰染之後，不但難以全然擺脫，也樂於享受超乎現實的想法上天下地、無所不能的想像空間。

在《月光房子》這本詩集中，詩人嘗試的語言較為散文化，清朗的敘述語言把濃度淡化、意象拉開，少去晦澀的語句，其中雖然還有超現實手法的意象，卻少掉晦澀的成分，而以清晰的敘述出現，如〈太陽的追逐〉：

太陽從頂端直逼而下

我訕笑著取下腦袋

擱在膝蓋上

詩人以自己的身體／腦袋開玩笑，以此進行生命哲理的闡述，當個人與外界的交接中，緊張與灰色的思維還是依然存在：

我遁入夜

夜驅使一顆流星追我

我遁入一盞燈

燈以黑暗追我

嚴格說來，前三句是一個意象，後四句是一個意象。以三行詩句完成一個意象，語氣舒緩而不再令人緊張，但是，意象的內容還是超乎想像的，把腦袋放在膝蓋上的意象令人驚悚而可怖，卻又是「訕笑」的情緒，兩者的組合產生奇妙怪誕的氣氛，意象的組合還是見出超現實主義的影子。而第二個意象是打破虛實之間，遁逃之時，虛的夜與黑暗變成實體，於是達成能夠「追」我的動作基礎，形象化的修辭方式令時空失去焦點與距離，而以超乎現實的想像完成一組詩的意象。

超現實主義的語言濃度高，稀釋後的超現實主義更接近超乎現實的想像，而不必拘限於超現實主義潛意識的或是自動書寫的創作。詩的創作還是保有極大的想像空間，詩句卻不會把眾多意象擠在一二句詩中，或是把八竿子打不著的概念勉強放在一起特意造成荒謬的情節，以諷刺社會的無奈與不公。利用超現實主義把事物重新定義、意象重組的特色，拉開詩句中間過度連結的缺失，卻還保留天馬行空的想像內容。如此，則見超現實主義的優點，而避免了諸多缺失。

（二）古典美學詩質融入作品之呈現

以古典題材入詩的創作方式，許多詩人都已實驗過，如大荒對古典神話的詮釋、余光中幾首有關於李白、杜甫的詩，陳大為寫過屈原等，以歷史人物為題材的重新詮釋等，洛夫詩集《魔歌》之後，引古代典故或是歷史題材者，以及大量嘗試與古典詩歌有關的詩作集中在《時間之傷》、《釀酒的石頭》、《天使的涅槃》、《月光房子》等詩集。

在這幾本詩集中，有將古典詩詞更翻新意者，如〈月問〉、〈隨雨聲入山而不見雨〉、〈床前明月光〉、〈女鬼（一）〉、〈女鬼（二）〉、〈淚巾〉、〈車上讀杜甫〉、〈長恨歌〉等，也有以人物為歌詠對象者，如〈李白傳奇〉、〈水祭〉、〈與李賀共飲〉、〈致王維〉等，也有以名勝古蹟為抒懷對象者，有〈我在長城上〉、〈杭州虎跑泉躲雨吃茶〉，以典故入詩者，如〈枯魚之肆〉、〈猿之哀歌〉、〈愛的辨證〉、〈書蠹之間〉等。而從《魔歌》之後，意象清晰、語言清朗的小詩，在洛夫的詩中越來越多，雖然，在《魔歌》中如〈詩人的墓誌銘〉與〈巨石之變〉都還見出超現實主義晦澀的詩風，但已見出詩人從古典詩詞取經的企圖心，以及試圖融合原本的超現實手法與古典詩歌表現手法之間的痕跡。其中，有的是詩中引用幾句古代典故或歷史入詩並轉化其意義者，如〈我在長城上〉、也有以禪意的呈現與象徵者，如〈金龍禪寺〉，古典的情蘊融入現代詩的狀況，漸漸不著痕跡，隨手而得。

洛夫詩中，如〈長恨歌〉、〈與李賀共飲〉等幾首膾炙人口的詩，是許多人討論的熱門對象，特別是〈長恨歌〉。而此詩之特別與其說是題材的特殊，不如說是一向以超現實手法晦澀的詩風

的洛夫,大轉彎地轉到古典詩詞的一個新的標幟之作。〈長恨
歌〉中:

唐玄宗

從

水聲裏

提煉出一縷黑髮的哀慟

　　Ⅱ

她是

楊氏家譜中

翻開第一頁便仰在那裏的

一片白肉

一株鏡子裏的薔薇

盛開在輕柔的拂拭中

所謂天生麗質

一粒

華清池中

等待雙手捧起的

泡沫

仙樂處處

驪宮中

酒香流自體香

嘴唇,猛力吸吮之後

就是呻吟

而象牙牀上伸展的肢體

是山

也是水

……

III

他高舉著那隻燒焦了的手

大聲叫喊

我做愛

因為

我要做愛

因為

我是皇帝

因為

我們慣於血肉相見

IV

他開始在牀上讀報，吃早點，看梳頭，批閱奏摺

　　　　　　　　　　蓋章

　　　　　　　　　　蓋章

　　　　　　　　　　蓋章

　　　　　　　　　　蓋章

從此

君王不早朝

V

他是皇帝

而戰爭

是一攤

不論怎樣擦也擦不掉的

黏液

在錦被中

殺伐，在遠方

IX

時間七月七

地點長生殿

一個高瘦的青衫男子

一個沒有臉孔的女子

火燄，繼續升起

白色的空氣中

一雙翅膀

又

一雙翅膀

飛入殿外的月色

漸去漸遠的

私語

閃爍而苦澀

風雨中傳來一兩個短句的迴響（《魔歌》）

相較於白居易的〈長恨歌〉把唐明皇與貴妃的愛情描寫得如夢似幻，歸結到神仙之想、虛幻之境。在皇權背景下的唐代詩人們，有著對政治的敏感度，懂得避開政治的觸鬚，在搔不到癢處的模

糊地帶進行詩歌與皇權的對話，因此，在皇帝的愛情故事中不免營造出朦朧的美感世界，以隱晦的情意，昇華的美麗，使得平民對於皇家貴族的個人意見被避諱與禁忌隱藏在詩歌的美麗語言之中，如李白的〈清平調〉，雖然屈辱了高力士與楊貴妃，使其脫靴與磨墨，最後在文句中卻也包裹著繁華與美麗，不朽的傳唱中留下高不可及的神話，與百姓們對於帝皇家的美麗想像。

　　生在現代的洛夫顯然拋開許多禁忌的話題與避諱的身分，他從現代人的想像入手，他用「楊氏家譜中／翻開第一頁便仰在那裏的／一片白肉」、「象牙牀上伸展的肢體」、「他高舉著那隻燒焦了的手／大聲叫喊／我做愛」、「我們慣於血肉相見」，「從此／君王不早朝」等，從欲望橫流的肉體享樂，切入傳頌數百年的愛情，皇帝與妃子在肉體的享樂裏建立起基本的渴望，一下子打破朦朧美麗的一見鍾情，或是任何精神上的契合，洛夫大膽提出的論點，無疑更確切描繪當時最可能的情景，就是君王對於美色的肉欲渴求，但是，這卻是當朝或是後來的詩人們在皇權的統治下不能碰觸的話題。

　　這是時代的背景給予洛夫的權柄，或者說是給予現代詩人的權柄，他們可以自由地重新論說古人的心聲，甚至挑戰皇家貴族的權威，以現代詩心詮釋古代的事件，同時，現代詩人更露骨地在肉體與情欲的角度進行新的意象，現代人無疑在身體的解放中找到更自由的展現方式，創作者與讀者有著共同的認知，於是，創作者拿捏的肉欲表現成為詩中意象時，既不會造成政治問題，也沒有所謂尺度的忌諱，就文學論文學，現代詩比古典詩開放更多的天空與闡釋的空間。其次，洛夫此詩中運用的現代場面與古典場景結合的技巧，例如：

> 他開始在牀上讀報，吃早點，看梳頭，批閱奏摺
>
> > 蓋章
> >
> > 蓋章
> >
> > 蓋章
> >
> > 蓋章

「讀報」、「吃早點」二者是現代的名詞，「看梳頭」、「批閱奏摺」卻是古代帝王生活樣貌。「蓋章」是古代與現代皆有。把現代的用語與古典的用詞放在一起，最後用一個古今共有的「蓋章」動作縮結彼此，此種故意古今不分，把古與今放在一起的意象，讓人弄不清時空的手法，模糊古今的界限，古人或是現代人的思想情感就有了共通的契合之妙。

連續幾個「蓋章」的動作讓人聯想起橡皮圖章，當皇帝也淪落為橡皮圖章，隨手蓋章，卻不問蓋章的內容與國家大事之間的重要性時，這也說明了不負責任的統治者，在肉欲之海中沉淪，找不到靠岸的碼頭，用敷衍的態度應付國事，接著烽火四起，也就不足為奇。此段意象諷刺國君以個人情欲為要，置國家生死與度外的心態，是後段悲劇的前奏。

雖然，洛夫最後還是以「飛」的意象，把退位的皇帝與自縊的貴妃想像成美麗的「蝴蝶」或是「鳥」，想像翅膀飛出長生殿外，愛情終究是美麗的傳奇，這一段故事成為歷史中「一兩個短句的迴響」，洛夫沒有善惡好壞的分判，仍是給予「迴響」，讓此段愛情故事在人們心中，在歷史上留著一點記憶，留一點是非對錯的空間給讀者自己。

古典的題材被用在現代詩的表現時，在於歷史判斷的重新解

讀，而古籍典故被用在文學的創作時，卻可能產生新的轉折，例如，引用莊子的典故而翻為新的意象，如〈魚語〉：

> 我不曾說什麼
>
> 我乃相忘於江湖的
>
> 一尾魚
>
> 兩岸
>
> 曾摟我以溫婉的臂
>
> 我選擇逆流如選擇明日的風暴
>
> 自風雷初動的渡口
>
> 至落日化為猿啼的三峽
>
> 不論頂端是龍門
>
> 或是窄門
>
> 我始終不曾說什麼（《魔歌》）

這首詩是透過莊子中的典故，轉為作者個人心志之表白。作者以魚的角度，用魚的眼光與心情透過典故來寫，鋪陳延伸的內容與情節多過於原來的典故。《莊子‧大宗師》中說：

> 泉涸，魚相與處於陸，相呴以濕，相濡以沫，不如相忘於江湖，與其譽堯而非桀也，不如兩忘而化其道。

莊子此文說，兩尾魚在陸上以口水相互沾濕，以求存活，不如在江海之中，忘記水的存在而更無生存的憂慮。洛夫此詩透過「魚語」，說出自己渴望「相忘」於江湖，無論岸邊有多少美景誘

惑，或是艱難，都不接受，只選擇自己想過的生活，「不曾說什麼」，更是堅定地自己中立的立場。洛夫還有一詩與魚有關，〈枯魚之肆〉：

> 每天路過
> 便想到口渴
> 想到鞭痕似的涸轍
> 以及魚目中好大的
> 一片空白
>
> ……
> 至於那些腐臭的鯉魚
> 何嘗不是一一越龍門而來
> 只是牠們的下游
> 止於砧板（《釀酒的石頭》）

洛夫此詩是從《莊子‧外物》篇中引用而來。莊子向監河侯貸粟，監河侯拒絕，莊子便說一個「魚」的故事，他說在路上遇見一條快要乾死的魚，魚向他索求斗升之水，而莊子拒絕了，他說等到自己南遊時，再引西江之水來救牠，那條魚生氣地說，現在你只要給我一點點水，我就可以存活，何必引西江之水來，不如早點在乾魚鋪找我罷了。莊子用魚的故事對比於監河侯拒絕解救莊子一時的缺糧之苦，而洛夫將之轉換為當代的思想，針對「枯魚之肆」魚乾鋪的那些魚，詩人想的是，魚死前的痛苦，最後僅剩下空白的眼神，而魚的一生，曾經躍過風光的龍門，最後，生

命的下游都不過是「砧板」而已，既然風光之後，都是以死亡作
結，那麼生命中又何必對於「龍門」所象徵的權位太過執著呢？

洛夫向古典詩學習的結果，詩作上不免有模仿的嘗試之作，
例如詩集《時間之傷》中，如〈國父紀念館之晨〉就採用如散文
似的詩歌語言，將早晨散步運動的人們，以隨性的口吻書寫。同
為此一詩集中的另一些詩，如〈論女人〉：

　　既非雨又非花
　　既非霧又非畫
　　既非雪又非煙
　　既非燈又非月
　　既非秋又非夏

頗有白居易〈花非花〉：「花非花，霧非霧，夜半來，天明去。」
的模仿痕跡。而在〈歲末無詩〉中說：

　　閒時，他就喜歡倒轉酒壺
　　聽滿杯唐人絕句互撞時的叮噹
　　醉，無可無不可
　　而聲聲慢之類則不如大麴流經喉嚨之過癮

詩人在這首詩中，談到歲末無雪，無酒無詩就無法面對自己了，
口氣中頗有與唐人遊的豪氣，唐詩與酒是伴隨詩人的友伴。在此
詩中，發展到詩的後半段，詩人從酒與唐詩之中，想到自己詩作
的語言形式問題，他說：

晨起對鏡
他決心重整他的形式與風格

他洗臉洗出了五行
乾毛巾擦去了三行
他穿衣服時想出了四行
刮鬍子刮去了兩行
他梳頭梳出了一行
刷牙刷去了三行
他如廁蹲出了五行
衛生紙揩去了六行半

剩下的半行
喝完最後一杯也就忘了

這首詩寫出詩人創作的心境，有趣的過程中留下當時詩人如何轉變詩風的經過中，內心的掙扎與最後的整合。第一段的詩是在寫詩人面對古典詩歌與酒時，讀詩與酒的經驗，寫詩當然不如喝酒來得輕鬆，所以說大麴流過喉嚨比聲聲慢一類更過癮。接下來，他表明自己創作改變「形式與風格」的決心，在「重整」的過程中，詩人必須拋棄某些既定的創作手法，加入一些新的，刻意「忘」去某些拙劣的慣性，強力扭轉成新的面目，因此，「洗出了五行」、「擦去了三行」，卻「想出了四行」，「刮去了兩行」卻又「梳出了一行」，然後雖然「刷去了三行」，又「蹲出了五行」，最後「揩去了六行半」，剩下的半行，喝完酒後就「忘了」。

　　「忘」的思維是東方的思維，《老子》對於語言強調「不言」、「希聲」，《莊子》中「庖丁解牛」到後來是「不見全牛」。「忘」、「不見」等逆向的思維，提醒人們回過頭來，反芻學習的知識，「忘記」的過程，其實是一種嶄新的出發，把既有的知識與學力，與其他性質完全不同的學識之間，在看似「忘記」而非真忘記的過程中，進行融鑄煉就的工夫，以達爐火純青的境界，這種回頭、反向、負面的思維是中國傳統的思維觀念。

　　因此，洛夫在這首詩中，寫出自己融會的經過，揚棄某些部份，並加強某些部份；丟掉某些技巧，再學習一些新的技巧，把古典的詩質放在現代詩的創作中。洛夫從西方的超現實主義學到的晦澀、高濃度、奇特意象的組合等創作的手法，在古典詩情中，漸漸脫去過度強硬的外殼，漸漸融入溫柔敦厚的詩情，把過度刻劃的文句，描繪轉折太過的語言重新梳理，加一點鬆散的意象與語言，稀釋掉過度緊張的張力，回歸到詩情畫意的傳統詩觀，於是，清朗的意象語言漸漸成形，如唐人絕句般書寫剎那間美感的意象系統在洛夫往後的詩作中大量出現。

　　洛夫對於古典題材作品與情韻轉變到現代詩的過程中，他自己說明創作過程中與古典詩的關係，例如，洛夫對「窗」有著特別的感覺，他有一首詩寫窗，〈窗下〉一詩：

　　　當暮色裝飾著雨後的窗子
　　　我便從這裏探測出遠山的深度

　　　在玻璃上呵一口氣
　　　再用手指畫一條長長的小路

以及小路盡頭

一個背影。

有人從雨中而去

「窗」的意象在詩人自言中印象清楚:「我的窗子永遠是一幅畫,
其內容隨四季的嬗遞而變換,春夏多是彩色的油畫,而秋則日漸
滲開為一幅沉鬱的水墨。」[56]

　　這首詩是詩人在早期的詩作《靈河》一書中的詩,於 1956
年作,而《靈河》的出版是在 1957 年,比 1965 年出版的《石室
之死亡》更早,可見洛夫創作在嘗試超現實主義創作之前,其根
本的意象思維還是存在古典詩詞的基礎。他自己說:

　　明末張潮在《幽夢影》中說:「窗內人於窗子上作字,吾
　　於窗外觀之,極佳。」如果他看到我在窗玻璃上呵一口
　　氣,然後畫一個人向雨中的遠方姍姍而去,不知他有何感
　　想?[57]

洛夫自言〈窗下〉一詩的起源來自於張潮《幽夢影》的創意啟
發。古人在窗內寫字,有人在窗外看字,雨後的窗上被蒙上霧
氣,在水氣裏寫字,這個窗的意象,從古人對窗的想像,到洛夫
對窗呵一口氣,然後觀窗外之人,古到今,詩有了新的轉化。奚
密論此詩說:「真實與虛幻的兩層境界之間建立了一種和諧與統
一,而這效果來自視覺性意象的並列,無關詩人的主觀感情的投

---

[56] 同註 17,〈窗的美學〉,頁 41。
[57] 同註 56。

射。」[58]其實最初的源頭來自於古典文學的創意。洛夫另一首有關「窗」的詩，在《月光房子》有〈玻璃窗上的字〉一詩：

> 隔著玻璃窗
> 她手持菊花盈盈而笑
> 動人極了彷彿很早她已死去
> 啊，山頂又落雪了
> 她在玻璃上哈一口熱氣
> 用手指寫了一些字

同樣是與窗相關的事件，此詩想像外面的女子，對著窗上的雪哈著熱氣，用手指書寫。雪的寒冷意象被熱氣與手指寫字的小動作融化，於是有了動人的小場景，溫馨的意象。兩首詩相同處在「對窗哈氣」的動作，彷彿從古代到現代，透過玻璃與窗的景物暗示，窗內窗外的隔絕，讓心靈更填滿想像，詩意盎然，情韻呼之欲出。又如〈共傘〉一詩：

> 共傘的日子
> 我們的笑聲就未曾濕過
> 沿著青桐坑的鐵軌
> 向礦區走去
> 一面剝著橘子吃
> 一面計算著

---

[58] 見奚密《現當代詩文錄》（臺北：聯合文學出版社，1998.11），頁193。

由冷雨過渡到噴嚏的速度

洛夫自己評這首詩說:「這首小詩意象單純,語言淺近,情感則淡中見濃,別有興味,近乎唐人絕句的手法。」[59]詩寫於 1981 年,但詩中的事件則發生於 1961 年。詩人回想結婚之初,詩人在臺北工作,新婚妻子在平溪教書,一到假日,詩人與妻子相聚,在群山環繞的平溪小鎮,青石鋪成的街道上閒逛,煮飯,聊天,沿著鐵道散步等,小夫妻的情感在兩人平淡的生活中,特別溫馨,尤其是下雨時,兩人撐著一把傘,在微風細雨裏,共傘而行,直到一聲噴嚏聲打破沉靜,傘外的世界幽暗沉寂,傘內的世界卻是溫暖的小天地。事過二十年後,回想起來,平凡而溫暖的夫妻之情,特別令人感受深刻。此詩氛圍頗似唐人絕句。古典詩對於洛夫的影響,特別是小詩,是從唐人絕句中吸取營養,洛夫說:

> 我的小詩顯然並不是唐詩的複製品,但不容諱言,我確曾從唐詩那裏攝取過營養。[60]

洛夫從唐詩中學習絕句的剎那情蘊的掌握,對詩的氛圍之掌握,以及現代小詩表現一個自給自足的畫面,從單一的畫面中含蓄表達情思,這些特質,從唐詩絕句而來,只是換成現代的白話語言。

而現代場景與古典意象的綜合,是洛夫以古典歷史入詩的手

---

59 同註 17,洛夫〈共傘〉,頁 116。
60 同註 17,洛夫〈小詩之辨〉,頁 122。

法。古典的題材經過改寫之後，融入現代人的情感思想，打破古典的制約，以逆向思考的方式經營詩中的意象，試圖自出蹊徑，如〈尋〉：

> 松下無童子可問
> 實際上誰也不知雲的那邊有些什麼
> 登山不作興奔馳
> 擦汗也只是在風來之前進行
> 雙腿發軟，足證峰頂距離天堂
> 尚遠。上面輕霧如煙
> 看來頗像魏晉南北朝的詩句
> 至於寺鐘
> 傳到耳中時已是千年後的餘響了

賈島〈尋隱者不遇〉一詩：「松下問童子，言師採藥去，只在此山中，雲深不知處。」寫的是對話的時刻，山高雲深，採藥的師父往山中而去，松下的童子不知道山中深度，只能言說不知。此處以童子與師父的對比，把境界從松下延伸到白雲深處的遠山中，畫面由近而遠，引人抬首遠望，視覺深遠的設計，暗示詩中的隱者高潔的德行如遠山高深。而洛夫從此詩改變詩意，提出疑問，雲的那端有什麼是令人神往的呢？洛夫寫的是來到此山時的山路遙遙，登山辛苦，距山頂始終遙遠，寺鐘在這座大山中，傳動的速度非常慢，仿如千年才會傳到耳中，此處用誇飾手法，而沒有超現實的手法。詩中暗合唐詩情韻而有現代思想。詩的結尾：

　　　　這就是絕頂了

　　　　我回首向山下大聲歡呼

　　　　我終於找到了

　　　　一枚灰白的

　　　　蟬蛻（《時間之傷》）

當詩人登上頂峰，歡喜之情溢於言表，一枚蟬不可能是在山之頂
端找到，這是詩中象徵詩人內心登上高峰後的蛻變。至於詩人心
中的蛻變內容為何，卻是此詩未明言之處，留給讀者想像的空
間。此詩最後結尾頗有唐詩含蓄的手法，含不盡之意於言外。

　　從古典到現代，洛夫在詩歌的創造上必須面對更艱辛的挑
戰，也就是舊材料的創新，提到「創意」與「創新」的意象鋪陳
中，洛夫必須成功地重塑古人的形象以至於達到全新的再現。例
如〈與李賀共飲〉：

　　　　石破

　　　　天驚

　　　　秋雨嚇得驟然凝在半空

　　　　這時，我乍見窗外

　　　　有客騎驢自長安來

　　　　背了一布袋的

　　　　駭人的意象

　　　　人未至，冰雹般的詩句

　　　　已挾冷雨而降

　　　　我隔著玻璃再一次聽到

> 義和敲日的叮噹聲
>
> 哦！好瘦好瘦的一位書生
>
> 瘦得
>
> 猶如一枝精緻的狼毫

相較於原詩：「石破天驚逗秋雨」，鬼才李賀在於「動詞」的使用上，跳開一般動詞的使用意義，而採用重口味、極強烈用語的動詞，如「逗」（「石破天驚逗秋雨」）、「跳」（「老魚跳波瘦蛟舞」）、「哭」（「文章何處哭秋風」）、「射」（「東關酸風射眸子」）等。李賀詩中動詞的使用以及意象的驚奇，造成詩中強烈的「意象張力」與「閱讀刺激」。詩中鬼哭神號、驚天駭地的意象群，令人不得不逼視其詩中的視覺動態效果。而洛夫詩的內容暗合李賀寫詩的狀態，李賀出門時，往往一有佳句便寫下，丟到馬背上的一個竹簍裏，如此專注寫詩的詩人，在洛夫的想像中，應該是「瘦」的，瘦如狼毫。其詩又說：

> 當年你還不是在大醉後
>
> 把詩句嘔吐在豪門的玉階上
>
> 喝酒啊喝酒
>
> 今晚的月，大概不會為我們
>
> 這千古一聚而亮了（《時間之傷》）

千古相聚的是今人與古人心中對於詩創作的共通之感，頗有李白舉杯邀明月，對影成三人的豪情。〈與李賀共飲〉最後說：

我要趁黑為你寫一首晦澀的詩

不懂就讓他們去不懂

不懂

為何我們讀後相視大笑

洛夫獨鍾李賀的詩，與李賀頗有千古遇知己之感，因此對於李賀晦澀的表現，頗有同感。其實洛夫在另一首〈歲末無詩〉中也見到類似的意象：

其實，我何嘗不知

他經常躲在洗手間作習慣性的嘔吐

他拒絕我讀他草草寫成的詩稿

他說

只因其中夾有血絲（《時間之傷》）

他把寫作畫上「嘔吐」的生理指標，此與李賀「嘔心瀝血」的創作形態相呼應，意象沿用之跡明顯。然而，洛夫比起李賀，超現實主義的詩風提供了雙重及多重的不同事物組合的意象寫作方式，融合強烈動詞的使用，詩從靜態到動態的表現，從兩者看似不相干而卻又可以相干的兩件事物中組合成詩句飽滿的意象。

洛夫此類句子與古典詩中的李賀詩最大的不同，在於李賀詩善變的動詞，動詞使用上採取的特殊動作，使靜態畫面突破人們既定的想像與慣性的思考，成功完成驚奇與創意的詩風。但是洛夫的詩句卻在動詞之上更有視覺與動態的轉化，轉變具有螺旋狀事態變化的特徵。換言之，古典詩歌中以一個動作畫面之呈現，

而洛夫的詩句從第一個字開始到結束，名詞的變化從一到二到
三，而此中運用動詞動態的流動連結名詞，並從靜態流向一個最
後的動態動作，稱之為螺旋狀的流動意象，這種一句詩中具有方
向性的變化繁多，已超越李賀單純的一致性的動作完成。個人認
為是得助於超現實主義的啟發，融合古典詩中動詞煉字的使用手
法，此詩句的發生，來自於古典詩與西方理論的雙主流，源頭清
楚。

　　這一類的作品基礎建立在歷史題材與典故。從傳統到現代的
過渡中，讀者閱讀作品的過程有所不同。奚密在一篇論詩的傳統
到現代的轉化的文章中說：

> 古典詩歌讀者扮演的主要角色在于，他必須吸取豐富的文
> 學知識（包括詩歌成規和傳統象徵）和其他文化領域的背
> 景；而現代詩歌的讀者則首先必須參與意義創造的過程，
> 而不是被動地接受。[61]

現代詩從傳統中走來，卻有別於傳統的表現方式，「它暗示漢詩
從傳統向現代轉化的根本性」[62]，讀者在透過新的文字媒介閱讀
新的表現與象徵方式，這其中的差異在於古典詩的閱讀必須具備
文學知識，現代詩則是詩人與讀者的對話與交流，不一定在知識
的基礎，而可能是經驗或是感受的直接感應。

　　但是，這只是說明了讀詩的部份現象，現代詩的閱讀雖然不
用具備過多的古典知識，卻重新塑造屬於語言系統與意象，這對

---

[61] 見奚密《從邊緣出發》（廣東：廣東人民出版社，2000.03），頁 61。
[62] 同註 61。

於現代詩的閱讀而言，必須具有現代詩的語言解讀能力，以及熟習現代詩如文字遊戲般的、強調創意的意象表現手法，換言之，進入現代詩的世界的開端，是瞭解詩語言的表現方式與口語表達及散文表達之間的差異，建立以意象為語言系統的解讀方法，這就是現代詩難懂，而人們也弄不清語言特色與意象的關鍵點。

現代詩的詩歌規則中，似乎只在少數人的閱讀經驗中被建立，對大多數的讀者而言，忽略了現代性的語言特色，便失去進門的鑰匙。現代詩對古典詩歌格律、意象、題材的叛離，而無所不包地書寫生活中各式各樣的題材，表達現代人內在的心緒，思想與情感，較古典詩詞更複雜而開放，反思的角度與內容也更為多樣而廣泛，例如陳克華的《我揀到一顆頭顱》，性器官的大膽描寫與解放，試圖顛覆傳統思維的道德觀，這個極端的開端，無疑是現代詩人透過詩作，對於古典傳統而保守的大膽挑戰，而洛夫以古典為材料的詩也以現代人開放的思想重新詮釋。

洛夫詩中引用古典作品或歷史的「文本互涉」[63]，諸如引用古典題材做為詩中內容之輔助，或是借用傳統的意象轉變成新的文思等，這是詩人在語言藝術的不斷嘗試與磨鍊筆鋒的過程。當詩人的創作轉向，語言的藝術產生新的變化與思考時，在融合傳統之中，不免以模仿或是截取某些古典意象做為詩中實驗的對象，因此，古典材料的融入、重塑、新釋，都是增長詩人語言功力的試練。就一位成功的作家而言，古典的融入只是過程，而不

---

[63] 見蔡振念〈洛夫詩中的文本互涉〉於國立彰化師範大學國文系主編《臺灣前行代詩家論》（臺北：萬卷樓圖書股份有限公司，2003.11），頁189、192，所謂「文本互涉」是指構成文章的語言符號都與文本之外的其他符號相關，而蔡文所論，即是將洛夫詩中與古典詩詞題材等相關的文本互涉部份，提出說明與研究。

會是終點。

從古典到現代的轉化與表現中，意象或典故的續存牽起的是古代與現代的臍帶，但是，現代詩人面對的古典意象的轉化與現代語言的轉變，在處理古典的題材上不免增添現代人的思維色彩。洛夫是一個從古典中走來的詩人，既無法切割古典與現代，閱讀他的詩，也不能完全撇開古典知識不論，反而必須在古典的題材中，換以現代人對意象的直覺感受體會他創新的意涵，這就成為古典的或是現代的，在轉化或是融合的問題點上，試著走出一條連結與融鑄的道路。

（三）典麗之轉換——回歸詩質的清朗意象

洛夫向古典學習，同時也修正超現實的路線。洛夫修正超現實主義帶來的晦澀之弊，去除毫不相干的意象組合，有意識地稀釋過度高濃度的語言，透過古典詩詞的意象經營，掌握整體意象的圓融，以及唐絕句中剎那動態的意象掌握，融以現代的思想與古典詩的美學，就成為清新雋永的作品。

詩中含蘊古典詩意與超現實手法者，在洛夫後期的風格中，成為隨詩意所至的寫作，詩質的掌握與意象的營造為主要的主體，其中則時有超現實的手法增添驚奇與創意。如〈隨雨聲入山而不見雨〉，第一段為：

　　撐著一把油紙傘

　　唱著「三月李子酸」

　　眾山之中

　　我是唯一的一雙芒鞋

第三段為詩人入山的形容：

> 入山
>
> 不見雨
>
> 傘繞著一塊青石飛
>
> 那裏坐著一個抱頭的男子
>
> 看煙蒂成灰

最後一段是下山：

> 下山
>
> 仍不見雨
>
> 三粒苦松子
>
> 沿著路標一直滾到我的腳前
>
> 伸手抓起
>
> 竟是一把鳥聲（《魔歌》）

詩第一段最後一句說：「眾山之中／我是唯一的一雙芒鞋」，此轉化蘇東坡〈定風波〉一闋詞：「莫聽穿林打葉聲，何妨吟嘯且徐行，竹杖芒鞋輕勝馬，誰怕？一簑煙雨任平生。」洛夫以芒鞋借代自己，意為山中無人，僅我一人行走其中，簡單的行程是詩人入山的路。第三段與第四段是相對的，一為上山，一為下山。唐詩賈島〈尋隱者不遇〉：「松下問童子，言師採藥去，雲深不知處，只在此山中」的渺遠之境，「松」在古典意象中與童子、隱士的連結，令閱讀者在閱讀想像中約定成為一種獨立於世，幽遠

的境界。同時加上有王維〈鹿柴〉:「空山不見人,但聞人語響;返景入深林,復照青苔上。」的畫面,山中只一人,一個人與山的對話,彷如有種我與天地的私密,孤獨卻寧靜。

松樹、松子、芒鞋,都是古代的事物,在閱讀上具有意象上的古典制約,也就是一種意象的聯想,這些意象引發讀者古典的情蘊,但是,現代詩人在古典意韻中加入現代人的情感,「傘繞著一塊青石飛」,這是超現實的想像,而「抱頭的男子」,「看煙蒂成灰」的畫面突顯出作者本身有著不為人知的煩憂,「煙蒂」是現代人的用物,現代的畫面雜在古典的意象中,洛夫從王維孤單的情境中,最終則走出現代人的情感。

最後一段描寫下山,寫到「三粒苦松子」,古典詩中只有「松」,而無苦樂之別,詩人以擬人化手法,苦松子正呼應前段抱頭男子的煩憂形象,「路標」也是現代用語,「伸手抓起/竟是一把鳥聲」則充分運用形象化與移覺的表現手法,以實擬虛,化抽象為具象,伸手可抓的是鳥聲而不是具體之物,以外在的鳥聲描繪下山之路。蕭蕭從超現實的精神討論洛夫的詩,認為此段的三粒苦松子,竟會成為一把鳥聲,是一種詩句的故意「誤接」,不同的事物彼此誤接而形成新的創意與組合[64],這是超現實主義的遊戲在洛夫詩中的發酵,「誤接」所帶來的創新擴展詩境的想像空間,甚至因此可能是洛夫詩中「禪意的由來」[65]。

以「伸手一抓」的動作,化虛為實,宣告著現代人的下山之路,是直接的、實際的,沒有採藥的神秘、深雲的邈遠,也無童

---

[64] 見蕭蕭〈創世紀的超現實主義化合性美學──以瘂弦、張默、洛夫為例〉《創世紀詩雜誌》第138期,2004.03,頁133。

[65] 同註64,頁134。

子的率真，打破古典詩的溫柔敦厚詩教。反過來說，男子心中的苦悶，透過獨自在山上抽煙解憂，對照聒噪的鳥聲，襯托出詩人更加孤單的形象，化縹緲的意境於現代的實際的苦悶。

洛夫詩中學習古典的絕句，掌握剎那的意象。拉長意象或是語言的斷句，產生更強烈的節奏感，而捕捉短暫的動態意象，如〈舞者〉一詩：

> 嗆然
>
> 鈸聲中飛出一隻紅蜻蜓
>
> 貼著水面而過的
>
> 柔柔腹肌
>
> 靜止住
>
> 全部眼睛的狂嘯（《魔歌》）

舞者「從鈸聲中飛出」，在抽象的聲音中飛出的是具體的「物」，而此物又被譬喻成「紅蜻蜓」，由此譬喻而引出後面的動作：「貼住水面」、「柔柔腹肌」。其中，意象的跳躍讓時間錯置，從鈸中飛出的舞者，在抽象與具象的意象間相提並置，意象的空間錯置並存，卻又立即轉為喻體的紅蜻蜓，文意再度轉折，詩中的舞者在跳躍的瞬間吸引全場的目光，世界彷如靜止，只有人們的眼睛注目著舞者如飛的動作，將眼睛的狂嘯的動態集中在舞者的腹肌，動作被剎那間靜止，動與靜的組合是詩中緊張的高點，也是此詩貼切地襯托前面穿著紅色的舞者最強而有力的描述。「靜」止的卻是「狂嘯」，此種「動」與「靜」兩者矛盾而極端的組合，在古典詩中較少見，而是現代詩的語言彈性可能達到的境

地。

此種轉折與變化，擴張或是縮小、矛盾的對抗，都使現代詩的句子創造出多重轉折的意象，顯然比古典詩中單一線條的敘述語言更為繁複，在表現的意義上更多重意義，同時，洛夫此詩描寫舞者的動態舞姿，動態的表演也比靜態的描述吸引更多的目光。可見洛夫隨性自由地駕馭了超現實手法，其後期的作品中，「雖然已經大異於前期，但仍然保留了超現實手法造成的那種虛實相生疑真疑幻的驚奇之感。」[66]以超現實手法，融合古典情趣，就形成洛夫後來的風格。

特別是小詩的寫作，往往捕捉一個短暫的畫面，再從此畫面中提析出現代意義，洛夫小詩不是模仿或是複製，試以洛夫〈華西街某巷〉為例：

> 一位剛化過妝的女子站在門口
> 維持一種笑
> 有著新刷油漆的氣味
> 另一位蹲在小攤旁
> 一面呼嚕呼嚕喝著蚵仔湯
> 一面伸手褲襠內
> 抓癢

洛夫自己說明：這首小詩的特點有二：一為簡明，一為鮮活，這是絕句的特徵。但是這首早年倚門賣笑的娼妓的詩，「卻有著古

---

[66] 同註 11，余光中〈用傷口唱歌的詩人〉，頁 100。

典詩所缺乏的那種辛辣的反諷的現代感。」[67]此詩以兩個簡單的畫面對比出兩者之間似有若無的相關性以及性的暗示。但在彼此的對比中，卻以反諷的口吻，廉價而粗俗寫出社會的某一層面的價值觀與生活。此中畫面與意象純是現代的事物，而非唐詩雍容典雅的意象群風貌。唐詩中如杜甫的「朱門酒肉臭，路有凍死骨」就已經是非常露骨的揭發社會現象，此種意象在唐詩中不常見，同時，也少有寫到如洛夫詩中那般貼切而粗俗的畫面。唐詩作者以文人為多，所思所為多近於典麗優雅，以含蓄暗示為美，與市井小民的生活是有距離的，因此，現代詩中近乎市井的表達內容，社會現象的實際展現，這是唐詩中難以見到的。

詩人有時也把古代與現代的情感融在一起，古今不分。如〈牀前明月光〉一詩：

> 不是霜啊
> 而鄉愁竟在我們的血肉中旋成年輪
> 在千百次的
> 月落處
>
> 只要一壺金門高粱
> 一小碟豆子
> 我們便把自己橫在水上
> 讓心事
> 從此渡去（《魔歌》）

---

[67] 同註 17，洛夫〈小詩之辨〉，頁 122。

詩的前半段把李白的〈靜夜思〉：「牀前明月光，疑是地上霜，舉頭望明月，低頭思故鄉」化成現代的思想，首先以逆向思考，感嘆不是霜，先推翻古典詩意，然後轉折詩意，從鄉愁與樹的年輪聯想成一句譬喻，鄉愁是抽象的情感，血肉是物質，年輪屬於「樹」專有的名詞，幾個不相干的事物被巧妙組成一組意象，實際上這是不可能在現實中完成的意象，放在一起時，卻也貼切表現出作者的思鄉之情，這是超現實的想像發揮的最大作用，也是修正了超現實手法以各種特異的物象之組合之意象表現方式，留下超現實手法中想像的空間，不相干事物間的些微連結即可為詩人所用，以組合成一個直接表達情感的意象，讀者也從各事象之組合中指向某種特定情感的想像，從隱約中指出某種情感的傾向，但是卻在轉接之處流轉自然而無晦澀或是荒謬粗糙之感。此是超現實主義在洛夫手中轉換的相當成功之例。

「在千百處的月落處」，這是婉曲的說法，故意在此切割成二段，語氣停頓令詩意反而有集中意念的效果，第二段中說，一壺金門高粱、一小碟豆子這些平常的事物，把情境拉到現代，詩人以酒澆鄉愁，渴望把自己橫在水上，這是實景畫面，卻以抽象的「心事」被水「渡去」做結。此處是用形象化的寫法，透過虛與實的轉換，充分表達作者內心苦悶渴望解脫的期待。

古典意象結合現代思維，成為詩人在試圖結合古典與現代時的一種嘗試，而這樣的嘗試創作出不少有趣的小詩，也讓詩人漸漸脫去超現實主義的手法，轉化彼此之間的融合，磨平融合時的毛邊，漸漸地手法圓熟，又如〈獨飲十五行〉：

嘴裏嚼著魷魚乾

愈嚼愈想
唐詩中那隻焚著一把雪的
紅泥小火爐

一仰成秋
再仰冬已深了
乾
退瓶也只不過十三塊五毛（《魔歌》）

詩人還是在喝著小酒，一面想起唐詩中的「紅泥小火爐」，唐詩
的世界是詩人的想像，此時詩人在「嚼著魷魚乾」，時間在現
代，而小火爐是焚著「雪」的，雪與火是相對的事物，雪最後也
將被火所融，暗示著熱情融化冰冷，寒冷中帶著希望。詩人「一
仰成秋」，把仰頭喝酒的動作轉成秋天，再仰則已是冬天，這兩
句是超乎現實的想像，退瓶的「十三塊五毛」廉價得令人心傷。
整首詩中以「時間」的跳動作為連貫詩意的主軸線，從現代到過
去，再從秋天到冬天，時間的流逝與歲月的消失就在喝酒仰首之
間溜走。獨飲時，詩人對時間流逝的感嘆透過時間的跳躍，以及
退瓶的動作、廉價的數目說明時間流逝非人力可以追回。又如
〈黑色的循環──土曜日之歌〉：

信不信由你
陶淵明罷官的那一年
所有的雛菊都兇狠地舉起爪子

南山千仞

千仞後面於今只有一座煉鋼廠

煙囱裏冒著

另一種悠然

以及一枚

吞服大量砒霜的

月亮（《雪崩——洛夫詩選》）

主客易位是洛夫詩中常見的視覺經驗的重整。簡政珍稱：「洛夫
語言上的表現呼應了古典詩的精華」特別是在動詞的使用上，
「主客易位」使得既有現實趨近於非現實[68]，因此文中說「洛夫詩
中的非寫實，因此可說是傳統文學中極具特色的主客易位和物我
合一的延續。」[69]例如，路咬鞋子、河流抓著兩岸等寫法。而此
詩中，「雛菊都兇狠地舉起爪子」以擬人法將我的情感投注在物
的表現形式上面，雛菊的憤慨發生在淵明罷官那一年，物的憤怒
代表著人的憤怒與不平，透過主客易位的手法使詩意婉轉而含
蓄。南山千仞本是悠然的情懷，卻一轉成為現代的「煉鋼廠」，
吞吐著另一種悠然，就未必是淵明時的超越世俗的悠然了，「以
及一枚／吞服大量砒霜的／月亮」，月亮擬人成為具有情感作用
的人，連月亮也受不了而選擇自殺一途，誇張的手法近乎不可能
的想像，超乎現實的想像塑造新的反諷趣味。而超現實手法的運
用則如〈夢見——為陳庭詩的一幅新畫而作〉：

---

[68] 同註3，頁59。
[69] 同註3，頁60。

而且夢見

一半月亮

沿著蒼古的河岸

在搜尋　曾經

一度圓過的自己

一拐彎

迎面又撞上了自己的另一半（《雪落無聲》）

「一半月亮」或許也不一定代表著弦月，也許就是一半的月亮，不夠明亮的光明在搜尋自己，月亮的擬人法，延伸出後面的情節。後半段使用自己與分裂的自己對話與動作的情節，這在超現實主義的手法中相當常見，而透過自己的分裂與對話，呈現出過去的自己與現在的自己之間的差異，衝撞或是遇見，都是一種驚訝的情緒，表現對自己的過去或現在的重新認知。如〈曉之外〉：

血醒在血中

如光醒在燐中

噢，牆上那位獨釣寒江雪的老漢

將餌扔過來了

——妻以半啟的眸子接住

掀開窗簾，晨色湧進如酒

太陽向壁鐘猛撲而去

一口咬住我們家的六點半（《雪崩——洛夫詩選》）

此詩彷如詩人在半夢半醒中所書，詩意境中有現代有過去，有朦朧的睡意與半清醒的腦袋，看到景物也在似真若假中呈現，「血醒在血中」這本身就是不可能的事情，矛盾的組合畫面存在超現實主義的影子，牆上的老漢獨釣寒江雪是出自於柳宗元的〈江雪〉：「孤舟簑笠翁，獨釣寒江雪」，老漢在牆上也許是一幅畫，靜態的畫面上，老翁丟出餌來，竟然可以被妻的眸子接住，靜中畫面演變為動態情節，牆上人物竟走入現實世界，還與現實世界發生聯繫，這種典型的超現實的手法，很多詩句都曾用過。接下來的「太陽向壁鐘猛撲而去」，轉化太陽的質性，以猛烈動作衝向牆面，衝動而勁爆的意象動作造成詩中悚然一驚的畫面，如敲鐘般警醒讀者，「一口咬住我們家的六點半」以超現實的手法描寫時間的時刻，令人在半夢中猛然驚醒。此詩既引古人典故，意義卻是現代人的思想情感，又從超現實的想像中，體現當下的感受，可說是綜合了多種的意涵與創作手法。至此，可見洛夫詩中融會貫通古今中外的手法越發圓熟。

自西方超現實主義特殊的寫作方式，製造奇特的組合意象，試圖由陌生化帶來的新奇感所創造的詩中世界，洛夫早期的創作特色有著年輕人叛逆而冒險的質性，後期詩風，則轉而平實，對於詩風平實的思考，將詩作帶入古典的領域，回歸莊禪的暗示性，並融古典意象於詩中，這樣的創作轉變，洛夫的詩觀從西方回到中國，從現代前衛回到了真醇平淡之境。無疑地，我們看到詩人的創作軌跡，在西方理論與古典傳統中遊蕩的靈魂，最終找到人生歷鍊之後安然的居所。

然而，繞了一圈雖然回到原點，卻不盡然是最初的原點。洛夫的詩從陌生到親切，其中突兀的表現被磨平了毛邊，但是生命

的思考卻透過古典的傳統緩緩輸出，兩者的歷鍊融合的卻是大家氣勢，新的表現手法，古典與現代的融合與創新卻是開展出屬於自己的新的風貌。因此，從洛夫試圖轉化古典詩情為現代意義的創作表現，讀出其再造古典、重塑傳統的努力軌跡。其創作意義更多是在融合中西與調合古今中，取其所長、隨手拈來、為詩所用的價值。後期詩作所見，也呈現融合的手法而無雕琢之跡。

五、結論
——永續創作之道路與大師的達成

　　一位詩人不可能一味地在某一種創作傾向中持續一輩子，而不嘗試其他的創作技巧與創作理論的實踐。洛夫在〈石室之死亡〉一詩中嘗試的超現實主義的創作方式，為他的創作從古典傳統到西方理論走出嶄新的方向。

　　洛夫從西方理論「橫的移植」到「縱的繼承」的轉變，其在於詩人的選擇，從繼承或是借鑑，詩人可以選擇對自己有用的或是可用的參數，而揚棄那些不需要的部份[70]，「選擇原則」是每位詩人面對作品與自己創作方向的調整時，可能產生的變數與結果。而洛夫最終的目的在於對「現代化的中國詩」的努力，也就是對於符合現代人的精神、呼應現代人的生活節奏、表現現代人的生命情采者[71]。主要目的在於結合古典詩詞的情韻，並合於現代人的精神。洛夫試圖融合古典美學與現代思想，終其一生，一

---

[70] 見龍彼德《一代詩魔洛夫》（臺北：小報文化有限公司，1998.11），頁310。
[71] 同註70，頁314。

直不斷轉化其創作的手法，思考詩語言的藝術傾向，而能融化於一爐。

洛夫詩風令人激賞，在於他是勇於突破傳統、並勇於接納新的理論者，開創之功居之厥偉。從早期善用的奇特、孤寂的疏離意象造成詩中晦澀的語言風格，驚怖的意象突破當時保守的意象，雖然從現代的眼光看去，四十年前的「創舉」，實在具有時代的意義與價值，雖然，他也開啟了現代詩中晦澀詩句的寫作技巧，流風所及，現代詩失去大量讀者，詩語言的隱晦實在要負上一些責任，但其為時代所致，也有不得不然的歷史環境因素。

因此，洛夫揚棄自我選擇的路，而進一步往前邁進，如河流不斷向前流去，這股動力與精神令人欽佩，同時，也因為對昨日的自己的不滿意，詩風才有不斷開拓的可能性，開疆闢土的洛夫精神，使洛夫具有永續發展的潛力，從西方到回歸傳統，反而是詩人力求改變的契機。也因而在創作四五十年間，洛夫至今仍保持著不輟的創作力，「轉變」再「轉變」，最後定於一格，確立屬於自我的風格，這是詩人成就大師級詩人的重要原因。

語言的轉變之後，融合古典意象的象徵、暗示與含蓄的意境，並揚棄超現實主義中用力過猛的文句雕琢，擇取超乎現實的想像技巧，以補古典詩歌之不足，兩者的融合在洛夫詩中顯然是成功的，自然而無刻意的痕跡是一種證明。詩的靈魂被重新再造，塑造新的形象風格，詩的語言在虛實與想像世界中奔走，穿梭自如的筆法是融入消化古今中外的不同特質的理論，最後確立洛夫詩風。

從詩觀的轉變，超現實到古典詩的創作手法表現，到所有的手法的融合，洛夫的詩作歷經四個階段的轉變，就如同河流經過

幾度轉彎，最後終歸流向大海。語言既已慢慢歸於一流，則洛夫用來表現人生的觀照、真我的情感、哲學的遐思，便有隨手拈來、暢其心意之感，這也應是詩人從寫詩的初始到大師之路的完成過程。

第二輯

技巧與形式

超越想像
——論現代詩中超現實主義與示現
修辭法之意義與表現

一、前言——問題之提出

　　想像是一種心理活動，透過想像，我們讓心自由遨翔，上天下地，無所不在、無所不能，透過想像，我們創造文學藝術，作為人類心靈解放的窗口。「想像」讓實體的世界加入虛幻的情節，也讓平淡無奇的生活充滿色彩與光芒，詩中的想像創意不僅僅表現情感與思想，也透露出潛意識中不為人知的訊息。

　　透過語言與意象的表現，我們觀察創作者的內心世界，從佛洛依德的心理學文學批評以來[1]，文學語言的世界不再只是表面上的意象，其隱喻、暗示的語言系統、從表象到潛意識的內涵，想像力的充分發揮，創造力的極力表現，語言的創意裏有著另一層深刻的意涵，包裹在意象的冰山底下，藏著人類深層意識的呼喊，而詩中潛藏的意識軌跡即是人們透出的心理訊息。

　　從語言的表現來看，語言表達的修辭技巧對於創作的啟示是極為重要的，創作技巧的研究越清楚，對於作品的理解就越明

---

[1] 參見佛洛依德《夢的解析》（臺北：志文出版社，1988.03）；以及伍蠡甫、林驤華編著〈精神分析學派〉於《現代西方文論選——論現代各種主義及學派》（臺北：書林出版社，1992.08），頁 137。

白[2]，這種研究提供文學創作不斷前進的驅動力，也促進讀者解讀創作的能力，因此，修辭語言技巧的研究，在其解讀的過程中具有重要性的指標意義。對於詩的語言技巧的解析應著重在修辭技巧的理解，也就是修辭手段（figures of speech）的研究與發展。修辭語言（figures language）對於詩歌的創作具有實質的具體貢獻，任何詩歌表現，甚至是看起來淺顯易懂而近似於無修辭技巧的詩句，其實也都包含創作者深思熟慮之後的修辭語言及修辭策略，杜甫稱「語不驚人死不休」，要做詩人，先學會雕琢語言[3]，要當作家，修辭語言的技巧是基本的工夫，從語言的修辭技巧中找到新的創意與語言表達方式，是創作者的責任。

然而，除了修辭語言之外，文學理論的出現，有時更是扮演著帶領創作風貌的先鋒角色，文學理論的產生意義，創新的寫作理論以及方向，結合修辭成為詩人們的創作標竿，文學理論的精神與流派的創作風格對於創作的內涵同時具有重大的啟發。

有時，從修辭學的角度能夠解析一篇文章或是詩歌的主要架構以及創作手法，不必再透過西方批評理論加以強調或是說明，因為創作者在使用語言時，大部份是藉由修辭的使用而建立個人語言風格，不一定特意套用理論。然而，反過來看，如果詩人有意識地，特別是以某種理論作為創作的實踐，此種先有理論、然後再有創作的寫作思維有時也會帶動創作風潮，形成一家一派的獨特風貌。

2　見麥克列林等編、張京媛譯〈修辭語言〉於《文學批評術語》（香港：牛津大學出版社，1994），頁 108。

3　見辜正坤《中西詩比較鑒賞與翻譯理論》（北京：清華大學出版社，2003.07），頁 77。

　　臺灣現代詩表現方式中，我們大致上已經認定辛鬱、洛夫、商禽、管管、張默、楊熾昌、蘇紹連、陳黎等人為超現實主義的詩家[4]，擅長「超現實主義」的表達，想像奇特、非理性而超乎可能事實的意象成為詩中的主要意象群，表現詩人內心對時代、社會的質疑、對生命的感嘆與疑惑。閱讀此類詩人作品時，詩中語言的「超現實」技巧令人不禁聯想起修辭學上的「示現」修辭，超現實主義表現出來的超實物的想像與懸想示現的超乎現實的想像之間，似乎都是以非現實的意象呈現，兩者在表現上的重疊，原因在於都是以「想像」為創作基礎或理論，但想像出的意象卻有些微差異，使人難以劃清兩者之間的異同。

　　所以，筆者想釐清的是詩人的超現實主義的創作風格是否在某些意象的表現手法上其實不過就是修辭學上的「示現修辭法」，而不必認定為超現實主義？或者說，超現實主義的創作者本身有意識地以超現實的方式完成對生命的探索？

　　現代詩中有關「夢」與「神」、「鬼」的想像題材，或者是把「我」看成另一個主體，跳出來與現實世界中的我對話，這些超乎現實的描述與虛玄的題材，是否為「超現實主義」或是只是「超乎現實的想像」，於詩人的表現上，是特意標榜理論的實踐或是摻雜成為創作表現的慣用手法？超乎現實的想像與超現實手法之間的異同？而這些創作手法的創新有何意義？對於創作者與讀者而言帶來何種的啟發？此為本文所要解決的問題。

---

[4]　見費勇《洛夫與中國現代詩》（臺北：東大圖書公司，1994.06），頁 3-4；蕭蕭《臺灣新詩美學》（臺北：爾雅出版社，2004.02），頁 321。

二、以「想像」為基礎的兩種理論
——超現實主義與示現修辭

（一）超現實主義的表現主張

超現實主義（Surrealism）的創立者是安德烈‧布列東（André Breton, 1896-1966），他本是醫生，受到佛洛依德的影響，將心理學潛意識的研究與文學藝術結合，成為其理論中重要內容。布列東與蘇波合寫的《磁場》（*Les Champs magntïques*）出版，為第一部純粹超現實主義的作品。1924 年，布列東發表第一篇〈超現實主義宣言〉（Le Premier Manifeste du surrèalisme）。至此，超現實主義有其自己的領袖、理論主張、以及實驗的刊物。如果簡單地給超現實主義一個定義的話，可以說：

> 超現實主義，名詞。純粹精神的無意識活動。人們用口頭、書面或其他方式藉以表達思想的真實過程。在不受理性的任何控制，又沒有任何美學或道德的成見時，思想的自由活動。[5]

超現實主義的英文為 Surrealism，就是指超越現實事物表現形式的理論。顧名思義，超現實理論的表現意象總是出人不意，奇特組合或是改變形體的人事物，以虛幻的想像表現出來的意象，而

---

[5] 見伍蠡甫、林驤華編著〈超現實主義〉於《現代西方文論選》（臺北：書林出版社，1992.08），頁 174。

且，超現實主義從佛洛依德心理學衍生而來，強調無意識寫作，特意突顯寫作心理是在一種「不受理性」控制下的自由心理活動，這使得作品與詩人內在潛意識聯繫起來。

超現實主義表現在文學創作上，有幾個要點，其一，加入潛意識的創作。透過「夢幻萬能」的非理性活動，認為夢境中可以顯露過去現在與未來等祕而不宣的事物，就文學創作上的意義在於突出精神的本能，把超乎現實的夢境視為真正的現實。其次，超現實主義大量堆積意象，成為詩歌表現的手法之一，而這些意象的組成不是根據物物之間的特定次序，卻反而可能是極端的兩者，藉由某種機緣的「撞擊」而勾連在一起，形成讓人摸不到頭緒卻又彷如有所關聯的意象群，而達到藝術上驚奇的效果[6]。布列東在其〈第一次超現實主義宣言〉中說：

> 我當前的「現實」仍然存在於夢境之中，而沒有付諸東流；
> ……為什麼我不可以從夢的顯示中期待更多的東西，勝卻
> 那另一種期待。……我不得不把清醒看作是一種穿插性的
> 現象。這時的頭腦不僅表現出一種奇特的、手足無措的趨
> 向（像說錯話、弄出種種的笑話來，如此之類，我們已經
> 開始窺見其間的祕密）；尤有甚者，它在發揮正常功能的
> 時候，似乎恰恰是從屬於深沉的黑夜所給予的啟示。[7]

---

[6] 見曾繁仁主編〈超現實主義的理論與實踐〉於《20 世紀歐美文學熱點問題》（北京：高等教育出版社，2003.07），頁 105-106。

[7] 見柳鳴九主編：〈第一次超現實主義宣言〉於《未來主義、超現實主義、魔幻現實主義》（臺北：淑馨出版社，1990.05），頁 244。

超現實主義將「夢」納入現實，縱使是清醒之中，仍活在如夢似幻的情緒裏，如此一來，視之為現實世界之外，還有另一個夢的世界，兩者都是真實的反映。我們不能忽略夢境的力量，也不能忽視夢境帶給我們的啟發與暗示，從夢的心理反映中，我們或許可以找到另一個自我，就是從「夢境記錄」中看到內心世界中另一個「自我」。

放開現實邏輯對我們的掌控，任由夢境帶領我們進入一個心理層面的世界，超現實的寫作強調任其思想或是夢境的指示，當我們不知道將是何事何物時，卻能拋開現實事物的牽絆，讓夢境享有發言權，直到兩者並存在於創作的世界中：

> 夢境與現實這兩種狀態似若互不相容，我卻相信未來這兩者必會溶為一體，形成一種絕對的現實，亦即超現實——姑且先這樣稱呼。[8]

於是，超現實主義在超乎現實世界的夢境中找到學理的根據，將之運用於文學創作時，就產生許多不可思議、超乎現有想像中的事物，形態變化是一種心理反射的表象，透過大量的意象組合與同時並現，以顯透心理的不安，也暗示這世界的矛盾與複雜。利用不同事物的組合，無論是現實世界或是非現實世界的各種超乎想像的事物組在一起所成為的驚世駭俗的意象群。

由於超現實主義脫胎於達達主義[9]，因此，超現實的創作

---

[8] 同註 7，頁 245。

[9] 同註 6，頁 103。按：達達主義始於 1916 年，在瑞士的蘇黎士，以唐拉（Tristan Tzara, 1896-1963）為核心，成立的團體稱為達達，達達取名的

中，想像力的意象有時是扭曲、變形、對立事物的組合、不合邏輯的事物或是毫無意義的文字，被組合成詩歌，創作出另一種特殊的創意，在不合乎現有的世界架構中產生新的架構，用來指稱這一個荒謬、矛盾、對立的現實生活。例如火車站、裸女、旅店、馬車等，看似不該放在一起的事物卻組成一個完整的畫面，打破現有世界的思維，說明生命的矛盾，於是形成新的黑色幽默。而且，人們內心的活動與外在禮法世界的矛盾、肉體或精神的、真實與想像的東西，這些不合理或是矛盾的組合其實反而是世界之最「真實」：

> 自我是外部世界與內部世界的交點，在這兩個世界當中，
> 自我「就好像在錘子與鐵鉆之間一樣。」能夠被感官所感
> 知到的物質對象構成外部世界，而在想像中表現出來的心
> 理現象，則是主觀生活的同樣真實（如果不是更加真實的
> 話）的要素。[10]

透過想像與幻覺的畫面，把無理性與理性合為一體，把意識與無意識的心理世界放在同一件作品上，超現實主義的藝術因此便具有了心理學的色彩。同時，兩者從精神面與物質面的結合，超現實主義者認為這是較為全面地反映出世界的真實，從無意識現象的複雜情結，人們才意識到自己真正的面目[11]。

由來，來自於任意從字典裏找的一個字。其宗旨在於將矛盾、對立、滑稽、非邏輯的事物交錯，認為這就是生活。

[10] 見杜布萊西斯著、老高放譯《超現實主義》（北京：三聯書店，1989.11），頁 137。

[11] 同註 10，頁 136。

從超現實主義對現實主義的揚棄過程中，語言的指向決定了彼此的分野。現實主義主張的「真實觀」，認為文學創作必須在符合現實發生的種種情境中，扮演如實以告的角色，創造出某種現實社會中的典範。現實主義者從不懷疑語言的可靠性與透明性，而將語言視之為表達真實世界的工具，然而，語言在所指之物與指稱之間，具有或多或少的距離，語言本身受到語言系統的限制，同時在語言系統的真實性受到挑戰，不可能透明清澈，全然切合地表達，同時飽含語言權勢的真實，這也就是後來結構主義與解構主義不想把語言的「真實」納入爭辯的議題，而反過來追求文本的分析與討論之故，羅蘭・巴特將文學分為及物的與不及物的，及物的文學帶入現實的世界，將不及物的文學通向於文本，不是通向現實世界的管道[12]。

在「真實」世界的描繪主張中，沒有超現實的存在（surreal），所有的文學語言必須指向現實世界中實際發生或存在的景象。但是，超現實主義的內容正是打破這種「真實」，再次提醒人們對於自我的認識、潛意識、內心世界的反映等，或是對於記憶的模糊，時間的扭曲等另一種現實存在的看法。人們對世界認識的改變，乃至於潛意識中留下的對現實世界的另一種解讀，這些看似「不現實」的夢幻世界，難道不是表現另一個層面的「真實」嗎？人們內心看不見的悲傷、過去的陰影，或是對世界的扭曲的認識，這難道就不是根源於活生生的「人」對現實真實性的認知嗎？所以，超現實主義更強調的是主觀的認識，對於世界的個人見解，或是對於現實世界的渴望，這些超乎現實可能出現的

---

[12] 參見南帆主編《文學理論新讀本》（浙江：浙江文藝出版社，2002.08），頁 152-153。

畫面與意象，表達的才是現實的另一面「真實」。

　　例如達利（Dili）的「記憶的堅持」（或譯為「時間的持續」）一幅畫中[13]，三四個時鐘被扭曲變形，成為軟趴趴倒在一旁，或掛在架上的鐘，其質感的改變，硬的變成軟的，對於現實世界中「鐘」的形象的轉換，甚至變形，重新詮釋，這些圖象不符合現實該有的形象，卻充分表達作者對時間的模糊，過去記憶的消融、扭曲的概念或是重新認知自己對時間的「主觀感受」。時鐘的改變就是一種對時間的主觀認定。同時，創作者自己說明創作當下，是達利與朋友去看一場電影，達利因為頭痛而取消看電影的念頭，嘴裏吃著乳酪，望著一幅未完成的油畫，突然靈光一閃，就完成此畫的構想，這裏反映出超現實主義對於創作的態度，主張採取無所為而為，任其自然而然的書寫，靈光一現的，讓內心自由意志地任意展現的創作模式。

　　因此，超現實主義的創作方式傾向於神秘的寫作，稱之為「神秘的超現實主義藝術的秘密」[14]，強調「自動書寫」（automatic writing），或稱為無意識自動書寫、自動寫作法，根據佛洛依德的精神分析理論，其目的在於：

　　　　這種「自動寫作」要求詩人和作家排除一切理性、道德和
　　　　美學方面的思考，完全使自己處於一種「被動的」接受狀
　　　　態，以盡快的速度「聽寫」出現在頭腦中的話語，這裏的

---

[13] 見 Jean-Louis Gaillemin 著、楊智清譯《達利：超現實主義狂想天才》，（臺北：時報文化出版，2006.02），頁 68。
[14] 同註 5，頁 174。

非理性、非邏輯特徵是十分明顯的。[15]

超現實主義的寫作方法，是設法使人處於一種寧靜的狀態，事先不去選擇或是預先設想任何主題，然後順著自己隨性所至，提筆之後，無暇細想，讓心中出現的句子自動書寫到紙上，藉由意識流向可能的方向[16]。強調的是放開既定語言的思維模式，讓心靈自由朝任一可能的書寫方向進行，以求在這種開放的書寫中，以新的想像，創造出全新的意象。這種對新意象創作的嘗試方法，試圖動搖現實，擺脫模仿現實的作法，挑戰非現實層次的意象系統，開發人類自我的內心景象，以無意識思考、幻想的思維進行創作，而不再是有意識的想像架構。

超現實主義另一個創作方式是以「語言遊戲」為創作方法，讓大家在放鬆時，任由心中產生的語句，直接寫下來，「拼湊」成任意的句子，在無約定與隨意想像的語句中，有時會產生一些意想不到的意象，例如，把月亮、小販與裝配門窗放在一起，形成「月亮一位神奇的裝配門窗玻璃的小販」[17]一類意象。

這種超現實主義的表現風格超越客觀現實的描述，挖掘出新的意象內容，從虛幻的時空出發，想像非合乎現實的描述，以及對世界的另一層想法。從語言系統的另一種解讀，超現實的想像將語言描述實有客觀的部份打破，加入主觀的內容，超乎現實的想法，把語言帶到一個虛幻的世界中，看似非現實，卻又聯繫著

---

[15] 見劉象愚、楊恒達、曾豔兵：《從現代主義到後現代主義》（北京：高等教育出版社，2003.04），頁117。
[16] 同註5，頁174。
[17] 同註5，頁118。

創作者內心真實的情感，架構在主觀情感的出發點上，變化舊有的景象或者是創造出不屬於這個世界之物，然而，這些事物卻存在於思維想像的時空裏，成為超現實主義新的表達方式，溝通起現實世界與內心虛幻世界的橋樑。

其中，超現實主義所帶來的生命態度，是一種對生命絕望與無望的反抗，以「黑色幽默」的創作技巧[18]，嘲諷現實人生的悲涼，通過荒誕的氣氛與生命尷尬的處境，反邏輯且反理性的意象將生命的無奈感推到極點，這種人生態度的展現，也從達達主義繪畫中，強調「偏執狂」的心理讓混亂系統化，使真實世界失去可信度[19]，介於反常的偏執狂（paranoid）與歇斯底里（hysterical）中的超現實主義者，反而能從失序的世界中見出真實，達到現實主義過於強調現實物的創作理念無法達到的精神層面的反映，突顯出生命的過程中種種黑暗與荒謬的組合。

超現實主義把非現實的因素搬上檯面，強調這類的「想像」才是真實世界的一部份，把創作擴展到非理性的想像中，於是，作品呈現出特有的創意與新潮的意象組合。無論是何種的創意，超現實主義強調的「想像」放在詩歌創作上面，現實的或是非現實的想像，為詩歌創作帶來虛幻層面的表現方式，也為人們心理潛意識的想像力打開一個出口。

（二）「示現」的修辭技巧

古人稱「想像」為「神思」，最早在於《文心雕龍・神思篇》中首先提出想像力的特質：

---

[18] 同註 15，頁 119。
[19] 同註 13，頁 62。

> 古人云：「形在江海之上，心存魏闕之下。」神思之謂
> 也。文之思也，其神遠矣。故寂然凝慮，思接千載；悄焉
> 動容，視通萬里；吟詠之間，吐納珠玉之聲；眉睫之前，
> 卷舒風雲之色，其思理之致乎！

身形不動，心卻無遠弗屆，「寂然凝慮，思接千載」、「視通萬
里」、「眉睫之前，卷舒風雲之色」，想像力在時間與空間方面的
超越，將不在眼前之物、過去之物，說得如在眼前。陸機《文
賦》中說：

> 其始也，皆收視反聽，耽思旁慮，精騖八極，心游萬仞，
> 其致也，情瞳瞳而彌鮮，物昭昭而互進，傾群言之瀝液，
> 漱六藝之芳潤，淳天淵以安流，濯下泉而潛浸。

心游萬仞，身形卻不移動，想像的思維流動中，極八荒九垓、千
思萬情，皆成為思考下的產物。其實，想像力在文字創作上的發
揮，早在《莊子·逍遙遊》中鯤化鵬的寓言中已經見到，其鵬之
大，竟有九萬里之大，搏扶搖而直上時，其翼如垂天之雲，黑天
暗地，遮蓋半個天空的大鵬鳥，在先民的想像中，是不可思議中
發生的不可能事物。超乎現實的部份，非具體寫實的內容，就是
想像力的發揮。

　　修辭學上以想像的基礎所發展「示現」修辭法，黃慶萱《修
辭學》上說：

> 人類的想像力，真是一種奇妙的機能，……它可以不受時

間的限制，超越，過去、現在及未來；可以不受空間的限
制，把遠方的情景播映在眼前。語文中利用人類的想像
力，把實際上不聞不見的事物，說得如見如聞的修辭方
法，就叫作「示現」。[20]

示現修辭法根據「想像力」，將過去、現在或是未來的事物「說
得如見如聞」，彷如在眼前重現。示現依其性質分三種，第一、
把未來的事情說得如在眼前的「預言示現」[21]，第二、把過去的
事跡說得如在眼前的「追述示現」[22]，第三、將事情說得如在眼
前，含括所有想像，甚至是超乎時空的想像，拋開時間因素的
「懸想示現」[23]，其所論的內容以時間為劃分標準，而不以事物的
組成因素或個人心理因素為討論焦點。例如電影「明天過後」，
就屬於預言示現。朱自清的〈背影〉，寫作之時，已不是父親送
兒子上火車的當下，卻是事後的追述，是「追述示現」。

　　於是，示現修辭有幾個條件：其一，具一定生活經驗，其
二，具一定的想像力，其三，為對生活圖景有較強烈的表現意
識。對於示現的三種方式，大陸學者對於示現的定義，與臺灣學
者大致相同，都是強調透過「想像力」以重現景象[24]。「示現」修

---

[20] 見黃慶萱《修辭學》（臺北：三民書局，2002.10），頁 305。
[21] 同註 20，頁 314。
[22] 同註 20，頁 312。
[23] 同註 20，頁 315。
[24] 見成偉鈞、唐仲揚、向宏業編《修辭通鑑》（臺北：建宏出版社，
1996.01），頁 655。其對示現的定義為：（1）追述的示現。即將過去生
活中本來早已過去的事物，通過藝術想像展現來。……（2）預言的示
現。即把未來的事情說得似在眼前，如見如聞。（3）懸想的示現。即不
管過去是否有過，也不管未來是否發生，都將所想像的描繪出來，使之

辭強調事物的「重現特質」，以及真實性。楊春霖、劉帆編《漢
語藝術修辭大辭典》中對於「示現」的說明為：

> 示現是憑借作者的想像，把實際上不見不聞的事物，寫得
> 如見如聞的一種修辭方式。……示現描述必須具有整體性
> 和真實感；或一個場面；一段經歷；一種情景；或一個願
> 望；一個推理等等。它的語言一般多是描寫性和敘述性
> 的，力求具體、生動。[25]

示現修辭強調事物的具體性與真實感，為客觀而能讓人接受的合
理的想像，以「客觀事實」的「想像」為主，而不是強調漫無目
的隨性想像。前述三種表現方式中，「追述示現」與「預言示
現」都是描述客觀曾經存在過的事物，並以現實為基礎，只有第
三種的「懸想示現」擺脫時空的限制，既可想像過去，也可想像
未來，有時也使用幻覺或是夢境的形式[26]。因此，示現中以「懸
想示現」的想像空間最大，較具有彈性，比較前二者，更包含了
幻想、幻覺等對虛幻的事物的想像，涉及內心世界的呈現：

> 它打破了追述示現和預言示現所受的時間限制，其中有些
> 是在特定環境下產生而又無法實現的，僅僅表現人們某一

如在眼前，確有其人其事一樣。……懸想的示現按性質可分為設想的、
幻想的、玄想的、暢想的、幻覺的、夢想的等類。
[25] 見楊春霖、劉帆主編《漢語修辭藝術大辭典》（西安：陝西人民出版
社，1996.08），頁1155。
[26] 同註25，頁1156。

時刻的某種主觀意念或心理狀態。[27]

嚴格說來，示現修辭中只有「懸想示現」較為接近超現實主義，因為其中涉及「幻想力」或是「夢想」等超乎現實的想像。但是，「懸想示現」的「想像」卻還是在客觀具體的現實想像範疇中，如汪國勝等人編的《漢語辭格大全》中說：

> 運用示現，能給人以身臨其境、如聞其聲、如見其人之感，增強語言的說服力和感染力。但要注意以現實為基礎，從自己深厚的生活經驗和強烈的思想感受出發，做到逼真而合理，不能憑空捏造，違背情理。[28]

因此，「示現」修辭法的想像內容，雖然懸想示現會略為涉及幻想空間及夢境的想像，卻還是強調這些想像物必須合情合理，不能隨意增減拼湊，違背情理。總而言之，「示現修辭」的定義中，把想像力的發揚界定在客觀的、具體的、合理的形象呈現。

（三）當「超現實主義」遇到「示現修辭」

超現實主義與示現都是以「想像」為基礎的創作手法，兩者在強調創作的「想像」的主張上是立場一致。然而，「示現修辭法」所強調的「想像力」的作用，與「超現實主義」的「想像」比較，對於「超乎現實」的事物的想像與「超現實主義」的創作

27 同註 24，頁 655。
28 見汪國勝、吳勝國、李宇明《漢語辭格大全》（廣西：廣西教育出版社，1993.02），頁 414。

表現與傾向，兩者有所差異，卻又似是而非。因此，詩人在創作時運用的「超乎現實」的意象也往往被誤認為超現實主義，實際上兩者是有所區別的。本文相互比較的原因在想要釐清關於「想像」的創作觀念，是否所有的「超乎現實」的想像都是「超現實主義」的手法？兩者之間如何劃分？這是本文將兩者放在一起比較討論並試圖將之回歸各自領域的原因。

「想像」（imagination）在心理上的意義是頭腦中對於已有的表象的再加工、改造與重新組合成新的形象的心理過程。人們將感知的客觀事物，透過心理機制，將表象重新轉化成為新的形象，「想像力」（ability of imagination）是一種認識能力，在想像過程中，人們把外在材料進行加工，產生二種表象，一是「想像表象」（imaginative image），為感知的外在事物之外所創造出的新的事物形象。一是記憶表象，是過去記憶事物的再現。因此，想像力也分為兩種，一是「再造想像力」，就是過去記憶裏材料的再現與加工，另一為「創造想像力」，經過分析與綜合之後，創造出的全新的形象[29]。

想像是思維活動的一種方式之一，在修辭的意義上，「再造想像」是一種「解碼性質的思維活動」，把語言符號或其他文本形式的刺激轉化為知覺、表象等形象性成果的心理過程[30]。而「創新想像」則是創造新的人物或事物的實體形象，以及許多新的事件的動態過程[31]，可說是作家全新的創造。從心理學上來

---

[29] 見朱智賢主編《心理學大詞典》（北京：師範大學出版社，1989.10），頁 742-743。

[30] 見張宗正《理論修辭學——宏觀視野下的大修辭》（北京：中國社會科學出版社，2004.12），頁 233。

[31] 同註 30，頁 234。

看，再造想像或是創新想像都可能是示現修辭法中的任何一種表現方式。追述示現是再造想像的結果，而預言示現則是創新想像，至於懸想示現沒有時空的限制，則可能是兩種想像的綜合使用。

修辭對於文學的意義來說，修辭系統是創作者語言風格形成的基本要素，南帆主編的《文學理論新讀本》中說：

> 修辭對話語進行了種種加工，其間融入了作家個人的感受、思想，使之成為一件獨一無二的藝術品；如果某一作家的修辭技巧達到一定境界，擁有了自己的修辭系統，那就會形成風格。[32]

修辭系統形成個人風格，修辭語言（figurative language）包含修辭技巧與意象，從修辭的角度來看，想像加諸於語言技巧創造文學的意象。若將世界分為眼下的現實實物與非眼前所現的事物，那麼，只要是非眼下實物的描述，就視之為想像力的再現，也就是示現修辭法的運用。因此，回歸作家對於示現修辭法的定義，著重現實世界中萬物的重現而表現於語言，藉以抒發個人思想情感，都是示現的修辭技巧對於語言的啟發。

想像的初級是在心中呈現出事物景象，然後再加入個人情感，並形塑成意象。簡言之，心中必須先存在一個影像，透過文字的書寫形成新的意象，以重現作者內心心象，而超現實主義從浪漫主義師承對人類潛意識的關心，目的是建立「想像力」的地

---

[32] 同註 12，頁 85。

位[33]。無論是現實的想像或是超自然的心理想像，超現實主義設法將平凡的事物賦予不平凡的色彩。

超現實主義對於生命有新的認定，特別是加入心理學的潛意識層次，其想像的內容上天下地，萬物形變的組合強調的是生活的或心理的變化，因此，心理的變化不可捉摸，隨時變更，在創作的意象上較易產生荒謬而不合理的組合，而從矛盾對立中找到人類心靈的出口。

修辭法中「示現」所強調的想像是將過去或是未來的景象透過想像力的作用，使之如在眼前，栩栩如生，令讀者重溫創作者內心世界中曾經想像（或幻想）的事物，這是有意識的創作加工。現實景物的再現以及有意識的想像，經過人為加工與設計，有意識地讓想像力順著主題與設計的架構，隨之產生應有的內容，並且融鑄成意象。

然而，超現實主義強調個人「無意識」的創作，這種「自動寫作」（automatic writing）法，不在乎現有的或是過去的事實重現與否，強調無意識的內心世界在一種特殊的情境下自然浮現的形象，連創作者自身都無法知曉的創作趨向。以大量的意象堆積，特意以心理的層面、潛意識的探索，或是荒唐的組合，意有所指地強調矛盾對立的複雜心理與現實的作用，甚至於以心裏突然出現的暗示、啟發，靈光乍現的感受在文字中任其轉折變化，隨著內心之所之而寫作，超現實主義者布列東相信自己的理論，並依此可能形成某種的創作模式：

---

[33] 見蔡源煌《從浪漫主義到後現代主義》（臺北：雅典出版社，1987.02），頁202。

In such a pattern, nothing is left to chance: sudden mood swings can be explain by rays, ghosts, emanations, the most archaic contaminations implying dead people and even animals. It is a world full of magical meaning, precisely because in it everything has to be meaningful.[34]

突如其來的心靈狀態或靈感，如光芒乍現，甚至於結合死亡、鬼神的奇妙經驗，這些超乎現實而訴諸心理層面展現的特殊意義，甚至神妙不可解，連自己都弄不清楚的虛幻景象，以此創作，這是超現實主義理論的重點，是超現實主義強調的非現實世界的產物，也是人們窺視自我心靈世界的管道。

比較超現實主義與示現修辭法，若從兩者的相似性來看，其心理基礎皆是以「想像」為發展的基點。但是，表現方式與創作手法相異之處，就其理論的定義與架構比較如下：

理論相同點	示現	超現實主義
想像的說明	以「想像」為基礎的修辭法	強調文學創作中「想像」的重要性

理論相異點	示現	超現實主義
想像內容（真實性）	理性而具體可見的現實想像	非現實性與不合情理的事物之想像
書寫方式	有意識安排的意象	潛意識漫流任之的書寫

34 Rabaté Jean-michel "Loving Freud Madly: Surrealism between Hysterical and Paranoid Modernism" in the "Journal of Modern Literatur" (Summer 2002, Vol,25 Issue 3/4), p.70.

理論相異點	示現	超現實主義
意象表現	清晰而有次序具統一性的意象	繁複而晦澀的意象混雜拼裝
邏輯思考	理性而有邏輯	可以是不具邏輯性的組合
主題寫作	依特定主題寫作	不依特定主題,而任潛意識行之的自動書寫

從上表中知道,示現修辭與超現實主義表現手法都是以「想像」為基礎。但是示現修辭在具體而客觀合情合理的角度出發,縱使是超乎現實的事物之想像,也該符合此一原則,但是,超現實主義開發人類潛意識心理的抒發,事物的想像任由潛意識製造形象,想像的範疇與內容無邊無際,因此,詩作中意象的組合與拼裝是意識漫流的結果,想像事物的不可捉摸,非現實的、不依特定主題、繁複或是晦澀的意象呈現,就超越了示現修辭法規範的條件。這其中最大的差異,是在呈現出來的超現實的意象是否具有合理與客觀性,意象若還是具有邏輯與客觀,則是示現修辭法,若無法以理性說明,強調潛意識裏無法可管的超現實意象則是超現實主義的表現方式。

　　想像的理論,在《文心雕龍‧神思篇》中僅能說明其不受魏闕之高或是江湖之遠的限制,而得以任意行之。西方的理論中,雖然有柯立芝(Coleridge)在《文學傳記》(*Biographia Literaria*)中提出想像力理論,指出文學中「想像力」的重要議題開始,盡其所能討論幻想力與想像力的異同;而在布烈特(R.L.Brett)著的〈幻想力和想像力〉(Fancy and Imagination)一文中,已經討論到這兩種因素在文學創作上的運用以及引發的種種討論或懷

疑 [35]。但是，面對文學創作時，想像力如何成為意象？想像力極豐富之人是否就是文學創作者？這些存在的想像變化問題，在東方與西方的文論中，早期還未能很詳盡說明清楚，也尚未提及心理層面的因素[36]。

心理學的發展，開啟人類認識自我的門窗，心理學的角度可以解釋更多的人類行為，潛意識的理解，更讓人發覺潛藏在表象底下不為人知的心理層面，有許多的人類共同記憶、集體潛意識（collective unconsciousness），或是個人潛意識（sub-consciousness）等議題一一浮上檯面。超現實主義從心理的層次挖掘生命本身的另一個層面，讓潛在意識浮上表層，加入詩歌創作，探索心理的變化與內涵，因此，超現實的詩歌意象不僅僅是超乎現實、非現實的想像，而應該更深一層觸及人類內心深處尚未發掘的領地。

因此，「想像」的意涵更清楚地劃分為二，其一是對已發生、符合世界邏輯或是可能產生的事物的想像，其二是完全不合邏輯、不合理，或是不符事實，扭曲變形到不可能出現的事物之想像。這時，想像力不再執著於有形無形的區分，從心理的角度解讀，甚至於結合巫術、神祇、魔法等，以這些魔幻的世界視之為與正常世界共存的態度，而將這些看似虛幻世界的事物寫入作品，讓作品呈現似真似幻色彩的「魔幻寫實主義」[37]，想像力的

---

[35] 見 R.L.Brett〈幻想力與想像力〉於顏元叔主編《西洋文學術語叢刊》（臺北：黎明文化事業公司，1978.02），頁 559。柯立芝認為從想像力可以調和感覺與洞察力，稱為理解力（the understanding）和理智（the reason）之間的協調者。

[36] 見梅家玲〈劉勰「神思論」與柯立芝「想像說」之比較與研究〉於《中外文學》第 12 卷第 1 期，1983，頁 149。

[37] 同註 7，頁 367-369。所謂「魔幻寫實主義」是受到超現實主義的影響，來自於中南美州，這些地區（國家）人民活在巫術與預言的世界

發揚就更擴大範疇，到虛幻的時空裏，真真假假的意象，迷樣的
色彩，意象變化更多更新。

在「想像力」發揚的區塊，「示現」修辭法是以一種寬鬆的
態度，含括所有想像的事物，在作品中提出一種基礎的創作原
則，至於「超現實主義」則是特別強調心理的層次、意象的堆
積、變形的事物等並以此進行人類心理潛意識層面的深入探討。

由此看現代詩「超乎現實」的意象呈現，「懸想示現」中，
有許多「超乎現實」的想像，例如外星人、鬼、神，菩薩等，這
些超乎現實的假想事物只是對另一個世界的想像，同時意象的呈
現方式有著一定的理性與客觀，創意的表達是有條理、有邏輯
的，並經過許多創作者的構思與包裝，這些意象與自動書寫、隨
意組合拼裝意象，並任由潛意識流露出來的思維主導寫作方向者
差異甚大，因此，當我們判別詩歌以「超乎現實的想像」而尚未
涉及心理意象的表現時，應視之為「懸想示現」其中一環，而不
能一概列為「超現實主義」，才不會混淆所謂「超乎現實的想
像」與「超現實主義」所標榜的創作原則。

三、想像的實踐
——以洛夫、蘇紹連、商禽詩作為例

如果從以上的理論分析，臺灣現代詩中，一般想像力的呈
現、超乎現實的想像與超現實主義的表現方式，就可以較為清楚

中，對他們而言，這些現代文明中看似虛幻而想像世界的事物，就活在
現實裏，是生活生命的一部份。魔幻寫實主義的手法，將這種思想與文
化混入瑰麗的虛幻色彩，成為中南美洲特有的魔幻寫實主義的小說。

分辨。現代詩中，早期被稱之為超現實主義的詩作並拿出來討論的，有洛夫〈石室之死亡〉、商禽〈滅火機〉、瘂弦的〈如歌的行板〉等，這些早期作品中超現實的傾向幾乎已經被學界確認[38]。然而，若重新審視，一概評價其為超現實主義作家是否妥當？其作品是否完全是超現實主義的實踐？以下從洛夫、蘇紹連、商禽的作品裏加以分析。

　　洛夫的寫作手法被喻為幾近於魔幻手法，有「詩魔」之稱、早期被稱為超現實主義詩人、或稱之為「超現實主義之怪胎」、傳統之浪子等「多面人」[39]。這些稱呼特別是指〈石室之死亡〉的創作嘗試，但是，從洛夫後期試圖擺脫超現實主義色彩的詩中，又特別是容易混淆的的幾首「夢」詩中可見出一些新的創作軌跡，如〈夢醒無憑〉：

> 一隻產卵後的蟑螂
>
> 繞室亂飛
>
> 我被逼得從五樓的窗口跳下
>
> 地面上
>
> 留下了一灘月光
>
> 夢醒無憑
>
> 翻過身

---

[38] 見奚密《從邊緣出發》（廣東：廣東人民出版社，2000.03），頁 164-169。蕭蕭《臺灣新詩美學》（臺北：爾雅出版社，2004.02），頁 452。按：蕭蕭書中說：「要為臺灣詩壇找出超現實主義的家族、譜系，顯然並不容易。」書中並舉出以楊熾昌、商禽、洛夫、蘇紹連四位詩人為例。

[39] 見沈奇〈現代詩的美學史——重讀洛夫〉於洛夫《洛夫世紀詩選》（臺北：爾雅出版社，2000.05），頁 8。

又睡著了[40]

在夢言夢語中，有幾個非邏輯非理性的疑點，其一，「產卵」的蟑螂代表何意？為何要設想蟑螂產卵後？繞室亂飛顯然是破壞寧靜的殺手，但是，詩人何以知道蟑螂是剛產卵後？這在後文中未交代，「我」從五樓窗口跳下，卻不見了無影無蹤，只留下一灘月光，難道「我」隱遁了，變魔術，憑空消失了？夢醒無憑，作者一旦夢醒，也未曾解釋發生的事情中彼此有何關聯，或是心中真正想的是到底是何事？夢言之後，回歸平靜，作者轉身又睡著了。彷彿剛才所發生的事情如真似假，不可追究，無一定趨向，純粹夢話鬼話。這種假設夢境中發生的情節，以對「夢」的理解，是以雜亂無序，無邏輯性，不用交代前因後果的夢話，比較接近超現實主義「自動書寫」的創作方式，任由思緒的漂流，而創作出超乎想像的情節。

但是，並非所有以「夢」為題材的詩都會利用超現實的手法。換言之，不是所有「超乎現實的想像」都是「超現實主義」。或者說，作者已經融合超現實主義的寫法以及示現修辭技巧，並不一定完全照著超現實理論實踐其創作。例如，以「夢」為題材，卻未必符合超現實主義的理論精神。洛夫〈夢的圖解〉，第一段為：

夢之一

在海邊

我盛了滿瓶的水

---

[40] 同註 39，頁 75。

月亮正隨著浪峰昇起

舉起瓶子

隔著一層薄薄的玻璃

看到嫦娥在裸泳

吳剛迎面劈來一斧頭

瓶破水濺，灑了

一沙灘的月光

第二段為：

夢之二

千杯不醉

武松搖搖晃晃地

步上了景陽崗

好功夫

一拳打斷了三棵松樹

老虎蹲在岩石上

笑著對他說：

你喝的是假酒

第三段為：

夢之三

一間寬大而陰黯的屋子裏

擺著一張

輪子壞了的

輪椅

一張安安靜靜的輪椅

突然

有人從椅中跳了出來

然後扛起椅子

滿室飛跑

第四段為：

夢之四

我躍進火燄中

一面聽著脂肪燃燒的吱吱聲

一面暗想：

千年後才熬成一隻鳳凰

豈不太久

我又從火中躍出

等千年後

冷成一堆化石

第五段為：

夢之五

沿著水跡

我向遠處的一輛雪橇

追去

追上了
我躡足走近，發現
一位愛斯基摩人在烤火
在鯨魚油的燈下
我看到自己的影子
已化為一淌水

從修辭學的角度分析，第一首中，嫦娥在瓶中游泳是夢發生的想像，瓶的意象還具有象徵限制、軟禁的意味，形容如在目前的想像，因此，夢之一，是運用「懸想示現」的技巧。夢之二，是顛覆原本的典故，換個角度來看，讓武松喝假酒，故而重新詮釋武松不醉的原因，唯一不可能的想像是老虎竟然會說人話，但以修辭上的「擬人法」解之，即可說通，看不出是使用超現實的手法。夢之三，有一點癡人說瞎話，輪椅中人本為殘疾者，卻反而扛著輪椅滿室飛跑，作者以反面的語言，諷刺世界是非顛倒，景象非象，所見並非事實。從第一段的發展，與第二段形成的對比，結構謹嚴，而次序井然，具有層次，顯然也是有意的設計。只能說是利用反語造成諷刺的效果。夢之四，「一面聽著脂肪燃燒的吱吱聲」，跳入火中的自己是不可能還有理性的思考的，同時，又從火中跳出，這種超乎現實的想像，只是一種不可能發生的想像，也並非以過多的意象組合成繁複的意象群，屬於「懸想示現」修辭法。至於夢之五「我看到自己的影子／已化為一淌水」，自己跳出意象之外，來看自己的影子，作者想像影子的形態改變，變成一灘水，物質的變化強調主觀的感受，因為有烤火，所以影子化成一淌水，這是合理的假設。如果整首詩有超現

實的想像，也只有此處較合乎超現實主義的精神。由此可見，洛夫寫夢，用的手法不全然是潛意識的夢幻意象，與超現實主義的表現方式也不一定全然契合。

〈夢的圖解〉一詩中，每一段除了一些超乎現實的想像之外，其意象單一，順著意象發展的結果都有次序性，而且是順著時間，前因後果，產生變化，進而從變化中諷喻事件、表達想法，透過「夢」境具有虛幻特質的包裝設計，使得不可能發生的事實在夢境中成為自然而然的可能。但是，這與超現實主義者強調眾多不協調意象的組合，或是無意識書寫，或是任由意象流淌的主張，有著相當大的差距，只是意象的超乎現實的呈現，會令人誤以為是超現實主義的表現手法，其實，此類的詩寧可歸之於懸想示現的修辭技巧，而不濫用超現實主義的名詞。

從洛夫對超現實主義的理論思考，對照其創作實踐，洛夫早期對於超現實主義的看法在〈超現實主義與中國現代詩〉一文中，對於超現實主義的「自動書寫」提出若干修正，並首度認為生活中「知性的深度」（intellectual depth）是經過現實的錘鍊而來，詩卻不能缺乏此種「知性」的探求[41]。這種「主知的超現實主義」的提出，一方面保存了部份超現實主義超現實想像的寫作方法，另一方面也逐漸修正超現實主義以自動書寫進行想像內容的缺失。修正過後的路線，洛夫可說是將「超現實技巧中國化」[42]。本文所引為其較後期的創作，較之於早期被稱為超現實〈石室之

[41] 見洛夫〈超現實主義與現代詩〉於張漢良編《現代詩導讀：理論、史料篇》（臺北：故鄉出版社，1979.11），頁165-166。
[42] 見劉正忠〈主知·超現實·現代派運動〉於陳大為、鍾怡雯主編《20世紀台灣文學專題 I ──文學思潮與論戰》（臺北：萬卷樓圖書股份有限公司，2006.09），頁214-215。

死亡〉一詩的自動書寫方式，超現實主義的影子仍在，卻擺脫超現實的寫作技巧。潛意識議題的探索仍可能是詩的題材，卻運用更多的知性設計，使超乎現實的想像轉為意象呈現的內容，於此，超現實的想像更接近修辭學上懸想示現的技巧，而不再是純粹的超現實主義作品。

而以另一位詩人蘇紹連為例，寫「我」時，將實體的我，與虛境中的「我」的種種對立與對話，其手法也易令人產生誤解，這些手法之中，如若從洛夫「一顆顆頭顱從沙包上走了下來。」（〈沙包刑場〉）一句，從頭顱不可能「走」下來的角度來看，這並非是真實的景象，超乎現實可能發生的想像，但是，從作者表現的手法與情感內容來看，卻是作者有意利用此種想像，表現對於戰爭的悲憤與傷痛，卻不是作者內心世界潛意識的部份，諸如此類，只可說是修辭學上懸想示現的手法，想像內容超乎現實世界可能發生的限度。從「我」的自我變形中，來看蘇紹連〈混血兒〉：

> 又皺又黃的上午，我找到我的姓名聚族在膚色不明的戶籍裏，被另外一個姓名緊緊抱著，我向那個姓名喝斥：「蘇紹連！你為什麼要抱住我的姓名！」那姓名「蘇紹連」三字嚇得放開了手，而掩臉悲泣起來，不一會兒，我的名字也跟著流淚，淚濕了那本戶籍簿。[43]

蘇紹連這種自我分裂的寫作手法，使個人的我「與另一個內在觀

---

[43] 見蘇紹連《驚心散文詩》（臺北：爾雅出版社，1990），頁35。

照的我進行對話，以至相互糾纏、對抗、融合。」[44]把意象割裂而進行我與另一個我的對話的寫作方式[45]，探究的是內心的世界，挑戰的是外在的我與內在的我的界限，割裂的本身在於提醒人們另一個「自我」的存在。從這個對自我探索的動機而言，設想出一個虛假的我來與真實的我對話，這是想像力的發揮，可說是超乎現實的想像，也是懸想示現的表現方式。因此，以這一首詩為例，是否具備超現實主義中繁複意象與自動書寫的條件，或者是如達達主義中把各種不該出現在同一畫面的東西加在一起，形成對傳統既定思維的叛逆，則又不全然如此。這一類的詩作大都被歸為超現實主義，嚴格說起來並不算是，但是，這種奇特怪異的自我割裂卻又遠遠超乎現實的想像了。

對於某些詩來說，卻可能在詩句中適度地運用超現實的手法，而呈現出各種料想不到的意象的組合，從奇妙甚至荒謬的組合中提煉出對生命的另一種獨特見解。例如蘇紹連的〈離鄉〉中說：

> 孩子俯在我們手掌裡睡眠，我們把窗外掠過的風景一一收
> 集在眼睛裡，只是地下鐵道那一段及幾個隧道，昏昏的，
> 唉，從喉嚨經過，風景在電線桿的齒縫間被嚼碎。[46]

蘇紹連的現實的「我」與內心的「我」確實呼應出心理層次中另

---

[44] 同註 43，洛夫〈蘇紹連散文詩中的驚心效果〉，頁 6。

[45] 參見筆者〈割裂的自我──論蘇紹連詩的創作手法與生命向度〉於彰化師大《國文學誌》第 10 期，2005.06，頁 161-186，

[46] 見蘇紹連《隱形或者變形》（臺北：九歌出版社，1997.08），頁 110。

一種呼喊，在孩子們俯在手掌裏睡眠、窗外的風景、隧道從喉嚨經過、風景被電線桿的齒縫嚼碎，幾個風馬牛不相及的畫面卻組合在一起，當然在組合的過程中作者還是擇取了題材，孩子、風景、窗外、隧道、電線桿，是離鄉時坐著車子所見到的景象，然而這些景象經過另一種扭轉時，孩子俯在手掌間睡眠（孩子似乎被縮小成手掌可容之物）、風景被收集（風景被物物轉換、形象化）、地下鐵道從喉嚨穿過（大小已經失去對比系統）、風景被電線桿嚼碎（風景被物物形象化、電線桿被擬人化）這些畫面都經過扭曲與變形，把兩者不相關或是不可能發生的事物放在一起，就構成了超現實主義特意獨行的表現方式，也就是意象的繁複與扭曲組合，同時，也從中表現了內心世界對於現實世界的另一種解讀。就創作手法來看，隱含超現實主義的手法。

另一首詩中，蘇紹連在〈梯子〉中表現了另一種意象的組合與扭曲：

> 假日，我走在船塢的一條憔悴的梯子底下。一個油漆工人用水藍色漆著一片極高大的悲哀，梯子的陰影斜倒在悲哀裏，像一隻緊閉的嘴，只說了一句：「請不要上去啊。」便在水藍色中沉下去。……

> 爬到上面，看不到天空，我便學著油漆工人用蒙太奇的手法，把自己漆去。[47]

---

[47] 同註43，頁48。

這首詩從摘錄的詩句中顯現出荒謬的情節,「憔悴的梯子」是擬人法,油漆工人卻能漆著高大的悲哀,悲哀不能被漆,這是「形象化」修辭法,而又用「高大」形容悲哀,此種不恰當的形容詞標示的是一種荒謬的現實,而這一片悲哀中卻有梯子的陰影「斜倒在悲哀裏」,而梯子還會說話,叫人不要上去,想像中有一個不知是誰的主人翁還是爬上去了,「我」卻學著蒙太奇的手法,把自己漆去,油漆工本無所謂蒙太奇,只有導演或是創作者才會使用蒙太奇手法,油漆是不可能有此種方法的。把自己漆去也代表著我的消散,是對我個人的否定,也或許在說對我個人的某些性格、成就、想法的片面抹去。

這些意象除了超乎現實的想像之外,也超乎邏輯,在不可能完成的畫面中尋找不可能的荒謬組合,意象的本身具有非意象性,彷彿每一個意象都不經過刻意規劃,同時也不合乎情節的可能,在虛無的想像世界中進行每一個動作與情節,而每一個情節與動作都超乎現實可能出現的邏輯,完全的跳脫既定思維的方式,同時把幾個假日、船塢、油漆工、悲哀、梯子、蒙太奇等幾個事物放在一起,組成特殊的意象,每一個小細節都是被割裂而且是奇特的呈現內容,總體而言,透出詩人對自我的不安與否定,嘲諷口氣與超乎現實的意象,用超現實主義的扭曲或特殊甚至怪異的意象組合成一個玄而玄之的畫面,這已經超過懸想示現中的邏輯,而更進一步從心理的角度,從怪異的創意中找到超現實的表現方式。

筆者認為超現實主義在布列東等人的提倡下,有其特殊的寫作傾向,但是,在臺灣現代詩人中,當使用超乎現實的想像時,可以將整首詩以超現實主義的意象組合,展現心中另一個不為人

知的世界，或者也可以只是運用修辭上的懸想示現表現天馬行空的創意，或者在詩中偶爾加入一二句或一小段超現實主義的想像手法，對自我內心進行深一層的剖析與探索，卻不一定要整首詩或是整個詩作中皆標榜超現實主義的手法，全然地進行模仿創作。因此，超現實主義的手法有可能會出現在任何一個詩人的詩句中，成為創作手法的其中的一個小技巧，而不必被標示為超現實主義的實踐者，或是超現實理論之信徒。

其實，現代詩人從超現實主義的創作中轉化糅合為新的技巧，經過超現實主義的理論刺激，喚起的是對於「超乎現實」的形象／意念的部份更多的空間。當西方理論東傳，因為創作者的思想背景人文環境等差異，產生接收上的誤差，沒有一位創作者會百分之百接受外在觀念而絲毫不加入個人色彩[48]，換句話說，無論何種理論影響，創作者會因其個人背景與才力，有意識或是無意識地「自動篩選」適合自己的創作方法，而揚棄與個人不相符合的創作方式，因此，當詩人試圖「超現實主義」的創作，會自動找尋可以表達內心世界情感內容的題材及方法，詩人以創意與表現為創作之基本時，「直覺感受」以及如何表現出這種感受的手法才是第一優先的考量，不再以何種主義為依歸，再去模仿實踐此種主義的精神。因此，主義或理論經過時間與地域的溶

---

[48] 見莫言《莫言散文》（浙江：浙江文藝出版社，2000.10），頁 282。按：創作者接受西方理論然後融會貫通的例子中，我們看到莫言談創作可以觀察到一些有趣的「影響」，莫言說：「我想我必須寫出屬於我自己的、跟別人不一樣的東西，不但跟外國作家不一樣，而且跟中國的作家也不一樣。這樣說並不是要否定外國文學對我的影響，恰恰相反，我是一個深受外國作家影響並且敢於坦率地承認自己受了外國作家影響的中國作家。」

解，成為一種創作手法，而在詩作中，隨手拈來，隨手呈現。以
商禽〈飛行魚〉為例：

> 當畫家入睡之際，魚走了，沒有留言。從油彩中，從室外
> 吹來的風所捲起的畫幅上的窗簾旁優游而去。鰭就是翅
> 膀。
> 後來，那條魚又從水墨的山中折返，那是多年之後。在異
> 邦漁人碼頭正飄著細雨。[49]

前半段「魚走了」，是從畫中游走，自窗簾旁離去，這是不符合
事實的「超乎現實」意象，「鰭就是翅膀」如莊子中「物化」思
想，這是超乎現實的懸想示現，具有「化」的意象，說是超現實
主義的表現方法勉強可算，是詩人內心潛意識的「飛翔」渴望。
從其魚的游走與窗簾的組合，勉強可算是組合意象的超現實主義
手法。

第二段則是對未來的想像，屬於「預言示現」，想像那隻魚
又回來了，經過時間的推移與流逝，所有事物都面臨變化的可能
性，詩人只說「從水墨的山中折返」，以「折返」象徵遊歷歸來
之後，歷經人事變化的魚，應有更多的沉澱與生命的經驗吧，而
詩人卻不再細說，只說背景是「正飄著細雨」的異邦漁人碼頭，
「雨」成為一個象徵，隱含著不堪、憂愁與陰暗的結局。

雖然早期的商禽是以〈逃亡的天空〉一詩，以八個意象的
「並置」與「穿透」，才被視之為超現實主義[50]。然而，越到後

---

[49] 見商禽《商禽世紀詩選》（臺北：爾雅出版社，2009.09），頁 111。
[50] 同註 38，蕭蕭書，頁 366。

期，超越了單一的超現實主義的手法，這〈飛行魚〉一詩的表現手法來看，詩中表現的是經過歷練的生命，卻不一定是歡喜的收場，從作者的手法來看，卻使用「想像」的多種手法，綜合使用，不再侷限於某一家某一派理論。

有些詩具有超現實的精神，有些則近似超現實，有些是超乎現實的意象，並非超現實主義，而有的詩就很明白地是超現實主義的手法。因此，筆者認為，若把理論套在某一家之言，反而侷限詩人的創意與想像，如同穿一套不合身的衣服，脖子鑽進去了，卻發現袖子太長，鈕釦扣上了，卻發現身寬太窄，許多的合與不合，看似可行而不可行，或是形似貌似而卻神不似的結論，都讓人有種似是而非，霧中見花的感受，原因即在於，臺灣現代詩人的想像創意，在同時接受各式西方理論的同時，也根源於傳統的中國古典文化，其融為一體，而各擅其長，隨手拈來的創作方法，試圖以某一家理論概括之則可，但硬以某一家標榜為單一理論的實踐者，就會產生許多破綻，自我設限了創作者的想像創意。

作家能夠順其心理的直覺感受，自行運用想像的高度，而不一定在超現實主義或是超現實的懸想示現中繞不出來，若將這些理論與修辭技巧當成只是工具的話，詩人可以任意選擇自己需要的工具而不必事先設定在任何一家一派之言，超越了技巧而讓創意自由想像，反而讓詩作充滿了各種新的可能，也讓想像具更大的空間。

四、結論

　　詩歌中具有想像的美感，想像力的發揮是詩歌最重要的因素之一，可以說詩歌中「想像是創造形象的重要手段。」[51]示現是以想像為基礎，對於非現實世界的想像應置於懸想示現之中，而超現實主義的手法卻是一種荒謬的組合，反映另一個看不見的真實，這對傳統的示現修辭法是一重要啟發。

　　當想像的事物之間產生新的連結，不同時空背景或是不同性質的事物同時出現在同一件作品中，兩者之間的矛盾衝突或者是兩者組成的荒謬場景爆發出來的緊張，形成一股前所未有的張力，這種效果或者是諷刺的或者是提醒的，在讀者的心中會帶來新的衝擊，產生特殊的心理機制，而給予讀者新的想像空間，以及新的心理緊張。直到接受這種新的組合之後，讀者的心理空間在不知不覺之中擴張了，而能接受更多稀奇古怪的組合，於是，荒謬的創意組合漸漸被接受，一方面突顯出創作者內心世界所要表達的意念，一方面也擴張了讀者想像的視野。

　　超現實主義還是在「想像」的基礎上行事，只是想像的空間擴大而產生不合理或是荒謬的組合，超現實主義創作手法不再重現普通事物的真實形態，而是以主觀的靈感，出人意料的秩序或是形象轉換，讓主觀的意識發揮極致，任由思想漫流，進而產生新的想像意象，其目的在於反映出內心真實的幻覺與想像[52]，只

---

[51] 見魏詒《詩歌創作的藝術與智慧》（湖南長沙：中南大學出版社，2004.03），頁87。
[52] 同註10，頁106。

是在想像的過程中，作者並非有意識追尋想像的內容，而是任由潛意識形象自然湧現，讓想像力帶領著形象自由產生意象。

這裏分為兩個部份來談，一部份是文學理論對於文學的意義，其次是修辭對於文學的意義。文學理論對於創作者的意義在於揭示某種主張，使創作者以此種主張的風格進行寫作，蔚為風潮，成為共同遵循的寫作方式，或建立起相似的寫作風格。而修辭法對文學創作的意義在於修辭語言的技巧，任何一種流派中都可以使用相同的修辭，修辭語言僅僅只是創作手法之一。

只是因為同樣基於「想像」的基礎，又因東西方的交流中，彼此產生類似的手法，相異之間卻又互相啟發，形成混淆。詩中以「想像」為基本要素，超乎現實的想像不一定是超現實主義，只能說是「懸想示現」修辭法的表現，而真正到達超現實主義的表現，卻必須具心理學基礎，或是以意象的拼貼、並置、組合等以達到超現實主義的理論創作。

現代詩的創作中，詩人仍以個人直覺感受與情意表達為先決要件，純就創作者角度言，無論是超現實主義或是示現修辭法，都是詩人交錯、融合使用的創作手法之一，在創作時，超越想像的創造，有時早已超越了超現實主義或是示現的想像高度，而讓創作走在主義與理論的先鋒，現代詩人各式的創作手法交錯並用，是使臺灣現代詩不拘於一派一論，而能開出更美麗花朵的先機。

本文發表：臺北大學「第三屆文學與資訊學術研討會」2006.10.22
本文修訂：2007.08

詩情音韻
——論新詩的內在節奏及其形式表現技巧

一、前言——新詩的音樂性

詩與音樂本屬兩個不同領域，詩是時間和空間的藝術，而音樂是時間的藝術，但此兩領域卻有交集重疊之處，交集即在於兩者都借助聲音、節奏達到情感表達的目的。兩者雖是不同的藝術領域，但是詩可以透過朗誦結合音樂的聲調呈現出詩的音樂性，這是詩有時可以成為時間藝術的特殊性[1]。

因此，詩不等於音樂，但詩具有音樂性，詩的音樂性表現在兩個部份，其一，即在於詩的聲情表達，當詩發之於聲時，借由詩的朗誦，音調起伏變化產生的聲情之美，其音樂性表現在「朗誦」與「歌詠」[2]，以及朗誦者從聲音角度對於詩作重新的詮釋[3]；其二，當詩不發之於聲時，是透過視覺觀看，內心對於詩的語言文字所創造出來的意境與情感的感悟，這種觀照透過視覺，入於心象，並因詩語言本身的節奏感引起生理或是心理層面的共通，進而達成情感的渲染以及詩情的引發，換言之，詩的形

---

[1] 參見李元洛《詩美學》（臺北：東大圖書公司，1990），頁 569。

[2] 見潘麗珠〈現代詩歌聲情藝術及其美學義涵〉於《第八屆「文學與美學」國際學術研討會論文集》，淡江大學，2003.10.17。

[3] 見林煥彰〈「花叫」已成絕響——朗誦詩人彭邦楨名作「寒林・范德比爾花園」兼談詩的朗誦〉，《創世紀季刊》第 135 期，2003.06，頁 137。

式本身的節奏以及情感的表達成為詩的音樂性的要件。

關於詩歌朗誦的聲情部份已見多篇專論以及專書[4]，或從網路的詩作以呈現詩的聲光效果[5]，或從詩歌的聲光教學建立詩的聲情[6]，或從詩的視覺意象談詩的音樂呈現[7]；從詩與歌、詩與聲音藝術、詩與聲光、詩與網路的結合可知，這些表現方式對於詩的詮釋與表達都具有擴張版圖的意圖。於是，就詩的廣義的音樂性而言，這些都可視為新詩音樂性的多方面向。

然而，詩雖然具備了「歌」的性質，卻也存在著「不歌」時的情感意境。在朗誦詩歌時固然具音樂性，然而，在不歌時也有詩本身的自然節奏，回歸文字本身，以純粹的詩歌表達而言，新詩的形式表現方式以及內在節奏就是詩本身的音樂性。這也是本文對於詩的形式技巧所造成的節奏以及進一步呈現出的音樂性所關注的焦點。

二、新詩節奏的定義

歷來研究新詩的學者或者詩人，為節奏下過許多定義。民國初年，胡適曾對新詩的音節有指標性的討論，當時，他認為音節有兩個分子，一是語氣的自然節奏，二是每句內部所用字的自然

---

[4] 例如邱燮友《美讀與朗誦》（臺北：幼獅文化公司）；潘麗珠〈現代詩的聲情教學〉，《台灣詩學季刊》第 38 期，頁 3-15 等文章，在此不一一列舉。

[5] 如須文蔚的網站《新詩電電看》、向陽網站《向陽詩房》等。

[6] 見潘麗珠〈現代詩的聲光教學〉於《臺灣現代詩教學研究》（臺北：五南圖書公司，1999.03），頁 317。

[7] 見陳素英〈「鹽」的創作與音樂呈現〉於《創世紀季刊》第 135 期，2003.06，頁 140-144。

和諧；而押韻和平仄在新詩裏是不重要的因子[8]。胡適所談是詩的音韻、音節的問題，沒有用到「節奏」一詞，但所談的內容實為詩的節奏的一部份。自胡適之後，聞一多提出「音尺」的主張，反對毫無節制的散文化的詩，使得音尺成為新詩的新格律，新月派的格律詩即是創作成果。各式討論意見，乃至臺灣學者討論格律音韻的論文，不勝枚舉[9]。

近年來，臺灣的學者與詩人在討論新詩的節奏時，對詩的音樂性有所著墨，楊昌年對於新詩的節奏所下的定義為：

> 節奏是指詩的詞彙，句法的輕重、高低、抑揚、頓挫的音節。與隱藏在詩作中情緒的旋律，和一種只能感覺而不能看到的韻味。[10]

對於節奏，楊昌年認為是由音節的變化以及蘊藏在詩中的情緒所產生的韻味，對於節奏的意義，認為詩的節奏比形式上固定的音節多了隱藏的「情韻」意涵，於是，在此一定義之下，詩的節奏不僅包含音節的變化，更因應情韻的展現而出現各式表現方式，其意義涵蓋的範圍較音節為廣。對於節奏與音樂性的關係，楊昌年所下的定義為：

---

[8] 見胡適〈談新詩〉於《文學改良芻議》（臺北：遠流出版公司，1994），頁 191。

[9] 見駱寒超《20 世紀新詩綜論》（上海：學林出版社，2001），頁 614-691。

[10] 見楊昌年《現代詩的創作與欣賞》（臺北：文史哲出版社，1995），頁 57。

> 詩的音樂性分內在和外在，內在的是節奏，是自然的，外在的是韻律，是人為的。節奏隨著新語言的產生，也隨著新語言的變化而變化。……所以節奏可求豐富，韻律日見狹隘。[11]

詩的音樂性是由節奏所構成，而節奏的關鍵就在語言的變化。隨著新語言的變化產生新的節奏，此節奏則是詩內在構成音樂性的條件。而此一觀點與向明對詩的音樂性的看法：「新詩把音韻格律排除以後，已經把詩的音樂性著重在詩的節奏感上。」[12]認為詩的音樂性表現在節奏上，看法是一致的。詩人向明對於詩的節奏所下的定義為：

> 現代詩的創造，貴在自然，崇尚自由，強調創新，它的音樂性是隨著詩人情緒的波動，呼吸的吐納，心跳或者脈搏的跳動而自然活潑的形成。這是一種自然的節奏，介於可感與不可感之間的一種天然律動。[13]

向明所論，認為新詩的韻律，也就是聲韻的部份對於新詩而言，影響力越來越小，反而是以配合詩的內容情境所產生的自然的音韻形成的節奏，才能表現詩的音樂性，因而，對於詩的節奏主張的是自然、自由、創新，隨內容而轉變的天然律動。

除了對節奏與音樂性的探討之外，有些人也曾針對造成節奏

---

[11] 同註 10，頁 56。
[12] 見向明《新詩五十問》（臺北：爾雅出版社，1997），頁 95-96。
[13] 同註 13，頁 96-97。

的因素加以探究，如蕭蕭認為語言結構的安排妥當就是音樂結構，而造成語言結構的方法就是「重複」，也就是在「對等位置上安排相同或類似的聲韻」並認為「結構與節奏可以相疊相合」[14]，蕭蕭是將結構與節奏結合，以為有結構就會產生節奏，並提出重複作為節奏的要素。而潘麗珠對於「詩的節奏」所下的定義為：

> 注意長句的情緒與短句的情緒如何淋漓盡致地傳現詩情，
> 長長短短的句子交織成詩情的脈動，這便是詩的節奏。[15]

潘麗珠對於詩的節奏的看法是從詩句長短變化的角度說明情緒的脈動。長短句是詩的情緒氣氛塑造的方式之一，長句所形成舒緩的節奏較易與平和的心境或是綿密延長的情緒結合，可以共同發揮情境的渲染效果，而短句的節奏較快，放在節奏較快的都市詩或是情緒激昂的詩境較易呈現。由此見出，從長短句談節奏是從詩的形式技巧切入。

　　本文認為，詩的節奏是詩的音樂性的一部份，前言所論，詩的聲情部份是新詩發展過程中運用外在各種表達方式創造出來的音樂性，但是詩的文字技巧本身的節奏也是詩的音樂性的一部份，因此，詩的節奏與詩句的語言表現形式有莫大的關係。

　　關於詩的節奏是一種符合自然律動，因情境內容而變化，隨情緒而波動，以造成詩的節奏，此觀點大致能獲得認同。本文亦認為，詩的節奏應符合詩的內容需要而變化，或依情緒或場景，

---

[14] 見蕭蕭《現代詩學》（臺北：東大圖書公司，1987），頁 331、340。
[15] 同註 6，頁 335。

或是主題內容或是詩人要強調或表達意見的部份，予以適當而適合的節奏感，使節奏的形式要素符合情境的內容，以達內容與形式的完美組合。而形式的部份本由人工，人工之巧思可臻於自然之境界，化不自然為自然，則是詩的節奏感最大的美學目的。

　　自然的律動須由人為的技巧完成，這些是借由那些因素形成？如何形成？有何意義？細部創作技巧的探討論文或流於單一主題的討論或是個別技巧的說明，較少直接提出節奏的形式技巧，因而，本文即在於前人的觀點之上，試圖以具體而明確的方向，提出新詩內在節奏的形式技巧表現。

三、中國文字特色與新詩內在節奏的關係

　　文字是一種符號，單獨的音不具意義，只是一種訊號（sign），綴音成詞之後，字的意義便是有所指（signified）的指符（signifier），對於拼音文字而言，音的組合與意義之間的關係是任意為之的，在語音之前，例如以 bird 指鳥，未嘗不可指女孩。因為以 bird 指「鳥」只是一種約定[16]。拼音文字以聲音為認知的開始，而中國文字的起源來自於觀天地之形而著書於文字，以象形為始，因而文字具形音義三者，形與音與義三者之間有密切的關聯性，與拼音文字不同。

　　這種因形與聲所形成的文字系統，在意義的賦予上，形與音同時關涉到義的部份。〔清〕桂馥對於文字的形與聲說明如下：

---

[16]　見何大安《聲韻學中的觀念和方法》（臺北：大安出版社，1987），頁7。

> 形立為文，聲具為字，昔倉頡造書，形立謂之文，聲具謂
> 之字，寫于竹帛謂之書。[17]

中國文字的發展在於以「形」為文，以「聲」為字，後以「聲」
又衍生出一系列的文字，近人胡蘊玉《六書淺說‧六書通論》中
說：

> 假借所以濟文字之窮，假借以義借者少，以聲借者多。而
> 字之孳乳，尤與聲有密切之關係。……雖謂中國文字，演
> 聲可也。其尤便者在于形聲並用，既知其義，即知其音。[18]

從文字的孳乳中，因聲而衍生文字，其特色在於「形聲並用」，
既知其義之後，則知其音，音與義的關係非常密切，而且「聲」
也指向特定的「義」，例如《說文解字注》，《心部》有悽、恫、
悲、惻、惜、愍等字，段玉裁注曰：「恫者，痛之專者也；悲
者，痛之上騰者也；各從其聲而得之」，清代李慈銘又加以申論
說：「悽者，痛之入微而淒其者也；恫者，痛之專達而洞洞乎者
也；悲者，痛之舒長而不能已者也；惻者，痛之直而迫者也；惜
者，痛之散而可寬藉者也。」[19]由此舉例說明，同為心中之傷，
微小之痛而心中淒涼者為「淒」字，淒的音屬於商調，本有淒涼
哀傷之音，故此音與義相合。餘則以此類推。

---

[17] 見〔清〕桂馥《說文解字義證》引辛處信注《文心雕龍》同治九年湖北
崇文書局刊本，卷49，頁3。
[18] 見《國學匯編》本，頁2。
[19] 見〔清〕李慈銘《越縵堂讀書記》（上海：商務印書館，1959），頁
518。

象「形」以造文，山川日月之形則指山川日月之義，「形」與「義」是一體的，而「音」與「義」也密切相關，「鳥鳴嗟嗟」，嗟嗟之聲即指鳥鳴之義，因而，中國文字「形」與「聲」皆可能含有「義」的部份，而「聲」則代表著意義的變化。

此一特色對於新詩在創作上的貢獻在於，中國文字中「形」的因素，特別是象形或是衍生的其他文字，在詩的視覺上，比拼音文字更具有圖象的暗示效果，拼音文字借由文字的排列形成的圖象詩，試圖以整首詩的排列形成圖象的效果[20]，而中國文字本身單一的「字」就具有圖象的效果，當然也就具備文字的視覺及情境的暗示。

文字中的「聲」的特色，更是在詩歌史上發揮殆盡，古典詩詞的格律，以平仄、押韻顯出聲音因素在創作情境上的最大能量。而形與音影響的是詩境詩意的不同層次展現，最有名的是唐詩人賈島的推敲之例，其〈題李凝幽居〉言：

閑居少鄰並，草徑入荒園。鳥宿池邊樹，僧敲月下門。

過橋分野色，移石動雲根。暫去又來此，幽期不復言。

據傳，此詩是詩人在旅途驢背上構思，其中「僧敲月下門」一句，以「敲」或是「推」沉吟許久，一時無法裁定。巧遇當時京兆尹（京城之長）韓愈，賈島一路沉思，不知迴避，而犯了「遮道」之罪，左右屬官推至愈前，賈島於是詳言其因，韓愈默思片刻，說：「敲字佳。」遂並轡入城，為布衣之交。如果

---

[20] 關於中國文字與圖象詩的關係，參見丁旭輝《臺灣現代詩圖象技巧研究》（高雄：春暉出版社，2000），頁9-18。

探究其意境，以「推」字烘托出佛門在靜夜時分沉靜莊嚴的氣氛，反而具空靈深遠之境，而如果著眼於動靜對比，在寂靜之夜，拍擊寺門，為求強列對比效果，則以「敲」字為佳。然而，深夜訪友，應在寧靜中，應以「敲」字較為符合情理事[21]。

就聲音來看，「推」與「敲」都是平聲，但是「推」的音韻較平既長，其所代表的情緒意義較為和緩，而「敲」易與突出的聲響聯想，是在寂靜中拔地而起的聲響，其音韻較為短促，形成較推字高亢的意境。這種現象在修辭學上稱之為「鍊字」，就聲韻上而言，雖然皆為平聲，但是聲音之情貌不同，點染的意境也不同，由此見出，中國文字本身的「音」與「義」影響詩境的意涵。古典詩詞如此，新詩亦然。

如詹澈〈瀑布抽打山的陀螺〉一詩運用了聲韻塑造當時的情境氣氛：

> 從無而噢，而蕪，入烏而喻
>
> 如甕，山谷四面環壁
>
> 瀑布用手，以陽光撞擊

這首詩充分運用文字與聲音的特性，將文字的「無」字以及相關的偏旁的一群字，以及在聲韻上較為接近的「喻」、「甕」放在一起，而產生類似山中回聲的效果，以突顯出作者所要表達的是布農族八部合唱時的回聲的效果。

此詩之所以能夠配合聲音產生音樂性，就是善用中國文字的

---

[21] 見王昌煥〈畫龍點睛談「鍊字」——古典篇〉於《翰林文苑天地》第 21 期，2003.05。

聲音及意義的搭配與組合。對於中國文字而言,聲音與意義之間的關係相當密切,因此,以中國文字為基礎的新詩在形式技巧的展現上,必然比拼音文字的詩多樣而複雜,特別是在節奏的部份。

因此,討論新詩的節奏時,當節奏的產生是基於文字的特質所衍生的創作技巧時,本文視之為內在節奏,而將新詩本來的既定形式稱之為外在節奏。外在節奏指的是新詩本身的到目前為止,已經約定俗成的形式,如標點符號、斷句、分行等新詩的形式,而內在節奏則是指隱藏在語言與句法之中的「隱藏性節奏」,這涉及到文字本身的特質與創作技巧的呈現部份,例如音韻、音節、句式、意象等。無論內在節奏或是外在節奏,都足以構成詩的音樂性。本文則著重在新詩內在節奏的探討。

四、新詩內在節奏之形成與表現

對於新詩的節奏,我們從作品的表現來看,本文提出幾個方向,既可為創作者的參考,也可供讀者賞析之用,以下就音韻、音節、句式、意象幾個方向來看:

(一) 音韻自然

音為詩的聲調,而韻是用韻。在胡適提倡白話詩的時代,對於音韻的定義,主張將聲調含融在韻中,採用自然的聲調,自然的韻,不再講究平仄或是韻腳[22]。只是胡適自己的創作仍不免以

---

[22] 同註 8,頁 194-195。胡適認為新詩的韻可以有三種自由,其一是用現代韻,不拘古韻,二是平仄互押,三是有韻固然好,沒韻也無妨。白話

押韻造成語氣上的和諧，如胡適〈老鴉〉就是很明顯的例子，而沈尹默〈三弦〉被認為是運用古典詩詞的意象與音韻最成功的例子。康白情則認為新詩的音節不用押韻，以爽口、爽耳，由情感決定音節，最好是可唱。之後，聞一多，郭沫若等人皆曾對新詩的押韻問題提出不同意見，聞一多認為詩要「戴著手銬腳鐐跳舞」，追求形式上的嚴整，而郭沫若則認為詩要絕對的自主，主張詩以情調為律。對於音韻的討論，五四以來，各種意見雜陳。

嚴格說來，音韻是屬於格律的一部份，有的學者認為不應列入節奏系統[23]，但是文學創作經過歷史的流轉，在創作技巧推陳出新之下，理論的探討終究不得不向作品低頭，時至現代，詩人創作早已擺脫舊有的格律限制，對於音韻發展出新的理解與闡釋。

新詩的文字不離中國文字形音義的系統，因此要全然擺脫音韻而隨性為之，只會增加詩的散文化，走向鬆散而不易誦讀的局面，所以，新詩的音韻應該縮小它的影響範圍，將之視為節奏的一部份，是引領詩的創作產生更佳的節奏效果而不是戴上格律的帽子，因此，本文仍將音韻視為詩的節奏的一環。

新詩的音韻不能擴大成為格律的限制，因此，本文用「音韻」而不用「押韻」一詞，是因為新詩在聲與韻的使用上是寬鬆的，只要是聲音上可以歸為同一大類並產生相似情境的音韻都可視為利用音韻技巧所產生的押韻現象，可說是一種隱藏式的音韻。

詩的聲調含在自然的韻中，以輕重高下的自然語氣中呈現，而不必在意嚴格的平仄。

[23] 同註 9，頁 631。

　　而新詩中的音韻效果的呈現，在於創作者不能滿足於規律的押韻限制，渴望在既有音韻之美而不拘於舊式格律的情況下創作，因而，新詩創作者以韻來貫穿其節奏時，採用寬鬆的音韻，以和諧之音為達節奏的要求，進而達到音韻和諧的節奏效果。

　　以蕭蕭〈風入松〉一詩來看，此詩以古典的意象賦予新詩的形式，描寫風吹動松樹時的剎那間感受，此詩掌握氣氛恰到好處，也呈現出小詩的優美，其中暗藏著內在節奏的運用，特別是使用音韻的結果，突顯餘韻無窮的詩意。其詩如下：

風來四兩多
松葉隨風款擺、吟誦
風去三四秒
五六秒
松，還在詩韻中
　　　　動

此詩採用寬鬆的韻，不但在句尾有韻，也有「句中韻」[24]的現象，朗誦時會有「嗡」的聲音，擬風聲，看似無韻，實則暗含與風聲諧調的「嗡」聲，以詩的語言風、誦、風、松、動，同為ㄥ的韻，分散於句尾及句中，詩句在閱讀過程中，不斷暗合著韻，彷彿不斷在耳邊出現風聲、風聲的回聲等聲音。最後的「動」字獨立成行，也是押韻字，讓風停留在意象中，在晃動的松樹間不斷動著。

24　見黃永武〈談詩的音響〉於《中國詩學：設計篇》（臺北：巨流出版社，1987），頁162。

　　由此見出，新詩的韻部使用必須：一合於自然，二適於情境，三，不需令人一眼望穿，四，韻腳不限於句中或句尾，換言之，就是不刻板的押韻，適合情境需要而隨意用之，而且可在閱讀或朗誦時，增加詩意及詩境的效果。

　　字詞的音節與聲韻會形成朗讀上的明朗或是暗淡。如東坡〈赤壁賦〉：「如泣，如訴，如怨。如舞幽壑之潛蛟，泣孤舟之嫠婦。」以二個字成一單位，其節奏先短而後長，泣、訴、怨、舞、孤、婦等音都是以暗淡而不響亮的發音，比較起以使情感奔放痛哭而出的響亮的痛、哀、恨等字，反而使文氣節奏深沉而悲，有種說不出來的哀傷被悶在內心，無法宣洩，令人感同心受。由此見出聲韻在氣氛營造與節奏上的作用。

　　與此詩有異曲同工之妙的詩如羅門〈「麥當勞」午餐時間〉：

　　　一群年輕人
　　　　　帶著<u>風</u>
　　　　　衝進來
　　　被最亮的位置
　　　　　拉過<u>去</u>
　　　　同整座<u>城</u>
　　　　坐在一<u>起</u>

此詩在寫麥當勞中，年輕人迅速進來，讓人眼前一亮的畫面，詩的前三句用「風」、「衝」、「同」、「城」的「ㄥ」的韻，同時用簡短的三個字，使節奏感如風一般急速。而「去」、「起」的音韻較為平緩，當「坐在一起」以起字四聲結束，「起」的聲音有收束

的意味，將前面急而快的節奏收尾，同時也代表年輕人已在位置坐定，不再如前面入麥當勞時的急切，因而，音韻前急後緩，內容亦是。

又如林泠〈20/20 之逝──致一眼科醫生‧在手術之前〉：寫的是為人動手術的眼科醫生，作者突發奇想，對於真正的眼盲與心盲之間的辯證：

　　啊　　大夫　　你說甚麼

　　台北的街燈並無

　　筑色的光暈一如

　　莫內的巴黎？　　你竟

　　悍然地斷定

此詩「無」、「如」為韻，「黎」與「定」是寬鬆的諧音，作者以無、如，說明外在世界沒有清楚的劃分，真正的盲到底是誰？不知。因而其聲調以暗淡含糊的韻以說明世界尚無法明確分清是非，在混沌中尋找真正的光明。

有時利用動詞強調聲調的重點，讓節奏因動詞的使用而鮮活起來，如向陽〈小滿〉：

　　一隻青蛙撲通跳下池塘

　　打破樹上烏鴉的睡意

　　荷葉跟著驚顫幾下

　　水面的漣漪一圈圈

　　把寂靜擴散了出去

此詩看起來不是因為押韻的關係而安排節奏，它反而是以強烈有力的動詞暗示節奏的頓挫點，如第一句的「撲通」、第二句「打破」、第三句「驚顫」，將詩境帶到一個寧靜被破壞的場景，以「撲通」的擬聲，「打破」的強勢口氣，「驚顫」令人心驚，這三個動詞用法皆強烈暗示節奏與詩境，第四句沒有動詞，當平靜的水面被打破後，接下來又回歸平靜，第四句不用動詞，在於將繃緊的節奏放開，讓文字平緩的節奏說明湖面的寧靜，第五句則以「擴散了」，較為平和的口氣的動詞加上「了」以舒緩語氣，將詩境拉到一個寧靜安詳的氣氛之中，節奏自然也隨著動詞的變化而與詩境相輔相成，形成聲情皆並的詩。

聲音的重複也會產生節奏感，常見的是以類疊的修辭方式使節奏活潑，如陳啟佑（渡也）說的：「依賴反覆與重疊兩種方式來謀求生動活潑的節奏。」[25]類疊是利用雙聲疊韻的因素，使文字重複出現，在多音節的重複之下，達成節奏響亮、活潑、明快的效果。

疊句的使用讓節奏輕快起來，鄭愁予〈俄若霞〉：

> 這一定是鳥的飛翔　億億萬萬隻彩羽
>
> 飛翔　鎮懾萬物而無聲
>
> 從純黑到全然的
>
> 白　幻變幻變使人們領略
>
> 「瞬息」的意義

---

25 見陳啟佑〈聲韻學在新詩上的一項試驗——「無調之歌」的節奏〉於孟樊編《當代臺灣文學批評：新詩批評》（臺北：正中書局，1993），頁457。

> 每次撲翅每次擊電
>
> <u>億億萬萬</u>的電花<u>炫炫</u>　引聚著
>
> 人類飄散的魂魄

此詩利用修辭格上的類疊法，讓雙聲疊韻的聲音重複出現，製造節奏感，符合於詩人描寫鳥飛翔時發出的聲音，像億萬彩羽，翅膀相擦的情景。而詩中不僅有疊字「億億萬萬」，「炫炫」，也用了疊句「幻變幻變」，以及與排比結合的「每次撲翅每次擊電」用數個聲音的重疊共同擬塑詩中鳥的意象及氣氛。類疊的修辭法在新詩的使用數量很多，在此不一一列舉。

（二）音節頓挫

音步或稱「音節」、「音尺」、「音組」。「音節」的定義，民國初年的胡適解釋「音節」為詩中的頓挫段落[26]，並稱新詩的音節是以兩個分子形成的[27]，簡言之，就是以一個詞組為一個音節，古詩中的音節多為二個字成為一個音節單位。雖然，以語法學的觀點來看，一個字就是一個音節，因而有單音節、雙音節、多音節之別[28]，但是，在詩的節奏感的討論中，普遍還是可以接受「音節」是一或二至數個字的詞組成的頓挫單位。「音尺」的概念是聞一多為格律派的詩提出的理論基礎，今之學者有的稱「音組」。聞一多為詩劃定二個字的「二字尺」及三個字的「三字

---

[26] 同前註 8，頁 193。

[27] 同前註 8，頁 191。

[28] 見何洪峰編著《中學語法修辭手冊》（湖北：湖北教育出版社，2000），頁 12。

尺」，認為新詩應在音尺的節奏規範下跳出美麗的舞蹈。最有名
的例子是其〈死水〉一詩：

　　這是／一溝／絕望的／死水　2232
　　清風／吹不起／半點／漪淪　2322
　　不如／多扔些／破銅／爛鐵　2322
　　索性／潑你的／剩菜／殘羹　2322

每一句是由三個二字尺與一個三字尺組成，於是詩皆可以「音
尺」標出節奏感。　聞一多的格律論以及豆腐干體的詩作在當時
不但是重要的詩論，並且也是新月派標榜的創作目標[29]。而此一
觀念來自於古典詩詞的頓挫，例如王之渙〈登鸛鵲樓〉：

　　白日／依山／盡 221（或 23）
　　黃河／入海／流 221（或 23）
　　欲窮／千里目　23
　　更上／一層樓　23

以此五言詩而言，可分為二字尺及三字尺，細分之則三字尺還可
分為二字尺及一字尺。而中國文字中，以二個字或是三個字成為
一個音尺，是最普遍的方式，要不要細分可視誦讀者當時的心境
或是聲音的頓挫而定。

　　因為詩歌有朗誦的作用，今之學者又將音節稱作「音步」，

---

[29] 同前註 9，頁 625-626。

每一個音步有大致相同的字，音步與音步之間的間隔可以靠適當
的停頓或是字音的延長，用以形成相對規整的節奏[30]。綜而言
之，無論是音節、音尺或是音步，都是指彼此之間以一個詞或短
語為單位形成的頓挫，既然有了頓挫，也就形成節奏。

時至今日，新詩的音節不再採用規律的頓挫，也不再刻板地
以二字或三字為頓挫。反而因情境需要，利用中國文字本身的音
節，伸縮增減字數的多或少，以產生閱讀時的內在節奏感或是誦
讀時的節奏，最主要的是配合詩的內容而決定音節的跳盪節奏，
如此一來，音節仍隱藏在詩句中，卻不被刻意拿來劃分詩句的長
短，變成隱藏起來的內在節奏的因素。以管管的〈缸〉一詩來
看：

　　　　有一口燒著古典花紋的缸在一條曾經走過

　　　　清朝的轎明朝的馬元朝的干戈唐朝的輝煌

　　　　眼前卻睡滿了荒涼的官道的生瘡的腿邊

　　　　張著大嘴

　　　　在站著

　　　　看

這首詩前三句讀起來很具音樂性，節奏感很強，其因在於音節的
使用恰到好處，其詩可以分音節如下：

　　　　有一口／燒著古典花紋的缸／在一條／曾經走過／　　3834

---

[30]　見李紅岩《詩歌朗誦技巧》（北京：中國廣播電視出版社，2002），頁
　　52。

清朝的轎／明朝的馬／元朝的干戈／唐朝的輝煌／　4455
眼前／卻睡滿了荒涼／的官道／的生瘡／的腿邊／
26333

第一句的音節有四個，第二句有四個，第三句變成五個，而字詩
人在使用音節的字數上跳得很大，從三個字到八個字之間極易因
差距而產生強烈的節奏感；而第二句以四個字、五個字為主，規
律的句式將節奏減緩，卻具有重複規律的跌宕之美；第三句又以
二個字為音節，立即跳到六個字的音節，又將節奏的強度變大，
最後以三個字的音節重複出現，製造節奏的重疊。在節奏上有變
化，有起伏有反覆的美。就詩的意義來說，作者要表達的是一口
經過悠久歷史依然屹立的缸，所以，以長的句子形式代表的是長
長久久的時間，在這時間中卻起起伏伏不是一路順暢，因而節奏
的起伏也是很大。這是作者利用音節的變化塑造的節奏感與內容
意義結合得完美的例子。

　　利用音尺所產生的節奏變化，在新詩之中，強度以及變化性
可以更大更誇張，例如杜十三〈二十一世紀第一班列車來了〉詩
中：

淚珠的下半球和上半球擁有不同的時代
卻都一樣的濕一樣的鹹
在妳那張已經完全過渡到二十一世紀的臉上
抄襲著某種舊時代同樣感動過妳的方式

此詩的音節非常有趣，可列如下：

淚珠的／下半球／和／上半球／擁有／不同的時代／3 3 1
3 2 5

卻都一樣的濕／一樣的鹹／　6 4

在妳那張／已經完全過渡到二十一世紀的／臉上／　4 13
2

抄襲著／某種／舊時代同樣感動過妳的／方式／3 2 10 2

若以此節奏彈奏樂器，其聲音必然高低變化、節拍的快慢相當的
大。有少至一個字為音節，多則到十三個字為音節。此種音節的
創作手法早就超越民國初年聞一多等人以格律做詩的限制，而在
聲音節奏上以突破而創新的手法，打破音節的限制而將音節圓熟
運用於指掌間，成為新詩節奏感變化上的一項利器。

於是，創作手法可以變化更多，節奏感的追求也會因人而
異，因事而起，因情而生，看起來彷彿失去了規則性，而令人無
所適從。事實上，音節既是節奏的一部份，又不能成為節奏的腳
鐐手銬，詩人使用時的自我拿捏分寸，便成為了詩人創作上的挑
戰，這是新詩創作者必須明白的課題。

但是，就節奏形成的技巧而言，卻不能忽視語言文字本身既
定的可能的特質，也就是不能在討論節奏時忽略文字本身音節的
因素，而任由散漫的自由心證來談節奏的形式技巧，因而，本文
認為，音節是節奏形成的內在因素之一，也可說是創作者或是讀
者瞭解詩的內在節奏時必須注意的一個要項，雖不能視為唯一或
是絕對的因素，但是，從音節的角度有時更可以離析出內在節奏
形成的關鍵。

（三）句式變化

「句型」是由句子的各式結構類型歸納整理出來的結果，而「句式」指的是句子結構中具有特別的形式或是語義特徵者[31]，簡言之就是句子的表達形式。句式的變換是語言的一種方法，目的是在於完成各式的表達[32]，以達到最佳的效果。句式的變化在新詩的創作手法上有倒裝、移位、排比、被動、長短等法。

「倒裝」在修辭格上，是指故意顛倒詞句的次序，以達到加強語勢，協調音節和強調突出的效果[33]。古典詩中杜甫〈秋興〉詩：

> 香稻啄餘鸚鵡粒，碧梧棲老鳳凰枝。

本來的詩句應該是：「鸚鵡啄餘香稻粒，鳳凰棲老碧梧枝」，詩人為了平仄故意將文詞倒裝，反而產生節奏上強弱節拍的效果，那麼，除了平仄的要求之外，詩句為何要倒裝呢？倒裝又能帶來何種的優勢或效果？以新詩為例，陳義芝〈住在衣服裏的女人〉詩中：

> 春天一呼喊，你絲質的襯衫就秀出兩朵
> 粉色的花苞給如夢的人生看

---

[31] 見池昌海編著《現代漢語語法修辭教程》（浙江：浙江大學出版社，2002），頁 102-105。

[32] 見何讓編著《中學語文語法修辭難解》（廣州：廣東教育出版社，2002），頁 95。

[33] 同註 32，頁 184。

這二句詩本來應該是「春天一呼喊，你絲質的襯衫就秀出兩朵給如夢的人生看的粉色的花苞」，姑且不論詩中運用的擬人化技巧，單以句式來看，「粉色的花苞」應為放在最後的受詞，卻將其移在第二行的句首變成前一句詩的受詞，於是在節奏上會有較強烈的頓挫，特別是在「給」與「看」的音節上，因句式的倒裝，改變應有的順暢，而在中間形成本不該有的頓挫，而產生語氣的轉折，以加強節奏感的呈現。辛鬱〈自己的寫照〉：

> 猶未出鞘的一柄劍
> 陌生於掠殺
> 也不嗜血

詩句本應為「一柄猶未出鞘的劍」，作者將一柄劍放在最後，「一柄劍」的強度比「劍」更強，具有強調的作用，並讓節奏頓挫在「一柄劍」之前，加強語氣，增加劍的氣勢。倒裝的結果可產生新的節奏感，在文意上則可發揮強調的效用。渡也〈我是一件行李〉：

> 月台上放著許多行李
> 在風中，目瞪口呆
> 不知誰帶來？

原詩應是「風中的月台上放著許多目瞪口呆的行李，不知是誰帶來？」此詩倒裝，將「在風中，目瞪口呆」放在詩的第二句，具有強調行李在風中無助的模樣，同時以切割成短句，使節奏感較

明顯。楊牧〈時光命題〉：

燈下細看我一頭白髮：
去年風雪是不是特別大？
半夜也曾獨坐飄搖的天地
我說，撫著胸口想你

第一句應是「我在燈下細看一頭白髮」，將燈下細看提到最前面，倒裝的句子使得語氣會在「我」之處分隔出前半部與後半部，以割裂的方式形成較大的頓挫。最後一句「我說，半夜（我）也曾獨坐飄搖的天地撫著胸口想你」而把句子的「我說」放到下一行，形成倒裝句，如此一來，在句子中間頓挫加大，將節奏感加強，避免順暢的句子破壞作者強烈的情感表達。其他如陳大為〈今晨有雨〉更是運用倒裝將節奏感強化：

◎踩著十六分的急促音符妳竄到簷下
◎私藏了多少可能的情節妳那幽幽的體香
◎彷彿一座莽林妳微濕的髮
◎眼神是穿梭不定的羚羊，我近近地追

這些句子利用倒裝，改變既有的節奏感，呈現較大的節奏強度，讀起來頓挫強烈，與少年心情的澎湃節奏感一致。

「移位」是利用句式的移位變化以達節奏的頓挫，或將一句之內的賓詞謂語故意改變位置以產生新的趣味以及效果。例如把動詞移到主詞之前，以強調動作，楊牧〈時光命題〉：

> 看早晨的露在葵葉上滾動
> 設法於脈絡間維持平衡

把動詞放在句首，強調動作，並將節奏最強的拍子放在句首，詩句的情緒則呈現出高亢的對話與呼喊。又如辛鬱〈自己的寫照〉：

> 尋覓的眼色
> 帶著倦意　荒在
> 許多個未完成的情節中

眼色「荒在／許多個未完成的情節中」也是將動詞放在句首，借由動作的強調，同時強調口氣，使節奏強烈。又如陳大為〈今晨有雨〉：「呼吸過七脈高山七灣河川」，把動詞呼吸放在句首，是一樣的方式。

而以特殊的句式為之的，如陳大為〈今晨有雨〉：「把焦慮的音色吸納進來——」是「把」的句式，反而將動詞放在後面，要強調的事物放在「把」的後面，節奏感由強而弱。又如「被獵的喘息比水蜜桃來得香來得甜」，以對比的句子以及重複的類疊排比，在「被」與「比」兩處形成較大的頓挫，將節奏斷成好幾個小節，而使節奏有高低起伏，又「藍色的南瓜車把故事逼到終點」主詞出現「藍色的南瓜車」，也是「把」句式，把之後分成兩個節奏頓挫，此詩的句式變化多樣，節奏感也起伏不定，正說明少年羞澀而起伏不定的心。

「排比」是重複的句型一再出現，使節奏因重複而產生規律

的節奏與美感。新詩中有些詩的結構完全是利用句子的排比，產生詩的音樂節奏，如蘇紹連〈「問劉十九」變奏曲〉：

　　　　從綠色的裡面借一些寧靜，好嗎？
　　　　從紅色的裡面借一些溫暖，好嗎？

　　　　我為你釀一壺酒，好嗎？
　　　　我為你燒一爐火，好嗎？

　　　　我在綠色的裡面和紅色纏綣，好嗎？
　　　　我在紅色的裡面和綠色擁吻，好嗎？

　　　　爐火把我的身影投射在天空，好嗎？
　　　　你看到我的身影就來喝一杯，好嗎？

　　　　把我釀成酒，好嗎？
　　　　把我燒成灰，好嗎？

這首詩題名為變奏曲，作者預計採用具音樂性的節奏法，以排比的句型重複出現，再加上疑問句不斷反覆詢問，使詩的節奏感規律而具有歌唱的作用，此與作者所要表達的意旨相通。同時，雖然以兩個句子為重複的句式，但其中每一組二句的句式皆不相同，排列如下：

　　　　從□色的裡面借一些□□，好嗎？

> 我為你□一□□，好嗎？
>
> 我在□色的裡面和□色□□，好嗎？
>
> □□□我的身影□□□□□，好嗎？
>
> 把我□成□，好嗎？

雖然都是以「好嗎？」作結，但是四個句式不盡相同，使句式的變化產生不同節奏感。因而，此詩的節奏既有重複的規律，也有變化的句式，同中有異，異中有同，因而在節奏感上，產生如歌般的音樂效果。

如果在句子中間用排比的句型也會產生語詞跌宕的效果，如朵思〈士林夜市〉：「那裡，兩岸掛滿長袖短袖的季節」，長袖短袖以相同的句型出現，詩句本身就形成如歌唱般的節奏感。

有時詩句不一定以前後句排比的形式出現，而以段為單位，每一段都重複出現相同或相似的句子，以產生節奏的反覆，例如李敏勇〈狗自由自在地跑〉一詩中，共分四段，每一段的第一句都是「狗自由自在地跑」，以此句貫穿整首詩。

「被動」的句式是源於西方語言的習慣，詩中有時為了變化句型，不讓單一的句型佈滿全詩，於是化主動為被動，或是被動改為主動，如此以因應詩句的變化性，也可配合情緒的起伏以及節奏的要求。被動句如楊喚〈詩的噴泉〉：「壁上的米勒的晚鐘被我的沉默敲響了／騎驢到耶路撒冷去的聖者還沒有回來」，其實此詩句改為主動式則為：「我的沉默敲響了壁上的米勒的晚鐘」也未嘗不可。只是如此一來，強調的重點便不是「米勒的晚鐘」而是「我的沉默」，這與詩人要表達的節奏有少許的不同，第一句的節奏感會與第二句較接近，使得語氣較平緩，因而，變化一

下句型對於詩的意境與節奏都是有所影響的。

　　句子的長短變化，在節奏上會有增強或是減弱的可能，以符合詩境為要，如杜十三〈二十一世紀第一班列車來了〉：

　　　從不斷爆裂抽搐　光彩繽紛的夜色子宮中
　　　新的一切像初生嬰兒一樣的落地
　　　無聲無息

第一句及第二句是長句，第三句突然縮短成為四個字成一句，這在節奏上彷如高昂的樂點，忽而收束成為樂章的終結，長短句的變化成為節奏變化的要素。再看詩意，詩人要寫的就是從光彩繽紛之中進入繁華落盡的樸實之境，以第一句的絢麗，第二句以譬喻說明新生，第三句則直指「無聲無息」，詩人有意將光耀歸於平淡，因而，詩意上必須轉折收束，在節奏上則是以短句戛然而止。此為長短句所造成的節奏變化。

　　或者利用短句加強語氣，如朵思〈士林夜市〉：

　　　廉價的痞子愛情竟也在各種髮夾和小吃攤
　　　之外，大膽陳列

第一句以長句為之，節奏較為平緩，第二句，「大膽陳列」彷彿加強口氣，而且為此段的結尾，更是以四個字二個音節的節奏，斷然結束。

（四）意象跳躍

以電影而言，節奏的產生是因場景或鏡頭改變的速率所造成；對詩而言，意象的經營則因詩句分行形成的意象上的跳盪，其中可能使一個意象分割成兩行或數行而產生意象的停頓與延長，造成意象本身的節奏感，而與意象所要表達的情意內容相輔相成，產生正加分的效果。

新詩意象的節奏是因為詩的意象具跳躍性，在形式技巧上，詩句利用意象的跳躍會使讀者在閱讀時產生心理層面的緊張、突兀、懸疑的感受，借此打破既定的流暢的書寫形式，而形成情感上的節奏感。

歷來學者對於意象跳躍性的問題，多從意象的內容來看，簡政珍認為詩具有「空隙」，即詩行與詩行之間存在著無形的空隙，讀者以想像力及對文字的敏銳度彌補意象的環鍊，並填充詩的意義[34]。

句與句之間意象的跳躍使得句式與句式之間的「斷」及「連」，讓意象的變化與跳躍提供讀者想像的空間與時間，李元洛稱此為詩的「彈力結構」：

> 詩在處理句式與句式之間的「連」與「斷」的關係時，它著重處理的是抒情意念上的「連」，而不看重語法上嚴密的邏輯關係，像一般散文那樣講究行文的表層秩序，它苦心經營的，更在於句式與句式之間的「斷」，也就是合理

---

[34] 見簡政珍〈詩行中的空隙〉於《創世紀》第 136 期，2003.09，頁 24-25。

> 的有抒情線索連貫的跳躍和省略，在富於彈性的跳躍和省
> 略之間，留下廣闊的供欣賞者自由聯想的時間與空間。[35]

李元洛的說法用在古典詩詞上，是一種共通性的原則，因為詩本身就是以意象經營為主要表達方式，因而，詩所具備的語言的彈性，古今皆然。

然而，對新詩而言，省略而形成的空白也是節奏的一部份，當思緒的跳脫使情感的掌握進入高潮或是言而未盡的情境或是中斷而產生化學變化，使情緒的感受進入另一層境界，這種內在的情感的掌握是由創作者心之所生，用以表現創作者的心念，同時也借此感染讀者的心境。

從語言的角度來談，白萩也談過語言的「斷」與「連」使詩存在著「飛躍性」[36]的特色。當詩的語言斷或是連時，內在的意象產生跳盪，進而使節奏發生變化。而斷或連的考量基礎在於「為了思考的完整，需要連，為了思考的飛躍，需要斷。」[37]當思考以斷或連貫穿詩的思緒時，形式上的斷與連就形成思考的節奏。例如梅新〈履歷表〉：

> 那年的天氣
> 母親的話竟成了傳說
> 她說，剪下的臍帶
> 立即被凍成了冰塊

---

[35] 同註1，頁642。
[36] 見白萩《現代詩散論》（臺北：三民書局，1983），頁97。
[37] 同註36，頁109。

　　落在地上還會擊出點點寒光

第一句寫的是天氣，第二句跳到母親的話，意象的跳盪距離相當
大，這對於讀者而言，從天氣以及對於天氣的預期，跳到母親的
話以及由母親而引出來的臍帶及冰塊的意象，心理的接受度必須
很有彈性，也就是這種心理預期以及預期的落空在內心產生情感
的落差，這也就是因意象跳盪所引發的節奏感。
　　有時詩的語言雅俗落差太大時，也會引起心理上的突兀感，
而造成節奏的產生，如羅青〈我拒絕對秋天發表評論〉：

　　秋天喔秋天
　　遠遠的我看見
　　你他媽的又來了

第一句與第二句之間是合情合理的敘述，但是第三句則突然以三
字經「你他媽的」加入詩中，使對秋天浪漫的想像全在語言的粗
俗中被全然破壞，因而內心的突兀產生節奏的變化，這是因為心
理的預期落空所造成的心中對於詩的節奏的理解變化，這就是意
象的跳躍所造成的節奏的改變。
　　研究新詩意象跳躍的學者多從意象的內容來論詩的空白與想
像空間，但是，意象的形成與句式的變化脫離不了關係，意象的
跳躍在節奏上呈現的是句式的跳躍，而句式的跳躍造成的是節奏
的形成。而本節則從形式與節奏的角度論之。

五、結論

詩情的境界必須整體觀之。節奏與情感、意境的表達,快、慢、緩、急、哀、悲、喜、歡、樂……等情感,都必須經由創作者的節奏與情意的結合才能完美演出。

詩與情感的結合該止則止,該行則行,這種流暢度就是詩的整體節奏,檢驗的標準必須在心中反覆誦讀,或讀出來,以感受詩中蘊藏的情意流動。此時,在於讀者或創作者對於文字的敏銳度。

然而,整體的詩的節奏卻是由細部的詞句之間所共同完成,而擔任組成詩句的文字特質,貢獻著詩的節奏趨向,因而,內在節奏的討論必然面對文字本身的特質,而外在節奏則是詩的形式特質,兩者之間,相互配合,才能完成節奏的完美度。本文著重在詩的內在節奏的討論,對於外在節奏另有專文論之。

詩的形式技巧是具體而明確影響節奏的部份,只有分析出種種因素,才能進一步明白節奏的成因,並提供創作者對於節奏在創作技巧上的參考,本文以此角度切入,在詩的形式技巧上,分析出幾個內在節奏的因素,而這些因素對於詩之所以產生節奏感,以及音樂性都有相當大的關係,是討論詩的內在節奏不可不注意的地方。

本文刊登:《台灣詩學學刊》第 4 號,2004.11

新詩的整體節奏與情境的塑造

一、前言

　　詩是情意的表達形式,是語言的藝術。人類利用語言而表現情感的起伏、意見之高下,發之於人情,書之於文字,則詩情詩意之間,必然有情感的抒發,而語調聲韻的抑揚頓挫,高昂低沉,都是詩借由語言以表達情意的一種呈現。

　　古典詩詞以平仄、字數、押韻等為聲音的變化做為格律,掌控了基本的語言的聲韻節奏。新詩是自由的詩體,自民國初年,胡適主張自然的音節[1],或是聞一多主張以「音尺」成為新詩的新格律,各家對於新詩的節奏的討論意見繁多,乃至臺灣學者討論格律音韻的論文,不勝枚舉[2]。而對於新詩節奏的定義,有的是從音樂性來談,楊昌年認為:

> 節奏是指詩的詞彙,句法的輕重、高低、抑揚、頓挫的音節。與隱藏在詩作中情緒的旋律,和一種只能感覺而不能看到的韻味。[3]

---

[1] 見胡適〈談新詩〉,《文學改良芻議》(臺北:遠流出版公司,1994),頁191。

[2] 見駱寒超《20世紀新詩綜論》(上海:學林出版社,2001),頁614-691。

[3] 見楊昌年《現代詩的創作與欣賞》(臺北:文史哲出版社,1995),頁57。

他認為節奏蘊含的是詩中的情韻。詩人向明對於詩的節奏所下的定義為：

> 現代詩的創造，貴在自然，崇尚自由，強調創新，它的音樂性是隨著詩人情緒的波動，呼吸的吐納，心跳或者脈搏的跳動而自然活潑的形成。這是一種自然的節奏，介於可感與不可感之間的一種天然律動。[4]

向明所論的是以配合詩的內容情境所產生的自然的音韻所形成的節奏，才能表現詩的音樂性，因而，主張的是自然、自由、創新，隨內容而轉變的天然律動。其他如蕭蕭、潘麗珠、陳義芝等人，都曾對新詩的節奏下過定義。

詩的節奏可分為內在節奏與外在節奏，因為節奏與詩句的語言表現形式有莫大的關係，從詩句的聲韻、音節等可以看出詩的內在節奏，而從詩本身的形式如斷句、標點、分行等可以見出外在節奏。內在節奏與外在節奏的整體作用完成詩的「整體節奏」。

因此，所謂「整體節奏」就是一首詩本身的整體情調與節奏感的配合，使得氣氛與情意在同一個基調上發展，而節奏是促成並幫助情意表達的形式因素。簡言之，詩的情意為悲傷則有悲傷的節奏，詩境為歡樂則應有歡樂的節奏，整體的節奏配合情境的展現，此為詩的整體節奏。

詩的整體節奏應符合詩的內容需要而變化，依情緒與主題內

---

[4] 見向明《新詩五十問》（臺北：爾雅出版社，1997），頁 95-96。

容配合適當而適合的節奏感,以達內容與形式的完美組合。而形式的部份本由人工,人工之巧思可臻於自然之境界,因此,化不自然為自然,是詩的節奏感最大的美學目的。

二、新詩的整體節奏以及情意流動

整體觀之,詩的節奏情感與意境的表達,在詩的節奏的快、慢、緩、急等呈現下,哀、悲、喜、歡、樂……等情感隨之而出。在詩句的流動中,創作者的節奏應與情意應結合演出。

該高昂則以高揚之聲音構成詩句,該悽愴則以哀傷之調構成詩句,整首詩有一定的情調內容,也應有相對應的節奏。

(一)例一——堅持而淒涼的

節奏與情境的相應,早期仍以聲韻為基本的表達方式,以胡適〈老鴉〉為例:

一

我大清早起,

站在人家屋角上啞啞的啼。

人家討嫌我,說我不吉利;

我不能呢呢喃喃討人家的歡喜!

二

天寒風緊,無枝可棲。

我整日裏飛去飛回,整日裏又寒又飢。

我不能帶著鞘兒,翁翁央央的替人家飛;

也不能叫人家繫在竹竿頭，賺一把黃小米！

題為老鴉，而作者要表達的是一隻很有骨氣的老鴉，在飢餓的環境裏，依然要堅持原則，自由飛翔，而不願為了一把黃小米被繫在竿頭。於是，詩的情調雖有所堅持，卻含著淒涼，同時，老鴉的聲音是「啞啞」的，因而，作者用數個疊字，如「啞啞」、「呢呢喃喃」、「翁翁央央」等以表現出鳥的飛翔與叫聲，這是符合內容需要。而除了倒數第二行不押韻之外，餘皆押韻，並用押韻「起」、「啼」、「利」、「喜」、「棲」、「飢」、「米」等與淒涼的聲調結合，讓拉長的音表現出心中的悲哀。雖然，新詩不主張以押韻的方式完成節奏，胡適自己也不主張押韻，但是若是韻的使用可以塑造出較佳的氣氛效果，適時地使用反而可以精簡地處理節奏的問題。而詩中用「我不能」、「也不能」等斷然的語句，簡短的節奏，也會加強作者要表達的堅定的意念更加突顯。

（二）例二──平和而舒緩的

如果詩要表達的情調是淡淡的，有些悲涼的，在節奏的使用上不能太過急切，而要用舒緩的語調為之。如商禽〈無言的衣裳〉：

月色一樣的女子
在水湄
默默地
搥打黑硬的石頭
（無人知曉她的男人飄到度位去了）

荻花一樣的女子

在河邊

無言地

搥打冷白的月光

（無人知曉她的男人流到度位去了）

月色一樣冷的女子

荻花一樣白的女子

在河邊默默地搥打

無言的衣裳在水湄

（灰濛濛的遠山總是過後才呼痛）

既然是以無言來表達無窮無盡的情，則節奏與情調必須是沉默中有淡淡的語調起伏，緩慢中情意自然流露，因此，音節不宜變化太大，最好是以二字或三字為一音尺，而句型的變化也不宜太多，長句與短句的字數不宜差距太大。詩中的女子是一個傳統的，認命的女子。

此詩的氣氛營造之所以呈現出白色的，淡淡的，冰冷而柔弱、無言而無奈，卻任命運而轉，氣氛營造的成功，有一部份必須歸功於節奏的策略。當作者大量使用「一樣的」、「在水湄」、「默默地」、「在河邊」、「無言地」、「一樣冷」、「一樣白」這種平緩的語調，三字為一個音尺，呈現出淡淡的語氣；使用「黑硬的石頭」、「無言的衣裳」、「冷白的月光」、「默默地搥打」，中性而略帶一點情緒的字眼，使得情感被羈限在內心深處，表面上彷彿沒事一樣，而詩句的語調平緩中以冷而硬、無言而無奈的字眼，

使得讀者與詩中女子的距離拉開，用冷靜的第三者去看詩中的女子，其節奏緩慢，留給讀者更大的想像空間，其音調平和，拉大了情感的長度，讓讀者在閱讀之後，還留著情感的情絲，牽出心中長而淡的感傷情懷。

（三）例三——快速而跳躍的

有的詩以較快的節奏表達內容，例如羅智成的〈夢中厝〉（節錄）：

然而
它們並未因我的忘卻而消失
反在我成年的夢境裡
屢屢窺視著我的成年
那些找不到文字與記憶容身的童年之夢
於是以夢中的童年現身：
無所遁逃的木質空氣。被夢境改裝過的陰暗樓梯間。不停在夢中
重複的，一種接近飛行的下躍練習。磨石子地。紅磚與苔綠。被
磨過的，磨光或磨白的木製家具。都市裡處處隱藏著其他時代的
空間。日本心靈中的德國建築風情。中國園林觀所荒廢的印度天
井。一個從不曾作用過的邊界：在生活與童話之間、記憶與想像

之間、過去與現在、充沛的感受與未成形的孤獨⋯⋯

詩中寫夢裡的情節，因為作夢時，情景的出現常常是片斷而快速的，因此，為了配合做夢的節拍，節奏感必須快速而跳躍，但是並不強烈，因此，從「無所遁逃的木質空氣。被夢境改裝過的陰暗樓梯間。不停在夢中⋯⋯充沛的感受與未成形的孤獨⋯⋯」共用十個意象，作者以每一句與下一句中間以句號間隔而不分行來表現，每一個場景的跳躍距離較少，模擬作夢時一個接一個的場景不斷出現的狀況以產生節奏感。因為分行的時間距離較長，節奏的間隔也較大，而不分行時，節奏較短促，這就是詩中不分行而利用間隔來處理節奏的原因。

（四）例四——溫馨而舒緩的

舒緩的節奏造成溫暖細膩的情感表達，如陳義芝〈住在衣服裏的女人〉：

我渴望你覆蓋，風一般輕輕壓著我
以你細緻的皮膚如貼身的夜衣
或彷彿就是我自己的皮膚

牛仔褲是流行的白話，寫著詩一般騰躍的短句
開叉裙有古典的文法，銘刻了長篇的祈禱詞
春天一呼喊，你絲質的襯衫就秀出兩朵
粉色的花苞給如夢的人生看
然而我知道，真實的秘密總隱藏在身體的櫥窗裡

「打開看看吧！」妳含笑的眼神時常這樣暗示我

為一顆鮮紅的果子而羞澀

陳義芝這首詩以輕柔的語調為主，情感是溫暖的，柔性的，淡淡的歡喜，以衣服及女人的意象引出愛情的渴望。因而，詩句所用的語言是輕巧的，其節奏感較為舒緩，因而多用長句，在長句之中表現出綿延不絕的情思。因此，最短的句子也長達十字，或者用兩句或三句排成一行，如「牛仔褲是流行的白話，寫著詩一般騰躍的短句／開叉裙有古典的文法，銘刻了長篇的祈禱詞／春天一呼喊，你絲質的襯衫就秀出兩朵」把述說的口氣拉得長長的，緩緩的，代表著深深的柔情，像情話綿綿，娓娓不絕。因而，以長句形成舒緩的節奏是配合情意的流動。

（五）例五──起伏而跌宕的

或因誤會而引起的矛盾與痛苦，產生起伏較大的節奏感，如杜十三〈誤會〉：

午覺醒來

一陣大雨從沙灘上跑到你的屋前

用最後落地的三滴雨水

敲門

於是你連忙外出

趕到空曠的海邊佇足張望

海洋沉默
一艘輪船靜靜的駛過
一只貝殼伸出舌頭對你
嘲笑

杜十三這首詩的長句與短句變化很大，短句以二個字完成，如「敲門」、「嘲笑」，不但情感激烈，字眼強調，詩句雖簡短，卻以厚重的節奏敲出情感的重量。第一段寫午後之雨，雨本身就具有視覺意象與聲音意象，作者用「一陣大雨」、「三滴雨水」，以節奏感較強的字比擬雨聲的節奏。第二段情感較溫和，是敘述場景的文字，因而，句子長短變化不大。第三段的節奏感以兩個排比的句型寫出同時並列的兩種意象，但是這兩個意象在「沉默的海洋」、「靜靜的駛過」下，情感的節奏變緩，反而在最後以兩個字的「嘲笑」，強烈表達詩人意見，並將短促的節奏結合強烈的情感作結。這一段的節奏反比第一段較舒緩。

因為此詩在寫的是一種錯愕的情景，因而，以長短變化較大的句子變化節奏，讓節奏感較強烈，以對照出情感的失落，一種期待落空的誤會。

三、結論

詩有整體節奏，悲傷時不會簡潔有力，歡笑時不會贅言冗句，綿長的情感不會以三言二語草草結束，哀傷之調不會高亢激昂。因此，詩的整體節奏與全詩的情意流動關係密切。

該止則止，該行則行，這種適可而止的流暢度就是詩的整體

節奏，寫詩時，在心中反覆誦讀，或是閱讀時，心中一再反覆檢視聲音語調的節奏變化，藉此感受詩中蘊藏的情意流動。

　　情意的內容配合節奏感，以顯出形式與內容的相融合，這是新詩在突破既有的古典詩詞的限制之後，仍然要關注的形式技巧問題，雖然，新詩的形式自由，不以傳統呆板的格律為唯一的節奏安排，但是，若能注意整體節奏與整首詩的情意流轉，將更使表達更為成功，更有助於新詩藝術性的完成。

本文刊登：《翰林文苑天地》第 13 期，2004.09

論現代詩中的懸想示現

一、前言

　　語言如何藝術化？修辭技巧扮演極為重要的角色，如果沒有修辭語言的創作就失去美感的焦點，如果沒有技巧，篇章的形式就無法臻及藝術的標準。因此，修辭技巧是創作的基礎。

　　修辭格中的「懸想示現」修辭法，對作者而言，想像的神思、靈感以及創意都是作者心理層次的問題；表現於作品時，就成為表達的問題，也就是創作形式的一部份。從修辭學的角度來看，修辭學是一門研究如何提高語言表達效果的一門學科[1]，一方面歸納作品，一方面提供創作者學習以及創作的根本。修辭研究重在結果，而非過程或現象的探討，修辭技巧的歸納與分析也是以作品為主要研究對象。

　　修辭學研究運用語言材料以及表現方法，當其將研究對象放在詩歌時，稱之為「詩歌修辭學」，研究的範疇是詩歌作品中的修辭對象。在古遠清、孫光萱的《詩歌修辭學》中說：

> 詩歌修辭學則是以中外詩歌作品的修辭現象作為研究內
> 容的一門學科，其任務是從語言運用的角度闡述詩歌修

---

[1] 見姚殿芳、潘兆明著《實用漢語修辭》（北京：北京大學出版社，1995），頁3。

辭的特殊方法與規律。[2]

詩歌修辭學屬於文藝修辭學的一個分支，主要研究詩歌作品中的語言運用藝術。現代詩中的想像世界打破虛實之別、古今之分，在文學創作上有其極為重要的表現，從文學理論來談是「想像」，就修辭的角度來看稱之為「示現」，舊有的「示現」定義對於其他文體或可分類，但是就現代詩中多樣的風貌呈現來看，則無法概括，因此，本文專就「懸想示現」討論，而不針對「示現」修辭法探討。

二、懸想的疆域——懸想示現的再定義

「懸想示現」的心理基礎在於「想像」。自古論想像，以《文心雕龍‧神思篇》為最早：「古人云：形在江海之上，心存魏闕之下，神思之謂也。」「文思」的作用，劉勰解為：

> 文之思也，其神遠矣。故寂然凝慮，思接千載，悄焉動
> 容，視通萬里；吟詠之間，吐納珠玉之聲，眉睫之前，
> 卷舒風雲之色。

王更生先生解釋「神思」為「想像力」[3]，想像力讓人神遊，

---

[2] 見古遠清、孫光宣著《詩歌修辭學》（臺北：五南圖書公司，1997），頁5。

[3] 見王更生注譯《文心雕龍讀本》下（臺北：文史哲出版社，1991），頁1。

人在近處而神致遠方，若心虛靜，則可以想見萬里外的景色，而詩句文章的吟誦中，讀者與作者同享了千里之遊。若深究之，劉勰所論神思，指的是創作者心靈的想像，並及才能遲速的問題，問題的中心圍繞在創作者本身如何運思的部份[4]。

在心理學上，想像（imagination）的心理機制是指「在頭腦中對已有表象進行加工改造，重新組合形成新形象的心理過程。」[5]想像指的不是原事原物的重現，而是經過組合加工後產生的新形象，因此，表象事物經過想像的心理機制之後將產生新的形象與新的思維，這種發酵的心理即是想像力的發揮。西方文論中，想像（image）是文學創作中重要的思維，對創作者而言，「想像就是人們在記憶表象基礎上創造新表象——對于作家來說，也就是創造審美意象的一種心理過程。」[6]因此，想像不但是創作時極為重要的心理過程，也是一種藝術的思維方式。

在修辭學上，「示現」主要是運用想像力的修辭法。「懸想示現」是「示現」修辭法之一。黃慶萱先生的《修辭學》稱「示現」修辭法為：

> 語文中利用人類的想像力，把實際上不聞不見的事物，說得如見如聞的修辭方法。[7]

---

[4] 參見南朝・劉勰《文心雕龍・神思篇》。

[5] 見朱智賢主編《心理學大辭典》（北京：北京師範大學出版社，1989），頁 742。

[6] 見王元驤著《文學原理》（桂林：廣西師範大學出版社，2003.02），頁 87。

[7] 見黃慶萱《修辭學》（臺北：三民書局，2002.）修訂版，頁 305。

「示現」修辭依其性質又分為「追述的示現」、「預言的示現」、「懸想的示現」；「追述的示現」是指把過去的事跡說得如同在眼前一樣；「預言的示現」是指把未來的事情說得如同發生在眼前；「懸想的示現」則是把想像的事情說得像在眼前一般，同時間的過去、未來沒有關係。[8] 舉例言之，唐詩中有許多的「君不見」是以「示現」的修辭法展現出來的；如「追述示現」為：

◎君不見黃河之水天上來，奔流到海不復回。（李白〈將
　進酒〉）
◎君不見青海頭，古來白骨無人收。（杜甫〈兵車行〉）

「預言示現」為：

◎君不見高堂明鏡悲白髮，朝如青絲暮成雪。（李白〈將
　進酒〉）
◎君不見走馬川行北海邊，平沙莽莽黃入天。（岑參〈走馬
　川行奉送封大夫出師西征〉）

「懸想示現」為：

◎君不見吳中張翰稱達生，秋風忽憶江車行（李白〈行路
　難〉）

---

[8] 同註7，頁305-320。

◎君不見沙場爭戰苦，至今猶憶李將軍（高適〈燕歌行〉）

依照黃慶萱先生的分類與解釋，「示現」是以時間為劃分的依據，故可依其理論將分為：

過去的──追述示現
未來的──預言示現
不分過去未來──懸想示現

但是，其中卻看出一個分類上的矛盾，若以時間分之，那麼，時間點若是現在的想像是否都應列為「懸想示現」？但是「懸想示現」的定義卻是不分過去與未來，不以時間為分類，分類的基礎不同。張春榮解釋「示現」為：

示現是充分展示作者心靈視野的修辭技巧。透過示現，許多過去或未來或懸想的情境將栩栩如生呈現在讀者面前，給讀者更遼闊更鮮活的感受。[9]

又說「示現是創作時數采構思的重要觀念。」大陸學者楊春霖、劉帆編的《漢語修辭藝術大辭典》中對於「示現」的定義為：

---

9 見張春榮《一把文學的梯子》（臺北：九歌出版社，1997），頁207。

> 示現是憑借作者的想像，把實際上不見不聞的事物，寫
> 得如見如聞的一種修辭方式。由於示現所描述的事物是
> 非現實的，所以它是一種超越時間、超越空間的非常辭
> 格。[10]

作者將「示現」分為「追述示現」、「預言示現」、「懸想示現」。其中「追述示現」與「預言示現」與黃書定義一樣，而「懸想示現」則稱：

> 把想像中的事物寫得如在眼前。既可想像過去、也可想
> 像未來，不受時空的限制，運用比較靈活自由。與追述
> 示現、預言示現相比，它的跨度更大，範圍更廣，更富
> 有浪漫色彩，有時還常常採用夢境或幻覺的形式。

作者自己定義「示現」是一種「超越時間、超越空間的非常辭格」，卻又將時間做為劃分的根據，兩者豈不是矛盾？

舉例來看，在文學創作上以時間劃分時，會有困難，當時間點不清楚或是跳躍時，就會產生修辭格劃分上的問題。特別是新詩的詞句融合各種意象的展現時，更容易產生無法識別的狀況，例如向陽〈心事〉：

> 所謂心事是楊柳繞著小湖徘徊
> 逝去的昨夜挽留著將來的明天

---

[10] 見楊春霖、劉帆主編《漢語修辭藝術大辭典》（西安：陝西人民出版社，1995.01），頁1155。

落葉則在霧靄裡翩翩飄墜

單看第一句不分過去未來，是擬人法的懸想示現，但第二句「逝去的昨夜」時間上卻是過去，「將來的明天」應是被逝去的昨夜挽留，若視為事件發生的時間在於過去，這一句則是前半為「追述示現」，後半為「預言示現」。但是，第三句卻又為「懸想示現」，因此，若以時間做為分類標準時，在修辭的判斷上就會有所爭議。

而且，中英文文法不同，中文的文法沒有時態的變化，對於時間也沒有嚴格的約束，若是以時間劃分，則在作品例句中，凡是無法歸為過去或是未來的「想像」就歸為「懸想示現」，必然出現大量的「懸想示現」，其範圍必較其他類別來得更大。又如對於未證實存在的事物的想像，如外星人，鬼神及夢境的想像，其時間點可能是對未來的想像，應視為「預言示現」，但若未明言時間時，是否又可以列為「懸想示現」？或者，如過去的夢境中對於未來的想像，這到底要歸之於預言示現或是追述示現呢？舉例言之，如簡政珍〈昨日・今日〉：

今日我從牆上走失，一面
撫摸傷口，一面
步入相框
看著你昨日清麗的背影
從擁擠的鏡中出來，笑聲
抖落我滿臉的

兩首詩都是設想一個不可能發生的情景，作者借由玄想走失以及鏡中你昨日的臉表現情緒起伏。描寫的是現在的我，但是進入懸想的世界時，卻是「你昨日清麗的背影」在時間上到底要歸為追述示現或是懸想示現呢？

其實「示現」的分類不易，若以時間為分界點，過去的想像為「追述示現」，對未來的想像為「預言示現」，但是「懸想示現」一類不分過去未來，在時間點上無法將所有未標明時間者歸為「現在」的想像。因此，三者以時間劃分時，易產生爭議。換言之，「懸想示現」所包含的範疇融入未來與過去的時間因素，也可包含虛境或是實境的因素，而若是以想像來講，其所想像的事物既無時空的限制，也無實體或虛幻的限定，凡可想可及的事物都可以為想像的產物。因此，時間因素無法被當成很好的分類標準；同時，「示現」與「懸想示現」兩者差別僅在於分類上的大小範疇，在定義上重疊性太高，也形成範圍上的混淆。

然而，「懸想示現」所含括的範圍非常大，不必受限於時空虛實，對於詩人創作而言，正是一個極好發揮的擅場。特別是現代詩人在創作時，常擺脫傳統的想像方式，甚至進入虛有的、超現實的空間領域中，極展其想像的雙翅，翻新詩的創作手法，推向一個更神秘而難以摸索的個人心靈世界。因此，以時間為分類標準時，放在現代詩的修辭研究上，所產生的問題與爭議會較其他文類更多。

目前兩岸對於「示現」的分類都是採用前述的分類法[11]，若

---

[11] 見成偉鈞、唐仲揚、向宏業主編的《修辭通鑑》（臺北：建宏出版社，1996），頁 655-666。此書亦將「示現」分為「追述的示現」、

要找出更好的分類方法，則有待來者。在未有更好的分類之前，尚沿用舊有的名稱，因而，本文僅在「懸想示現」中歸納分析現代詩中多樣的懸想世界，不以時間為分類，而以事物的具體或抽象、現象本身的現實、超現實做為分類的標準。將想像的事物從現實到超現實的方向將之分為四個層次，作為本文探討新詩中運用懸想示現的狀況。

三、秩序與失序──現象的呈現

在定義「懸想示現」時，不免提到兩個因素，一個是想像的問題，一個是現實與虛幻的問題。兩者雖二，實而為一，想像是心理作用的過程，現實與虛幻是想像的題材呈現。現實世界是可見可聞可嗅可觸的事實，想像則相反，不可見不可聞不可嗅不可觸，化實為虛，翻騰縱躍於既有的世界之上，或是全然虛幻，虛實之間都在想像的指掌中。

張春榮在《修辭散步》中論虛實的關係，他將事象由具體到抽象分成三個層次，一是殊相固定，可觸可感可摸能見可聞；第二類是形象寬大，不固定，或有色有光有味；第三類是共相概念或是心中的意念，無色無聲無味，純屬抽象，是個人

「預言的示現」、「懸想的示現」。按：此書對於過去的想像為追述示現，對未來的想像為預言示現，與前述不同的是「懸想示現」的內容是指設想、幻想、玄想、幻覺、夢想等虛幻的想像。如此一來，無法判斷時間點的想像範例則無法歸類。因此，對於「示現」在分類上無法囊括所有的形態，這是「示現」修辭法不盡完美之處。

的主觀感受[12]。由具象到抽象，由實到虛，這是一種分類的方式。也是張春榮用以研究虛實的分類法。

然而，從作品中看新詩「懸想示現」的表現方式時，從具體事物到虛擬事物的想像，詩人在作品中的「懸想示現」打破了舊有的想像，以多層次的運用與技巧相融合，而且在抽象的部份以及虛實的變化部份，現代詩更是多樣，本文從具體事物到超乎現實的事象，分點論之。

（一）具體事物的懸想

對於具體事物的懸想，不分過去與未來。「追述示現」所展現的內容是對於過去事物，以藝術的想像展現出來[13]，包含過去事物的懸想以及創作者個人的想像，在此，本文則打破時間的疆界，把過去發生、現在發生、未來可能發生的有關於現實事物的懸想皆放在此項，以為說明。此類是有關於合乎事實的具體事物的懸想，意象本身必須是合於事理的。如白靈〈長城〉：

> 常常想，如果中國人都坐定一節城垛
> 握一枝長長的木槳，看揚起的股捶
> 擊下！划，用力划，咦呀一聲
> 將長城從群山中，划入渤海灣

12　見張春榮《修辭散步》（臺北：東大圖書公司，1993），頁 2。按：因為文學創作的抽象與具體無法以數字精確測量，在分類上只好以約定俗成的方式約略分之。
13　同註 11，頁 655。

> 帝王將相拋之不管，縱遊太平洋去也
> 吆喝活潑，會是多麼快樂的中國龍舟
> 又常常想，如果中國人都排在城牆下
> 握起一節長長的竹竿，當放響的鞭炮
> 亂竄！頂，用力頂，吱嘎兩下
> 將長城自萬山脊上，奮力撐起

全詩是以「常常想」、「又常常想」、「後來我又想」為脈絡，貫穿全詩結構，並展開氣勢磅礡的懸想，「城垛」、「木槳」、「龍舟」、「城牆」、「竹竿」、「鞭炮」、「長城」等都是具體的形象，作者想像「中國人坐定」、「伐樂」、「拋之不管」、「中國人都排在城牆下」、「將長城自萬山脊上，奮力撐起」等，把靜態的長城化為動態，從地面的長城化為南北高空張燈結綵的巨龍，在具體的事物中發揮驚人想像，把平凡的事物加上合理的情節。又或者對於眼前事物回溯歷史的想像，如陳義芝〈草堂沉思〉：

> 我小立在那座新築新修的草堂
> 遙想當年你如何扶杖嘆息，忍聽
> 兒童抱茅的嬉鬧，下一刻
> 隨手將一襲蕭然的長衫
> 掛進唐詩富麗的書櫥裏

前三句是作者站在草堂前，開始回想過去的人事物，把歷史中杜甫的形象拉到眼前，扶杖嘆息、聽兒童嬉鬧、並隨手寫詩，

這是作者對於過去人物的行為想像，但接下來的「隨手將一襲
蕭然的長衫／掛進唐詩富麗的書櫥裏」是作者想像詩人的作品
永留歷史，但以形象化的假設，比喻唐詩如書櫥，長衫如詩
作，把長衫掛入書櫥的動作象徵著詩人的作品被放入歷史的長
流之中了。前三句指事物進入過去歷史的想像，後面是對於詩
人的評價。這是結合個人想像以及對於事物的評判而創造出來
的新鮮意象。又如，作者將眼前所見的景象，結合想像，把過
去可能發生的或是不可知的情境描寫得如在眼前。如羅智成
〈恐龍〉：

> 那時岩漿還在卵石中流動
>
> 他們誕生在巨尾犁過的路旁
>
> 依賴地球，一如我們
>
> 活躍、貪吃，大致說來
>
> 也十分頑強。

作者在博物館看到恐龍，開始想像過去這些爬蟲動物的足跡，
在流動著岩漿的地球表面，生命頑強地追求生活的契機。

　　從第一個例子來看，是作者推想可能的情景，第二個〈草
堂沉思〉之例，是作者在眼前，想像過去的情景，時間上是現
在，想像的內容是過去，第三例亦然。因此，對於眼前之物產
生想像，想像的畫面合於實際現實可能發生的情景，這是具體
事物的想像。

（二）非現實世界的懸想

從心理學的角度來看，想像包含現實對象的想像以及非現實世界的想像，這些非現實的對象不但沒有被個性化，反而在形成意象之時被賦予新的定義，產生許多延展出來的特徵，使得想像的空間更大[14]。換言之，以神鬼或是外星人為例，因其無形可見，除其依人之形體為基本特徵之外，創作者便可騁其想像，創造出新的形象，因為這一類想像物比具體的事物更有「模糊性」[15]，更容許較多的想像空間。其他如超自然現象，或是夢境等一類皆是。

這類加入虛筆的寫法，本基於現實的世界，想像一個不可能的虛境，融而為一，既具有現實的基礎，也同時有著幻想的成分，但是，幻想的本身必須合於現實世界的規律與現象。就如同許悔之〈在所有思考阻絕的地方〉詩中所言：「在所有思考阻絕的地方／讓我們的小孩們幻想／那就是詩」。詩就是一種「幻想」的產物，特別是當思考停留在現有的規律之中，思考必須突破現境，激起創意，而幻想就是其中的思考方式之一。此類例子，如陳黎〈冥王星書坊〉：

> 自一破舊的百科全書到達他的城市
>
> 並且驚疑──
>
> PLUTO，我們黑色肌膚的國王，載著十三顆夢的鋅戒

---

[14] 見〔法〕薩特著，李一鳴譯《想像心理學》（臺北：結構群文化事業公司，1990.06），頁210-215。

[15] 同註14，頁217。

> 秘密逡巡於黑暗的光中
>
> 他冥想的花園在噴泉之頂
>
> 巨大地存在於金字形的宮殿與宮殿之間

作者從百科全書中看到一段記載，引起作者對於冥王星的想像，以宮殿的意象想像出瑰麗的畫面，作者想像國王有著黑色肌膚，戴著十三顆夢的鋅戒，有花園以為冥想，有金字形的宮殿，噴泉，音樂，水柱等對於外星球的想像。羅智成〈夢中厝〉是對於夢境的抒發：

> 那些找不到文字與記憶容身的童年之夢於是以夢中的童年現身：無所遁逃的木質空氣。被夢境改裝過的陰暗樓梯間。不停在夢中重複的，一種接近飛行的下躍練習。磨石子地。紅磚與苔綠。被磨過的，磨光或磨白的木製家具。都市裡處處隱藏著其他時代的空間。日本心靈中的德國建築風情。中國園林觀所荒廢的印度天井。

作者寫童年，以夢境來回想童年，夢中的童年沒有地址，常在入睡時潛入作者的夢境，但是，夢究竟是夢，無法回歸原來的樣貌，所以「被夢境改裝過的陰暗樓梯間」，所有的事物都被「夢」重新組裝過，存檔在記憶中，於是，入夢，虛境之中有設想真實的場景，真實的過去卻被夢境虛化，在虛實交替中，許多想像的空間便被留下，揮灑了作者心中的想望。許悔之〈夢的手記〉：

> 夢中
>
> 失去面孔的人
>
> 叫嚷著要一副
>
> 好看的臉龐
>
> 我用雙臂輕輕摟住
>
> 他的脖子
>
> 且低聲安慰
>
> 他終於悻悻地
>
> 離開

寫的是夢中一個失去面孔的人要一副好看的臉,「失去面孔」
還能活著,只有在夢中才可能存在。所以,夢境的懸想已經把
現實世界的因素慢慢減少,加強了虛幻的想像成分。又如林燿
德〈不要驚動,不要喚醒我所親愛〉:

> 在寂靜的浴室中我望著鏡中的自己
>
> 想像著我是妳眼中的我
>
> 擁有魔術般力量的手掌
>
> 那撥弄著塔羅牌的手掌
>
> 十指點燃無形的烈火
>
> 燃燒你的頸項和肩膀……

鏡中世界是一個與現實世界相反的虛幻場景,從鏡中想像另一
個世界,這個虛幻的世界中有著不同於現實世界的幻想,想像
魔術般的手掌,點燃無形的烈火,燃燒頸項與肩,這種想像純

粹是個人的幻想，不再基於現實可能發生的情境，而是作者
「創造」出來的意象。

（三）虛實交錯的懸想

有的創作者喜歡創造一個介於現實與非現實的想像世界，
基於實際的人事物，穿梭虛幻的想像情節，虛實互為體用，使
詩中意象更具有彈性。此類方法可說是現代詩特有的表達方
式，以「虛筆」表現的是一種虛幻的景象，以虛境設想出場景
作為意象表達，同時基於現實的具體的事物，虛與實兩者交錯
穿叉。例如陳黎〈貓對鏡〉：

> 我的貓從桌上的書中躍進鏡裡
> 它是一隻用膠彩畫成的貓
> 被二十世紀初年某位閨秀的手
> 在一位對窗吹笛的仕女腳旁
> 我把書闔上，按時還給圖書館
> 而它依舊在鏡裡，在我的牆上

第三段為：

> 它依舊在畫裡活動，在音樂與
> 音樂間睡眠，沉思，偶而穿過
> 畫面偷聽隔壁房間我女兒與
> 她同學的談話。

第一段寫一隻貓從「書中躍進鏡裡」這是想像的虛境，而這隻用膠彩畫的貓，被二十世紀初的某位閨秀的手撫摸過，躺在對窗吹笛的仕女旁，這是對過去的想像，然而，當現在的作者將書闔上時，以邏輯來看，貓照理應該被合在書中，可是作者卻說貓跳了出來，跳到作者牆上的鏡中。「鏡子」本是個虛幻的世界，一隻畫中的貓卻跳入鏡中的世界，這是不可能存在的事實，卻在創作者的想像世界中存在，詩中的「我」、「書」、「畫」，「牆」、「鏡」都是實景，在實景中進行的是虛幻的動作片，虛實交互呼應。而第三段描述的是這隻貓在畫中活著，「在音樂與／音樂間睡眠，沉思」，音樂本是抽象的存在，不可能找到「空間」可以睡眠並沉思，這完全是作者的遐想，甚至於畫中的貓還可以「穿過畫面」傾聽女兒的隱私，這是利用虛與實的交錯出現，把想像的虛境貫穿在實境之中，讓詩句顯出詭奇的色彩。又如洛夫〈被夢境改裝過的陰暗樓梯間〉：

> 一盆雛菊
> 初綻的奧秘
> 於太陽升起時即告完成
> 我撥開枝葉
> 走入花心
>
> 我喫它的蕊
> 我吸它的汁
> 我一天天瘦下去

> 當毛蟲把思想繞成一個繭
> 我已帶著滿身的傷痕逃出

這首詩的場景只有一盆雛菊，但詩人不直接描述雛菊，跳過對象的描述，以「我」與雛菊之間發生的事情做為主軸，我「我撥開枝葉／走入花心」，把自己縮小甚至物化為其他動物，以走入花心進行想像喫花的蕊、吸花汁，但是，花未瘦，人卻一天天瘦下去，這是矛盾而荒謬的，「當毛蟲把思想繞成一個繭」「思想」是抽象概念，不可能被繞成繭，這是在懸想中運用形象化的修辭法，以物擬物，轉化事物的性質。這首詩在現實中進行虛境的想像，把意象與畫面營造成一個似虛若實的景像，在虛實交錯中，創生新的意象與詩境。如陳黎〈島嶼邊緣〉：

> 我的存在如今是一縷比蛛絲還細的
> 透明的線，穿過面海的我的窗口
> 用力把島嶼和大海縫在一起

這首詩以海、島嶼的意象為實景，把我的存在比喻一條比蛛絲還細的線，可以把「把島嶼和大海縫在一起」，線本就不是真實存在的事物，豈可拿來縫大海？但是作者要創造的就是虛與實之間交錯的意象。

這種虛實交錯的寫法，入於實境出於虛境，為現代詩的想像世界更開拓廣大的疆域，使詩境開展，容納更多懸想的產物，在詩的世界中創造更多的篇章，這也是現代詩在創作上一

個出奇制勝而極具特色的懸想方式。為現代詩的寫作筆法開創一個嶄新的領域。

（四）超現實的懸想

現代詩中常常運用超乎現實的想像，創造奇幻、荒謬、詭異、神秘的氣氛。超現實主義的想像全由創作者一心之所繫或是一念之想所引發奇景的想像，全憑巧思創意所為之。主要在於一個意念或感覺的掌握。例如馮青〈夜遊國父紀念館〉：

> 我悚然見到
> 長廊的一排石柱
> 破空而去

石柱不可能破空而去，與其說作者看到不如說作者心中想像的畫面，而且明顯地與事實相反。比較起前述的虛實交錯的寫法，超現實的寫法更加虛幻而不可思議。又如商禽〈塑〉：

> 她是一個雕刻家。她創造聲音在她自己的聽道裏；……
> 她把我的胸像倒著塑。

在自己的聽道裏創造聲音，這是超乎現實的想像，又如簡政珍的〈夜景〉：

> 他們一一揀起
> 街燈掉落地上的眼睛

> 涉著窗口流洩出去的水聲
>
> 從今夜走到
>
> 昨日的晨光

街燈掉落地上的眼睛本就是不可能的事，在不可能的事情上又接著動作：「涉著」窗口的水聲，水聲是抽象的，不可被「涉」，更無法從今夜「走」到明晨，此詩從頭開始設想的就是一個虛幻的景象，在這虛幻的景象中還一直不斷接續著虛幻的情節，可見其超乎現實的懸想。又如商禽〈天河的斜度〉：

> 祇一夜，天河
>
> 將它的斜度
>
> 彷彿把寧靜弄歪
>
> 而把最最主要的
>
> 一片葉子，垂向水面
>
> 去接那些星

天河用它的斜度將寧靜弄歪，這種大自然的力量只有在想像中出現，以葉子去接天河的星，大小的比例上也不合邏輯，是超乎現實的懸想。

現代詩人中商禽、管管、羅門等詩人擅用超現實手法[16]，在想像的框架下，樣貌變化無窮，其修辭技巧不外乎懸想，從修辭學的角度來看，就是「懸想示現」修辭的其中一種表達方

---

[16] 可參見陳山瑞〈意象層次剖析法〉在張漢良、蔡源煌、鄭明娳、林燿德等著《門羅天下》（臺北：文史哲出版社，1991），頁99。

式。

四、結論

「懸想示現」是以想像為心理基礎所建立的修辭格。由於現代詩的語言著重感覺，文體本身容許超乎現實、訴諸感覺的文字想像，因此在懸想的世界中，奇思妙想，超乎現實、穿梭時空，忽古忽今的懸想示現，使得現代詩的懸想世界有別於其他文體，而必須獨立分類。因此，本文從現實的實體到超乎現實的景象的描寫將之分為四類。

從實象到虛象，現代詩的懸想以虛實交錯的方式構築了現代詩懸想的世界。「懸想示現」是一個很重要的研究範疇，現代詩的懸想世界有很多可以探討的議題，本文僅就其中數點，以祈方家，不吝指教。

本文刊登：《修辭論叢》第 6 輯，2004.11

現代詩中「懸想示現」疆域的擴張
——多種修辭格之綜合呈現

一、前言

「懸想示現」是「示現」的其中一種。所謂「示現」主要是運用想像力的修辭法。黃慶萱先生的《修辭學》稱「示現」修辭法為：

> 語文中利用人類的想像力，把實際上不聞不見的事物，說得如見如聞的修辭方法。[1]

示現修辭依據時間分為追述示現、預言示現、懸想示現；其中「懸想示現」不分時間的過去或是未來，凡是以想像主所產生的修辭格即是[2]。「想像」是文學創作的基礎因素之一，是作者心中

---

[1] 見黃慶萱《修辭學》（臺北：三民書局，2002.）修訂版，頁 305。

[2] 同上註，「示現」修辭依其性質又分為「追述的示現」、「預言的示現」、「懸想的示現」；「追述的示現」是指把過去的事跡說得如同在眼前一樣；「預言的示現」是指把未來的事情說得如同發生在眼前；「懸想的示現」則是把想像的事情說得像在眼前一般，同時間的過去、未來沒有關係。頁 305--320。又見大陸學者成偉鈞、唐仲揚、向宏業主編的《修辭通鑑》（臺北：建宏出版社，1996.）頁 918。此書亦將「示現」分為「追述的示現」、「預言的示現」、「懸想的示現」。按：此書對於過去的想像為追述示現，對未來的想像為預言示現，與前述不同的是「懸想示現」的內容是指設想、幻想、玄想、幻覺、夢想等虛幻的想像。如此一來，無法判斷時間點的想像範例則無法歸類。因此，對於「示現」在分

之想；而在藝術創作上把心中的想像化為文字世界的懸想，這是
作者創作出來的「第二自然」。將虛無的想像轉化為文字，正是
此「第二自然」成為作者與讀者心靈交流的媒界。韋勒克的《文
學論》中說：

> 又或假定詩人的意象是以無意識（unconscious）為其中
> 堅，而那無意識亦即在那意象裏。[3]

詩人的心隨意而動，化為文字，把捉摸不定的心象轉化為文字意
象，其「詩人的意象就是詩人自我的表露」[4]，因此，從詩人的
心理過程到文字的呈現，表現出來的想像空間可分為二層，一是
詩人單純的心理想像，其二是經過加工之後的意象。就作品而
言，想像是創作成果，表現在作品中，以讀者理論的角度來看，
作品完成後，作者與作品即脫離關係，而由讀者解讀之。因此，
研究「懸想示現」的表現方式，其所針對的對象是作品所完成的
第二自然，而非創作者心靈想像的過程。因此，本文的懸想示現
修辭是以作品成果為主要研究對象。

二、修辭法綜合運用的古典與現代

現代詩中的「懸想示現」修辭格，除了單純的懸想之外，其

類上無法囊括所有的形態，這是「示現」修辭法不盡完美之處。
[3] 見韋勒克等著、王夢鷗譯《文學論》（臺北：志文出版社，1976.）頁
345。
[4] 同註3，頁346。

中創發出來的創意與想像，便是利用各種修辭法的綜合運用，加強並幫助了懸想的境界，使懸想示現更活潑生動，創造出許多新奇有趣的新語句。修辭綜合運用的原因有三：其一，客觀事物的複雜與多樣，不能以一種修辭格為之，其二，辭格作用不同，對於語意的表達有其存在的必要，其三，說寫的對象不同，必須擇適用的修辭格，使意思傳達通暢無礙。[5]

　　修辭法的綜合運用有「連用」、「套用」、「兼用」三種方式。「連用」就是在一個語意的段落中，使用一個接著一個修辭格的運用方法[6]，例如徐志摩〈天目山中筆記〉：

> 廟身的左邊右邊都安著接泉水的粗毛竹管，這就是天然的笙蕭，時緩時急的參和著天空地上種種的鳴籟。

「左邊右邊」是排比加類疊，「這就是天然的笙蕭」是比喻，「時緩時急」是排比加類疊，「種種」是疊字，此段文字就是「連用」。「套用」指的是一個片段或文句中，整體以一個修辭格為主，其中有一部份運用了其它的修辭格[7]，例如宋玉〈登徒子好色賦〉：

> 天下之佳人，莫若楚國；楚國之麗者，莫若臣里；臣里之美者，莫若東家之子。

---

[5] 見成偉鈞、唐仲揚、向宏業主編的《修辭通鑑》（臺北：建宏出版社，1996.）頁 655-666，頁 918。

[6] 同註 5，頁 918。

[7] 同註 5，其書稱「套用」為一種辭格中套用一種或幾種修辭，這幾種辭格包含在主體辭格中。頁 919。

此者，以「層遞」修辭格為主要的修辭，但在其中又運用「頂真」修辭以承上啟下。此種可以直接分辨出主從關係者，稱為「套用」。而「兼用」指的是在一個語言片段中，幾種修辭法不分主客，融為一體，從這個角度看是甲修辭，從另一個角度看是乙修辭，二種或二種以上的修辭格融合交錯成一個完整的文字系統[8]。如張曉風（也是水湄）：

> 丈夫和孩子都睡了，碗筷睡了，家具睡了，滿牆的書睡了，好像大家都認了命，只有我醒著，我不認，我還是不同意。

這段文字既是排比，也是類疊，也是映襯，同時存在而不分主從，這是兼用修辭。

詩的語言在修辭的使用上，有後出轉精、日益複雜的現象。從古詩到新詩，對於修辭的運用越來越複雜化。古詩十九首中對於修辭的運用為較清簡的修辭法，如：

> ◎胡馬依北風，越鳥朝南枝。相去日已遠，衣帶日已緩，浮雲蔽白日，遊子不顧反。──象徵
> ◎人生寄一世，奄忽若飆塵。──比喻
> ◎與君為新婚，菟絲附女蘿。──比喻

在修辭的使用上運用「比喻」（飆塵、菟絲附女蘿）為多，以及

---

[8] 同註5，兼用一句或是一段話中同時兼用了幾種辭格，頁919。

「象徵」（遊子、浮雲）。古詩十九首是詩史上較早的詩作，在修辭技巧上是較為簡單的，唐詩中格律嚴謹，修辭技巧融合其中，較古詩複雜。如：

◎大弦嘈嘈如急雨，小弦切切如私語（白居易〈琵琶行〉）——類疊

◎春草明年綠，王孫歸不歸？（王維〈送別〉）——設問

◎忽如一夜春風來，千樹萬樹梨花開（岑參〈白雪歌送武判官歸京〉）——比喻

◎莊生曉夢迷蝴蝶，望帝春心託杜鵑（李商隱〈無題〉）——引用

以「比喻」、「象徵」、「類疊」為主，其共同的特徵是修辭的技巧以一個詩句一個技巧為主，也有詩人以多種技巧的套用，如：

◎感時花濺淚，恨別鳥驚心（杜甫〈春望〉）——比喻、擬人、夸飾

此詩運用三種修辭法的兼用，在古典詩詞中較為特別。詩的語言是最精鍊的語言，在短短的數個字中必須承載多重的含意，比較古今，現代詩在創作上喜用各種修辭法的兼用，而且內容越形複雜。

現代詩的語言講究感覺的語言，語言被用來服務於創作者的感受，而不拘限於單一的修辭法則。例如簡政珍〈秘密〉：

> 電話響起，聽筒裡的
> 雜音長出許多
> 揮舞的手指

電話聽筒中傳出的雜音像揮舞的手指，作者卻說是「雜音長出許多／揮舞的手指」手指是由雜音長出，訴諸於作者的感覺而不顧邏輯的合理與否，其中同時運用比喻修辭，但是語言的形式不再是以「乙喻甲」的形式出現。又如向陽〈額紋〉：

> 在您曾經舒坦飽滿的額上
> 我從那紋理中站立起來

第一句無疑是具體的事實，第二句則是從第一句的事實中發展，我不可能從額上的紋理「站起來」，但對於作者而言，看到額紋所激勵的是站起來的信念，信念是抽象的感受，但是寫成「從那紋理中站立起來」是一個看起來具體的動作，而此動作卻又是不可能被完成的，於是，利用具體的意象寫抽象的感受，重點在訴諸於感覺，而善用「形象化」的修辭技巧是被用以說明或強化此一感覺的手段。

　　無論語言的美妙或是修辭的複雜，其目的只在於表達作者所要表達的「感覺」，這種感覺是個人的，如羅智成〈颱風之一〉：

> 我的思想紋風不動
> 只有滿頭亂髮振筆直書

此詩句運用「形象化」、「擬人法」與「懸想示現」的兼用。詩句是懸想示現，其中包含「思想」是形象化，「滿頭亂髮」在「振筆直書」則是擬人法。所以是修辭的兼用。

　　現代詩講究的是一種感覺的掌握，或者說是為了作者特有情思的表現，因此，多種修辭法的運用不過是為了體現出作者之「意」，得意而可忘筌，修辭法的合用就顯得較為主從不分，以能表現出個人感覺為要，訴諸於純粹的個人感受，例如向陽〈亂〉：

　　　　黑藍的天空隱藏迷幻的紅
　　　　淺綠的窗簾飄搖虛空的白
　　　　鐘擺彷彿也被嚇呆了
　　　　所有指針都望反向逃竄

這是運用擬人法將鐘擺與指針擬人化，但是對於作者而言，恐懼的感受能夠打破自然的規律，使一切正常運作的東西作用相反，作者把「指針都望反向逃竄」的意象用以表達作者認為世界開始混亂的感受。

　　古今的比較之下，古典詩詞對於景象的掌握較合於現實世界的具體形象，其修辭法亦較為單純，但是現代詩則強調表現獨特的個人感覺，修辭技巧不限於一種，懸想的空間也較無限制。

三、「懸想示現」的自由組合創造
現代詩的懸想世界

「懸想示現」借由兩種或兩種以上的修辭法結合，借由意義的組合以完成新的意象。例如「比喻的懸想」是「懸想示現」與「比喻法」的結合使用，比喻是以乙事物譬喻說明甲事物的修辭法[9]，而被拿來當作喻體的事物若是經過懸想處理過的意象，就是懸想與比喻結合的修辭方法。例如馮青〈車窗〉：

> 天空一被啄空
> 就如同失去知覺的果實
> 永遠的墜落了下來

天空如同失去知覺的果實是比喻法，但整個意象是懸想示現，並且是屬於超乎現實的想像。又如陳黎的〈情婦〉：

> 我的情婦是一把鬆弛的吉他
> 琴匣裡藏著，光滑的胴體
> 月亮都照不着

將情婦比喻為一把鬆弛的吉他，在琴匣裏藏著，由此想像一個月亮照不到的狹窄空間中藏有光滑的胴體。作者以比喻與懸想示現

---

[9] 同註 1，頁 327。

的兼用表現了情婦的難以伸展的處境。

現代詩人也喜用「轉化的懸想」，「轉化」是指描述一件事情時，轉變其原來性質，化成另一種本質截然不同的事物，加以敘述說明。[10]轉化分為「擬人」、「擬物」、「形象化」，也就是人性化、物性化、形象化。人性化就是擬人法，擬物為人；物性化就是擬物，擬人為物；形象化是擬虛為實，擬人為人，擬物為物。[11]「轉化」修辭在現代詩中使用的機率更多，詩人很喜歡在物與物之間角色轉換，借以創作出新的意象。例如轉化中的「擬人法」與「懸想示現」的兼用，如杜十三〈誤會〉：

> 午覺醒來
> 一陣大雨從沙灘上跑到你的屋前
> 用最後落地的三滴雨水
> 敲門

大雨跑到你的屋前是擬人法，用三滴雨水敲門，是擬人法與懸想示現的套用，充滿新鮮活潑的意象。又如洛夫〈無聊之外〉：

> 我看到一隻蝸牛在馬路上練習自殺
> 而另一隻讀完了沙特的《牆》
> 便很瀟灑地摔了下來且暈過去

一隻蝸牛在練習自殺，另一隻很瀟灑地掉下來並暈過去，這是擬

10　同註 1，頁 377。
11　同註 1，頁 378。

人的懸想。而「擬物」的懸想則是將物性化，如趙天儀〈墜落的乳燕〉：

> 她振動著受傷的雙翼
> 無力地收斂失神的眼睛

受傷的雙翼是擬物法。雙翼受傷就是內心的受傷，寫物即寫人。

在轉化的懸想中，其中常為詩人使用的是「形象化」，又稱「拈連」[12]。在新詩中，「形象化」（拈連）與懸想的兼用使詩句更活潑，例如洛夫〈春醪〉：

> 多麼想把滿腹的酸楚煉成鋼，編成索
> 繞地球千匝而未盡
> 以剩下的去釣北冥之鯤
> 縛南海之鵬

滿腹的酸楚是抽象的情緒，但卻可拿以煉鋼、編索，這是擬虛為實，強調情感的韌度與強度，同時，以鋼以索才能「繞地球千匝而未盡」，讓意象進一步發展，塑造詩句中新的意境。而陳義芝〈住在衣服裏的女人〉：

---

[12] 見楊春霖、劉帆主編《漢語修辭藝術大辭典》（西安：陝西人民出版社，1995.01.）頁 47--63。大陸學者有的指「比擬」及包含了「擬人」、「擬物」，無「形象化」一格，另立「拈連」一詞，書中將形象化獨立分開，稱為「拈連」，同前書，頁 251。按：此一界定暫時以黃慶萱書為主，參見註1，頁378。

　　牛仔褲是流行的白話，寫著詩一般騰躍的短句
　　開叉裙有古典的文法，銘刻了長篇的祈禱詞

「牛仔褲是流行的白話」這是比喻，「開叉裙有古典的文法／銘刻了長篇的祈禱詞」，這是擬物為物，把兩個不相干的物放在一起產生新的意義，作者要表達的是開叉裙也有自己的生命自己的詩篇，是有意義的事物。馮青〈夜遊國父紀念館〉：

　　月亮
　　敲響第一句晚鐘後
　　便走入
　　寬袍束帶的長廊

月亮是擬人，可「敲醒」晚鐘，而晚鐘是一「個」或是一「聲」卻被形象化為「一句」，使得晚鐘彷彿活了過來，並且說了一句話語。月亮走入長廊也是擬人法，「寬袍束帶的長廊」是以長廊擬人化。用擬人與形象化來表現詩的語言時，把原本「月亮出來，鐘聲響起，月光照的長廊」的畫面用人的動作與物的轉換來描述時，詩句顯得更為生動鮮明。林燿德〈不要驚動、不要喚醒我所親愛〉：

　　在寂靜的書房中我撫弄鐵尺上的刻度
　　想像自己如何丈量自己情感的寬幅

「情感」是無法被丈量的，這是以實擬虛，抽象的事物用實體事

物轉化性質之後，反而可以產生新的動作、新的對待態度或是新的處理方法，創作出新鮮的意象，而想像丈量情感，意味著自己正在衡量情感的多寡。又如馮青〈小巷〉：

> 滲入黃昏燈市中的
> 竟是
> 冬日裡的一聲啜泣

「一聲啜泣」是名詞，而啜泣是動作，不可數不可量，更無法拿來「滲入黃昏燈市」，這是以物擬物形象化的寫法。啜泣一點一滴侵佔黃昏燈市，彷彿悲傷把燈火也浸濕了，冬日情感的強度比黃昏燈火更令人心傷。

「夸張的懸想」是「夸飾」與「懸想」修辭綜合運用。夸張鋪飾使文章中描繪的事物超過客觀事實，使形象突顯，情意明顯，借以加深印象。[13] 誇張運用「語出驚人」的效果，刺激想像力，使創造力飛躍舊有的思考習性，迸生許多脫離現實的思考，此突破性的思考產生的新想法，打破語言的慣性，帶來意想不到的驚奇與張力。

夸飾的思想空間上天下地，無所不可，擴大心靈視野，打破既定空間界域，進入一個沒有範疇的奇特世界。後人歸納夸飾時，發現以三種方式進行思考可大致上掌握夸飾的技巧，楊春霖編的書中將夸飾分為：誇大、縮小、超前[14]。以縮小或放大事物

---

[13] 同註 1，頁 285。

[14] 同註 12，頁 84-106。「超前」：指的是時間上把後發生的事物或行為說成先發生，或說成與另一發生的事物或行為同時發生。

的方式思考，借以進行夸飾的技巧。因此，夸飾的懸想可以從三個角度思考。用在新詩之中，便產生這樣的句子，誇大者如唐捐〈大旱季〉：

> 在大旱季，人們用撲滿
> 收集精液。膀胱大的人
> 最受歡迎。在大旱季
> 嬰兒一出生就破口大笑
> 因為黃金比鼻涕便宜

作者想像在大旱季時可能發生的情景，為了突顯人們的苦難，作者用諷刺的口氣，誇張的寫法，想像膀胱大的人受到歡迎，因為可以儲水，而嬰兒一出生就大笑，因為「黃金比鼻涕便宜」，利用對比的誇張來諷刺缺水的痛苦。從反面來說而不從正面直述其苦，以誇張的想像突顯憤慨的情緒。又如杜十三〈傳說〉：

> 用左腳的鞋子印下了湖泊
> 用右腳的足跡踩成了海洋

一腳一步不可能踏成山河，而作者一腳成湖泊，一腳成海洋的誇張想像，使詩的氣魄闊大，懸想的空間放大數千數萬倍，以見其力量之大。縮小的寫法，如陳大為〈麒麟狂醉〉：

> 在大東區　在荷爾蒙焗爆的西門町
> 一滴啤酒　光這麼一滴唾棄詩詞的啤酒

　　　　讓麒麟從 pub 的吧檯　　從 cite' 黯然離開
　　　　一路跌跌一路撞撞　　回到副刊勉強
　　　　騰出不起眼的一間小小馬欄

作者想像一滴唾棄詩詞啤酒竟然可以產生強大的殺傷力，想像連
麒麟都無法抵擋，一路從酒吧逃離，彷彿在寫作者自己的黯然，
卻還是回到報紙副刊，仍用文字經營一個小小的欄位。作者寫
「一滴」啤酒，雖縮小了啤酒的份量，卻誇張了它的力量。

　　而超前的夸飾是時間的夸飾，有時間的濃縮者，如杜十三
〈誤會〉：

　　　　相信這一夜的守候已過了三十年
　　　　沒有人來通知我出發的時間已到，

一夜即成三十年，時間超前而且濃縮在很小的一段時間中，已達
成長時間的距離，利用緊縮強調時間的短暫與快速。也有時間的
拉長，如蘇紹連〈蘇諾的一生〉：

　　　　那一聲吼叫，傳至今世才聽到

一聲吼叫傳了好久好久才聽到，在時間的感覺上好像過了一世，
這是利用拉長時間，轉換對時間的感覺，強調時間的漫長。

　　懸想與各式修辭法的綜合運用，不一一列舉，但可以變化運
用。總而歸之，詩以作者的「感覺」為要，表情達意為主，修辭
只不過屈服於文字意義之下的奴隸，其複雜化也不過是為了拿來

「充份表達」作者的思想情感，因此，在詩句中，越來越複雜甚至晦澀的文字，在技巧上多是以多種修辭的混合，特別是懸想與其它修辭的兼用，使詩意呈現出瑰麗或詭奇的效果。

四、結論

想像是文學創作的基本因素，「懸想示現」就是在這一個心理基礎上建立起來的修辭格。由於現代詩的語言著重感覺，文體本身容許更多超乎現實、訴諸感覺的文字想像，因此在懸想的世界中，更多奇思妙想，超乎現實或是穿梭時空，忽古忽今的懸想示現，使得現代詩的懸想世界奇特而美妙。

詩是古老的靈魂，基於文字的傳承，現代詩在創作上有其割不斷的血脈。因此，從修辭的角度可以看出新詩在修辭上後出轉精的現象，也看出其基本修辭技巧的本體。詩是濃縮的、感覺的語言，使用其修辭格時，以多種修辭格的綜合運用，試圖在最簡短的文字中產生最豐富的意涵，其技巧的使用就是修辭法的綜合運用。單一修辭格的研究必然涉及多種修辭格套用、兼用的問題，綜而合成詩之意象。因此，現代詩的懸想世界以綜合各種修辭法構築而成，也因而擴大了詩的懸想世界，呈現詩的各種面貌。

本文刊登：《國文天地》，第 236 期，2005.01.

以「重複」為基礎的修辭技巧
——論新詩的節奏變化

一、前言

　　文學創作技巧不但繁複並且日新月異，古代的文學風格樸實，故技巧較簡；時至現代，後出轉精，創作技巧更是推陳出新，不但翻陳過去的方法，且添加新的手法。其中最基本且有跡可尋的就是修辭技巧；雖然，修辭也有古今的變遷與創作上特意翻新的變化，但大致上還是左右著文學創作的基本技法，在創作上佔有重要的地位。

　　修辭技巧古文用之，新詩亦然。但是必須注意的是，現代的文學創作在舊有的條件之上已經灌入現代化的新生命，就新詩而論，在創作表現上既運用合於規矩法度的修辭格，同時又從修辭格中變化出新意，使詩句更具創意。在修辭學上具有突破過去展望未來的創新精神。同時，修辭是創作的基礎，但創作卻是引領修辭者，以修辭為本源，而以創作先鋒，從修辭出發，但勿固守修辭，在創作上才具有前進發展的意義與價值。

　　本文所論，是從修辭的角度切入，談的卻是新詩的節奏。

　　新詩的文字表達須簡潔，意涵要豐富，而詩歌本身與音律又有重要的關係。因此，詩的音樂性顯得較文章來得重要。那麼，詩的音樂性表現在何處？就是節奏。詩的節奏感可從分行、斷句、平仄、聲韻……等方面來表現，也可從文字本身的安排變

化，產生強調的效果或是模仿旋律的樣式製造節奏感。其中一項
與修辭格較有關係的是運用文字的「重複」特性塑造節奏，創作
者以修辭格的方式表現詩句的意涵，同時，也透過修辭格表現節
奏，只是一般的讀者只認識修辭格卻不知道節奏就隱含在其中，
學者在研究新詩的節奏時，少數人已經注意到詩的節奏是利用
「重複」的特色以展現節奏的效果，但是未經過綜合整理以及深
入的探討，並且只有少數學者注意到節奏與修辭格之間的關係[1]，
本文就是直接指出具有節奏效果的修辭格，綜合歸納比較重要的
修辭格，說明利用修辭所可能達到的節奏效果，說明新詩在創作
上的重要技巧。

二、「重複」的美學基礎

節奏是經過設計與安排的聲響、次序或排列，產生特殊的效
果，以表達情境情感或是意境，音樂或是文字常常利用規律的或
是重複的聲響或音韻造成特殊的情境或氣氛，讓接收者在聽覺上
或視覺上因反覆而產生情感上的激發或是情境的引入，甚或產生
快感或是悅感。因此，文學藝術創作透過節奏可以達到淨化、激
發、喚起人心情感的回饋與反應的效果。所以，節奏雖然不是創
作的主要顯現因子，卻隱含在文字與音符中間，輔助創作媒體達
成表達的目的。

---

[1] 如蕭蕭在《現代詩學》提到過詩的「頂真」修辭格，陳啟佑的論文中提
到「類疊」、「倒裝」等修辭格與節奏的關係，而李元洛在《詩美學》中
則是談「類疊」與節奏的關係，這一方面的研究較多，而大多數學者最
常提到的是「類疊」修辭格與詩的節奏的關係。

　　修辭格中以「重複」為美學基礎者，其節奏感可以利用文字的重複性塑造出來，蕭蕭的《現代詩學》一書中說：

> 造成語言結構的方法要以「重複」最為重要，而重複又是「節奏」最重要的因素，如何在對等位置上安排相同或類似的聲韻，往往就是詩人尋求節奏的最直接方法，音樂的和諧也就是以主調重現為基礎。[2]

重複所造成的相同或相似的文字排列，將聲韻重複出現，令聽者重複接受相同的刺激，進而影響節奏的表現以及接收者的感情。蕭蕭提出此「重複」就是詩人表現節奏的最直接方法。

　　李元洛談新詩語言的美有「四具美」，其中一美就是「迴旋的美」，即「在重複中強化情韻。」[3]讓重複產生迴旋的效果，並製造出詩的節奏。而當修辭格中與「重複」的美學基礎結合在一起時，如黃慶萱的《修辭學》中說：

> 一個字詞語句，如果反復出現，會比單次出現更能打動聽者或讀者的心靈。[4]

從美學的角度來看，數大是一種美，以多數的重複以造成強而有力的效果也是一種美學的呈現，而重複的刺激會產生心理上更強的連結，在修辭上，就是以文字的反覆出現，借以打動讀者的心

---

[2] 見蕭蕭《現代詩學》（臺北：東大圖書公司，1987），頁331。
[3] 見李元洛《詩美學》（臺北：東大圖書公司，1990），頁670。
[4] 見黃慶萱《修辭學》（臺北：三民書局，2002），頁531-532。

靈。

因此，以「重複」為美感的基礎，讓文字在重複出現的情況下，因而製造迴旋的美感並且表現出詩的節奏感。

三、修辭格在新詩節奏上的表現

文字利用「重複」的原則，以其相同或相似形成節奏上的迴旋效果，製造美感的呈現並且達到節奏的目的。就修辭格來看，跟據此一原則的修辭格有數種，條列如下：

（一）類疊

所謂「類疊」是指「同一個字、詞、語、句，或連接，或隔離，重複地使用著，以加強語氣，使講話行文具有節奏感的修辭法，叫作『類疊』。」[5] 所以類疊是利用文字的重複出現的修辭格，又分為「類字」與「疊字」，類字是指文字的重複出現，字詞間隔而重複出現，疊字則是文字連接並重疊。陳啟佑（渡也）在論類疊在新詩上的作用時說：

> 「類疊」修辭格足夠令讀者印象烙深，進而催促一首詩頭尾呼應，臻及完美統一的境界。非特如此，「類疊」尚具有一項重要功能：依賴反覆與重疊兩種方式來謀求生動活潑的節奏。[6]

---

[5] 同註 4。頁 531。

[6] 見陳啟佑〈聲韻學在新詩上的——項試驗〉於孟樊編《當代臺灣文學評論大系——新詩批評》（臺北：正中書局，1993），頁 457。

此談類疊修辭格的功能是造成活潑的節奏。在新詩的表現上，以文字的重複製造節奏的技法，幾乎所有的詩人都會隨手拈來，在其詩句中穿插「類字」或是「疊字」，如張默〈流水十行〉：

> 一勺勺流水，自蹲居一隅的線裝書裡孵出

「一勺勺」是疊字，而重複的「勺勺」是疊字。此詩句寫的是流水，詩句重複出現文字，讓節奏彷如水流般順暢，而緩慢的節奏也有流水輕瀉的效果。楊喚〈垂滅的星〉：

> 輕輕的，我想輕輕的
> 用一把銀色的裁紙刀
> 割斷那像藍色的河流的靜脈

重複出現「輕輕的」是類字，而「輕輕」本身是疊字。「輕」字的語調本身就是輕柔而舒緩的，重複出現的結果會讓詩的氣氛保持在淡淡的情緒之中，讓節奏感輕巧而流暢。焦桐〈往事影子般潛伏過來了〉一詩：

> 誰在門外輕咳
> 誰
> 是誰在耳朵的鎖孔裡轉動鑰匙

以重複「誰」字形成的三個類句，第一句只有提出問題，以「誰」一個字出現，語氣強調而懸疑，第二行，一個「誰」字重

複出現，提出強調，且在聲音上再次提點，第三句的「是誰」，
多一個「是」字將語氣轉折，再次提出問題，再一次強調疑問，
三個「誰」強調了作者心中的疑惑與急切企求解答的心境。重複
出現的三個疑問「誰」字，讓節奏緊湊，並引起讀者的注意。在
同一句中重複出現的類字，如朵思〈士林夜市〉：

　　　那裡，兩岸掛滿<u>長袖短袖</u>的季節

「長袖短袖」的季節，說明春夏秋冬皆具的意象，也讓節奏感短
而急促，說明季節的更迭是快速的，同時在同一句中呈現出來。
　　「類疊」的修辭法，一般使用的機率非常高，也相當普遍，
並且常與「排比」修辭一起使用，可參下文。在此則不一一列
舉。

（二）排比

　　所謂「排比」指的是「用三個或三個以上結構相似、語氣一
致、字數大致相等的語句，表達出同範疇同性質的意象。」[7]排
比修辭指的是句型上的重複以及句型的相似性。例如朵思〈士林
夜市〉：

　　　<u>給女兒買一把</u>梳理鄉愁的梳子
　　　<u>給兒子買一隻</u>可以讓時間歇息的椅墊
　　　<u>給自己買一種</u>可以攀住眼眶流連哀愁的茶壺

---

[7] 同註 4，頁 651

三句「給○○買一○」的句型重複排列，以排比加類疊的詩句，一為強調，一為節奏上的規律性，使詩句擁有強而有力的說明。

利用排比與內容的結合，產生快速的節奏感，如楊喚〈我是忙碌的〉：

> 我是忙碌的。
> 我是忙碌的。
>
> 我忙於搖醒火把，
> 我忙於彫塑自己；
> 我忙於擂動行進的鼓鈸，
> 我忙於吹響迎春的蘆笛；
> 我忙於拍發幸福的預報，
> 我忙於採訪真理的消息；
> 我忙於把生命的樹移植於戰鬥的叢林，
> 我忙於把發酵的血釀成愛的汁液。

詩題為我是忙碌的，寫的是忙碌的生活，詩人運用排比的手法將忙碌的事件排列在「我忙於」的句型之後，讓八句排比的句子表達忙碌的情況，同時，在聲音上，重複出現的「我忙於」三個字，使節奏緊密，模擬一個人很忙碌時，一件接著一件忙不完的事情一直重複出現，攪亂生活的悠閒，這些事情雖不同，卻都是忙碌的對象。因而，詩的誦讀上會因為重複出現的聲音而使得「忙碌」這件事，不斷被提醒，被點明，然後，朗朗之中，詩的節奏感便因重複而緊湊起來，與生活的忙碌緊張的內容是一致

的。

　　有時，詩是以排比的句型形成分段，在每一段的第一句或第二句都是相似或相同的句型，如羅青〈我拒絕對秋天發表評論〉，共分十四段，第三段開始為「我○○說」，第二句則是「你是……」，其詩節錄如下：

　　　　我不願說
　　　　你是紅葉黃葉織成的大壁毯
　　　　是黑色樹枝編成的鐵絲網

　　　　我不想說
　　　　你是果實穀物豐收的大籃子
　　　　是衰草殘花灰爐的銅爐子

　　　　我不能說
　　　　你是醉後紅得發紫的頑皮詩人
　　　　教壞葉子搖舌搬弄滿天風涼話

　　　　我無法說
　　　　你是無法無天的不良中年通緝犯
　　　　縱火燒掉了一座又一座的香水工廠

　　　　我不曾說
　　　　你是抽象表現主義加極減主義
　　　　是浪漫現實主義加恐怖主義

我不敢說

你發動髮國大革命在有十多億人頭的中國

又發動焚化大革命在有無數楓丹白露的法國

我更不敢說

你在六月綠色的西瓜裡發動紅色的十月革命

在三月藍色的地中海發動白色的五四學潮

我絕絕對對不會承認

你是那習慣用左手最後一片葉子

輕拍我五十右肩的地下黨員

每一段的起首分別為：我不願說、我不想說、我不能說、我無法說、我不曾說、我不敢說、我更不敢說，以「我不○說」的句型重複出現，在字詞上是類字，在句型上則是排比，兩者結合構成詩的分段，並借此安排出詩的結構。每一段重複的句型讓讀者每讀一段，都要重複提出「我不○說」，重複的句型使文意重複，並在節奏上有如歌曲旋律般迴旋的效果。

（三）頂真

所謂「頂真」修辭格，是指文字的重複，以句或段為單位，下一句的句首重複上一句的句尾，使連接的句子頭尾借由同一詞彙而有上遞下接的趣味。頂真是重複前一句的句尾與下一句的句首，這是句與句的頂真，稱為「聯珠格」，而重複上一段的句尾

與下一段的句首是段與段的頂真，稱為「連環體」。[8]

　　頂真修辭格是以文字的重複形成聲音上的複誦效果，而在複沓的過程中，意義會再次被強調出來，並且讓聲音塑造出迴旋反覆的聲韻效果。徐志摩的〈再別康橋〉就是用頂真讓語調延長，情意綿延：

　　　　揉碎在浮藻間
　　　　沉澱著彩虹似的<u>夢</u>

　　　　尋<u>夢</u>？撐一支長篙
　　　　向青草更深處漫溯
　　　　滿載一船星輝
　　　　在星輝斑斕裏<u>放歌</u>
　　　　但我不能<u>放歌</u>
　　　　悄悄是別離的笙簫

從「夢」、「放歌」都是頂真格中的連環體，是段與段之間的頂真，此頂真把欲斷而未斷的情感連接起來，讓情感不因分段而中斷，因此，頂真格的使用，在此發揮了情意綿延的效果。

　　商禽的早期名作〈逃亡的天空〉富於聯想，並利用頂真修辭格的型式，反覆訴說逃亡的天空之不可逃亡的詩意。其詩如下：

　　　　死者的臉是無人一見的<u>沼澤</u>

　　荒原中的<u>沼澤</u>是部份<u>天空</u>的逃亡

　　遁走的<u>天空</u>是滿<u>溢</u>的玫瑰

　　溢出的<u>玫瑰</u>是不曾<u>降落</u>的雪

　　未降落的<u>雪</u>是脈管中的眼<u>淚</u>

　　……

　　焚化了的<u>心</u>是<u>沼澤的荒原</u>

如果是正格的頂真，則第一句的「沼澤」會是第二句的開頭，但是詩人加以變化，而在第二句加上「荒原中的」四個字形容沼澤，其本體不變，形成頂真的格式，但其意義卻略有變更，在意義變更之中，頂真的手法反而成為詩人運用來轉換意義的一個利器，於是，在一句接著一句的頂真之中，意義不斷被流轉，被悄悄改變，而終於在不斷的頂真與改變中回到詩原來的「沼澤的荒原」，其形式追求變化，但詩人終究逃不掉所有的限制，因而，詩題為逃亡的天空，實不可逃。由此見出，修辭格雖然有其固定的形式與定義，但在現代詩中的運用卻是多變的，在一般的頂真格之外，再加上意義的自由變化，形式與內容的結合更能充分表現詩人的情意。

　　這就是新詩以既有的修辭格的表現，並加上詩人創意，使修辭格成為輔助詩意的重要工具，換言之，是修辭格的新作法。

（四）重出

　　「重出」是張春榮提出的，指的是「作者有意讓相同的字或詞重新出現，用以強調特定意義，並增強句中音節。」重出的目的與作用在於「呈現事物本身的意義，進而逼入深層的思索，作

根源性的探究，使人省悟。」[9] 其實，重出是類字的其中一種，也是因重複出現的相同的字詞所產生的修辭格，但是，重出特別強調的是對「意義」的重新附予，與類字的單純形式上的重複出現略有差異。

　　詩人夏宇的〈給時間以時間〉一詩充分運用「重出」修辭，將其對時間的思索在修辭格的特殊形式中反而自然提供了意義的改變與哲學的思索：

> 自從時間成了時間
> 我們就得給時間以時間
> 存在也就這樣存在了也不難
> 就被當作存在般了解

詩句中重複的是「時間」、「存在」兩個詞，在四個句子中不斷重複出現以闡述詩意，但有趣的是每一個詞的意涵都有若干的改變，第一句「時間」是未成為真實的時間之前，第二個「時間」是指真正可計算並可流逝的時間，第二句中的第一個「時間」是擬人，把「時間」視之為一個獨立的個體，第二個「時間」指的就是可以計算的時間單位。第三句「存在」是概念的存在，第二個「存在」是動詞，指的就是存在的動作，第四句的「存在」是形容詞，指的是如存在般的一件事情。因此，每一個重複的詞，在形式上是一樣的，但放在詩句之中，都有不同的意義，在不同的意義之中，就是詩人借此表達對抽象概念的意義的重新思索。

9　見張春榮〈眼睛看不到眼睛〉於《一把文學的梯子》（臺北：爾雅出版社，1997），頁141。

　　此詩的每一個詞雖然都一樣，但是在句中的文意卻略有不同，在稍作改變之中已然說明作者的想法，同時，在重複出現中，讓節奏感有所頓挫，因為詩句所用的「時間」、「存在」是抽象的概念，因此讀者在閱讀上反而會因為重複而停頓，思索，造成節奏上的斷與頓，讓讀者在其中反覆咀嚼詩境。

四、數種修辭法的綜合變化運用

　　修辭技巧是創作的手法之一，創作是引領著技巧的，因而創作者並非拘於修辭而創作，反而是創作之時，運用修辭以達表現的目的，所以，有時會有兩種或兩種以上的修辭格同時使用，特別是類疊與排比的使用。如吳晟〈沉默〉：

青山的那邊那邊
遠方的那邊
翩翩飄來幾隻雲朵
戲弄著吾鄉人們不語的斗笠
飛翔

河流的那邊那邊
遠方的那邊
款款流來一組水聲
逗著吾鄉人們不語的嘴巴
歌唱

水田的那邊那邊

遠方的那邊

嘩嘩奔來一群野草

纏著吾鄉人們不語的赤足

喧鬧

此詩以排比的句型分段，共分四段，前三段都是相同的句型，每一段由五個相同的句子組成，如第一句是：「○○的那邊那邊」，第二句則是「○○的那邊」，第三句是「翩翩飄來幾隻雲朵」、「款款流來一組水聲」、「嘩嘩奔來一群野草」。第四句則是「戲弄著吾鄉人們不語的斗笠」、「逗著吾鄉人們不語的嘴巴」、「纏著吾鄉人們不語的赤足」是相同的句型，第五句則是「飛翔」、「歌唱」、「喧鬧」。前面三段都是以相同的句型組成。

同時，在第三句都是類疊修辭，每一段的第一句使用的是「○○的那邊那邊」，第二句是「○○的那邊」，而第三句的「翩翩」，第二段的「款款」，第三段的「嘩嘩」，都是類疊修辭。因此，此詩的整體結構就是排比的句型重複出現，是排比修辭格，其中雜以類疊修辭格。

在重複出現之中，排比的形式會讓此詩如同歌曲般，節奏上有重複的旋律。內容上，青山河流與水田，數年來依舊不變，詩人採用重複出現的相似句型，使段落間雷同度高，所要表達的就是不變的環境，在不斷重複中，一再強調的重複的節奏與聲韻表達了這份安逸與閒散。

或者，兩種修辭法混合用在詩句之中，隨著詩境的需要而迅速轉化不同的修辭格，例如，杜十三〈手〉：

> 一片片一頁頁的
> 在右手握過的筆捧過的碗舉過的槍
> 推過的門擁過的女人……之間
> 匆匆翻過
> 只留下一層厚厚的繭

「一片片」、「一頁頁」、「厚厚」是類疊，而「右手握過的筆捧過的碗舉過的槍／推過的門擁過的女人」這是利用「○○的○」的排比句型放在同一句中，讓節奏感強化，而節奏的速度變快，以接下面的「匆匆翻過」的時間的短促，而排比的句型對節奏的貢獻即在於加快其速度。

修辭格不但能混合使用，也可以同時使用，以頂真、類疊、排比的運用，如管管〈臉〉，詩的前半部節錄如下：

> 愛戀中的伊是一柄春光燦爛的小刀
> 一柄春光燦爛的小刀割著吾的肌膚
> 被割之樹的肌膚誕生著一簇簇嬰芽
> 伊那嬰芽的手指是一柄柄春光燦爛的小刀

這是運用頂真修辭格，強調愛戀中的人似乎因為愛情有某種暈眩的感覺，因而雖知愛戀如割人的刀，卻還是在循環中繞圈子，在頂真的修辭格之中又混有類疊，如「一簇簇」、「一柄柄」，而詩的下半部則是排比與類疊的修辭格：

> 一葉葉春光燦爛的小刀上開著花

> 一滴滴紅花中結著一張張青果
> 一張張痛苦的果子是吾一枚枚的臉

「一葉葉」、「一滴滴」、「一張張」、「一枚枚」以疊字產生迴旋的節奏效果。

新詩中有詩人利用頂真修辭法塑造如歌曲般反覆迴旋的效果，如張默〈無調之歌〉：

> 月在樹梢漏下<u>點點煙火</u>
> <u>點點煙火</u>漏下<u>細草的兩岸</u>
> <u>細草的兩岸</u>漏下<u>浮雕的雲層</u>
> <u>浮雕的雲層</u>漏下<u>未被甦醒的大地</u>
> <u>未被甦醒的大地</u>漏下<u>一幅未完成的潑墨</u>
> <u>一幅未完成的潑墨</u>漏下
> 　　　　　急速地漏下

這是詩的前七句，都是利用前一句的句尾成為下一句的句首，而發展出下一個意象，每一個意象都重複出現，在意義與聲音上會有強調的效果，此與詩題為「無調之歌」的歌，可見作者有意在形式配合內容，使之有如歌曲般的效果，之後則以「空虛而沒有腳的地平線／我是千萬遍千萬遍唱不盡的陽關」非頂真的句子作結，說明這是「千萬遍千萬遍唱不盡」的歌，以重複的字句表達唱不盡的歌，用頂真修辭正好可以結合其內容。

而利用其他修辭法與類疊修辭的結合也可製造出不同的節奏感。如余光中〈雨聲說些什麼〉：

一夜的雨聲說些什麼呢？

樓上的燈問窗外的樹

窗外的樹問巷口的車

一夜的雨聲說些什麼呢？

巷口的車問遠方的路

遠方的路問上游的橋

一夜的雨聲說些什麼呢？

詩句每經過二句便重複「一夜的雨聲說些什麼呢？」這是「排比」兼「類疊」的句型，同時也是「擬人」；讓詩句重複，不斷提出問號，兩個問句中間的「樓上的燈問窗外的樹／窗外的樹問巷口的車」則是「頂真」修辭格，但是當作者從樓上的燈、窗外的樹、巷口的車、遠方的路、上游的橋，其視角越來越遠，可說是用了「層遞」修辭格。因此，此詩句用了四個修辭格說明雨聲不斷，如同說話不斷一樣；而景色則是由近而遠，同時，因為雨聲具有聲音意象，因而重複的特性與雨不斷下時重複的聲音是一致的，以重複來建構此詩句的基本句式，其節奏感恰好能配合「雨聲」而表現出聲音的樣貌。

五、結論

「重複」是一種美的基礎，運用重複可以在心理上，情感上，還有文字的排列上產生效果，此效果或許是迴旋的，美感的，快感的，或是作者特意要表達出來的強調的意味，或是個別的特殊的效果。綜而言之，文字的重複造成詩句節奏上的變化，

並進而完成創作者所要表達的意境與效果。

在修辭技巧上，因重複為基礎而產生的修辭格即類疊、排比、頂真、重出等幾項，其他如回文修辭格也可造成重複的效果，但使用者較少，故不單獨列出。這幾項也是創作者常常使用的修辭技巧，運用熟悉的修辭達成節奏的目的，在詩人而言是簡而易舉之事，同時，讓重複的文字完成美學的任務及美感的要求，在詩的節奏運用中是一種彼此默認的技巧。

本文刊登：《國文天地》第 230 期，2004.07

論創意組合與一首新詩的完成

一、前言

現代文學講求創意，特別是新詩。新的語言、新的題材、新的表現手法，莫不成為詩人們挑戰自我極限的目標。然而，創意的呈現不僅僅表現在文學上，現代人的日常生活、商場、視訊、媒體，各個領域都在強調創意的激發，在其定位中尋求突破與發展。

創意因此變得重要，創意因而變得有價值。

然而，創意的來源是否有跡可尋？創意的方法是否有規律？

創意是一種思維方式。所謂「思維」是指人腦對於客觀事實的本質或內在規律的反映，簡言之就是思考的方法與方向。「創造性思維」指的是突破過去知識經驗的限制，應用全新的方法、程序來解決問題的思維[1]；而「創意思維」就是針對創意所產生的思考，對於事物的新的見解或是新的表現方式。兩者異名而實同。

因此，當創意產生，突破現狀並產生新組合以顛覆舊有的規範或習性，則新的產物因此觸發了新事物生成的機制，並借由實際制作以實踐創意。因而，創意的新完成物就此形成。

---

[1] 見馮明放編著《創造心理與創造發明》（咸陽：西北大學出版社，2001），頁 27、29。

二、聯想是創意思維的心理基礎

　　創意的思考方式之一，其心理學的基礎就是利用聯想，以聯想的思考方式（association of ideas）將兩個不同的物品連結在一起，並產生新的連結，造成新的效果。聯想的方式有相似聯想（association by similarity，或稱類似聯想）、接近聯想（association by contiguity），相對聯想（association by contrast 或稱對比聯想）。[2]

　　「相似聯想」是從特質的相近而產生，因此，可以從圓圓的臉聯想到月亮，於是說她的臉「圓得像月亮」，此種聯想方式在文學創作上容易成為比喻法的心理基礎。同樣基於「圓」的性質，由性質上的類似所產生的聯想稱為「相似聯想」。

　　而「接近聯想」則是以相近的範疇為聯想的起點，這是基於知識的、經驗的或是歷史的等種種既定的關連性所產生的聯想，例如，從蘋果聯想到牛頓，牛頓聯想到地心引力，由櫻花聯想到日本、由項羽則聯想到虞姬等等。而「相對聯想」則是從相反的方向產生聯想，就兩個完全不同的事物之間產生連結。例如黃與白，粗與細，春花與秋月，才子則想起佳人等等，「相對聯想」可以成為修辭法中「對偶」的心理基礎[3]。

　　然而，創意與聯想有何關係呢？

　　就聯想的距離而言，以物的相近度而產生的聯想是相似聯

---

[2]　見朱智賢編《心理學大詞典》（北京：北京師範大學出版社，1989），頁393。

[3]　參見黃慶萱《修辭學》（臺北：三民書局，2002.10）修訂版，頁592。

想，是連結的兩物之間最短的距離，以物的對比而產生的是對比聯想，是連結的兩物之間最長的距離。而接近聯想則是平行的思考。

聯想可以是創作者的思維方式，創作者藉由聯想觸發或者激發創意，但是，執著於聯想的方法卻不一定可以產生新的創意，創意必須打破既定的聯想的規範，從破壞之中重新建設，從既定的思維中產生新的連結。

例如從相似聯想中產生新的創意，如「開始」一詞，可能會聯想到「起跑點」、「零點」，但作者若是與「航行」或是「起飛」等交通工具聯想在一起時，就會產生如：

　　我的詩　是不是啟航得太晚（陳大為〈大江東去〉）

「起跑點」是舊的聯想，「啟航」則是新的聯想。兩者聯想並連結在一起，使詩境突破前人而具有創意。或者，若以形狀的相似點而言，從唇的形狀，聯想到兩片，由片的形狀聯想到花瓣，於是說：

　　外婆苦苦抖出幾瓣唇語（陳大為〈用窗口〉）

兩片唇是大家耳熟的，用「兩片」形容唇是套用前人，不免陳腔。但是，以幾「瓣」形容唇語，卻是新的連結與創意。或如：

　　飛臨危巖，腳一著地
　　雙翅便輕輕摺起了滿天的蒼茫（洛夫〈鷹的獨白〉）

鷹在天上飛翔，雙翅時而收斂，收斂的是翅下的空氣，作者把翅膀的收斂與飛翔聯想到摺起滿天的蒼茫，就是一個新的聯想與創意的產生。

　　而接近聯想則可以聯想到歷史或是經驗，如寫詩，題目為〈尋〉，於是作者聯想到賈島〈尋隱者不遇〉一詩，而以相反的方式詢問：

　　松下無童子可問
　　實際上誰也不知雲的那邊有些什麼（洛夫〈尋〉）

作者反將歷史重新詮釋，以無童子可問為始，其創意來源是以「接近聯想」而觸發生成。若以「對比聯想」產生的創意，則如：

　　那時　我將黑色的船屋
　　準確地泊進雪花照耀的地方（馮青〈關於十萬年前的……〉）

詩中用黑色的船屋聯想到白色的雪花，以顏色對比的聯想產生詩境的衝突感。又如：

　　一棵松樹的影子學會了走路
　　一公頃的稻子想起了海岸（杜十三〈風〉）

松樹的影子是固定不動的，由不動聯想到動，因而有「學會了走

路」的句子出現；稻子是種植在陸地上，而聯想到海岸，這都是
利用事物對比的特色以連結起不同的事物，產生新的組合與創
意。

此外，創意有時必須跳脫既定的聯想，例如粗與細是對比的
聯想，但是在創意的展現上卻可以從「粗」聯想到「肥」，這是
兩個完全不同領域不同性質的物品，但是放在一起時，卻可以產
生新的組合，而這個新的組合也是產生創意的其中一法。例如馮
青〈火〉：

> 最後的蒹葭
> 一如爐上猶溫的夢土
> 不可思議的
> 在西經九十度的烘焙下發酵

從火聯想到蒹葭，卻以「猶溫的夢土」來比喻蒹葭，把夢土與植
物連結，接著又說「西經九十度烘焙」，西經是地理上的測量度
數，不可能拿來烘焙，更不可能發酵，而作者卻將這些完全看似
無關的東西放在一起，產生新的連結，使讀者在面對多樣的意象
時，因為特殊的連結而產生的心理反應，藉以呈現出詩句效果。

因此，以聯想為心理基礎所產生的創意，這是新詩中意象的
經營方式之一，以鎖定兩物，利用兩物之間的交會糾纏所產生的
新的詩意，這種寫法可以發生在單一意象，或是在一首詩中的部
份句子，或是單一句子，用法應用極廣。

三、創意組合與詩的設計完成

　　創意可以是在無厘頭的、充滿熱情的、或是天外飛來一筆的情況下產生，這些都是無可掌握或計算的，然而，創意的其中一個表現卻是有跡可尋，也就是以「組合」的方式激發創意。詹宏志在其書《創意人》中對於「創意」及「創意人」的看法為：

　　◎創意就是把兩個不相干的事物組合在一起。
　　◎有創意的人，常常是能想出不相干事物的「相干性」的
　　　人。
　　◎能夠條舉最多組合可能的人，就是能找到最多創意的
　　　人。[4]

創意的方式之一就是：「組合」，將兩個不相干的事物放在一起產生新的價值或新的意義，使新的事物發揮新的作用，甚至影響人們的生活，這就是創意的魅力與成效，如「隨身聽」的創發就是一例。用在詩句上，就是一種嶄新的詩境的開拓與發展，也是新的意象的創造與發明。用在文學創作上，是新的文學領域及新的呈現。
　　「創意」開創新的視界，產生新的事物，創發新的產物。「創意」透過聯想，把兩物「組合」，以產生新物。無論聯想的兩物之間有何關係，當我們將兩物放在一起時，透過創意思維，以相

---

[4]　見詹宏志《創意人》（臺北：臉譜出版社，2001），頁 38-39。

似、對比或是接近聯想的方法，甚至轉一個彎，把相似的聯想轉
變成相近的聯想，或者是中間少掉一個聯想的步驟，例如從黃聯
想到白，白想到黑，中間切斷「白」的過程，直接聯想成黃與
黑，於是，藍與黑或者是紫與黑的新組合就會產生，而創意則會
源源不斷地產生。因此，基於聯想的心理基礎，重新組合兩物之
間的關係，創意就會隨之而來。

　「創意」對於一首詩的啟發，除了前述的單句或者單一意象
的呈現之外，也有的詩作是以意象組合完成一整首詩，換言之，
一整首詩就是一個創意的組合。例如渡也〈手套與愛〉，詩錄於
下：

　　桌上靜靜躺著一個黑體英文字
　　glove
　　我用它來抵抗生的寒冷
　　她放在桌上的那雙黑皮手套
　　遮住了第一個字母
　　正好讓愛完全流露出來

前面部分寫 glove，接下來說：

　　love
　　沒有音標
　　我們只能用沉默讀它
　　她拿起桌上那雙手套
　　讓愛隱藏

　　　　靜靜戴在我寒冷的手上
　　　　讓愛完全在手套裏隱藏[5]

渡也此詩是利用兩件事物的聯想，即愛與手套；包含英文字的
「glove」與「love」。整首詩在真實的手套與真實的英文字 glove
之間，交織出現愛與手套本身的意義，而延展成詩中有趣的意義
與組合。其聯想的地方即在於英文字的「glove」若是去掉「g」
就成為「love」，因此，連結起手套與愛的關係，然後，作者便
設計出愛與手套之間的辯證，由手套的溫暖影射愛的存在，整首
詩在這個連結之下發展出詩意。又如唐捐的〈橘子與手〉，第一
段為：

　　　　手剝開橘子，才知道橘子
　　　　也有指頭。橘子剝開手
　　　　才知道終日緊握的手其實
　　　　只在包裝自己的溫柔

而詩的第二段為：

　　　　橘子的酸澀還沒通知舌頭
　　　　手的羞澀，又何必向橘子
　　　　透露。只是摸索摸索
　　　　向溫暖潮濕的處所

---

[5]　見渡也《手套與愛》（臺北：漢藝色研出版社，2001.07），頁50。

橘子的腦中藏有堅定的念頭
非喉頭所能消受，手的執著
又豈是果肉所能逃脫

用手的激情餵飽橘子
用橘子的沉默洗手[6]

這首詩是借由橘子與手的聯想而發展詩意。橘子與手之間的聯想首先是形式上的聯想，因而在第一段以手撥開橘子，再聯想到橘子也有手，手撥開橘子，橘子也剝開手，於是，兩者之間產生新的連結，這種聯想，以奇怪的組合出現，在特殊之中製造懸疑，產生新的詩意。而橘子的手與自己的手有何關係呢？原來，「才知道終日緊握的手其實／只在包裝自己的溫柔」，兩者之間，都與「溫柔」相關，「溫柔」便是架起橘子與手的橋樑，同時，也是詩旨的暗示。

　　第二段中，從橘子的酸澀聯想到手的羞澀，但兩者都共同探索溫暖而潮濕的所在，然而，作者提出質疑，讓詩意轉折，「橘子的腦中藏有堅定的念頭／非喉頭所能消受，手的執著／又豈是果肉所能逃脫」，提到橘子的堅定與手的執著，兩者之間，又似有共通點，以產生相似的聯想。

　　最後，以手與橘子的對話結束，讓「手的激情餵飽橘子」，而以「橘子的沉默洗手」，橘子與手在共同目標、對抗、堅持之後，兩者達到和諧與認同，相輔相成而站在共同立場互相接納。

---

[6] 見唐捐《意氣草》（臺北：詩之華出版社，1993.05），頁 107。

　　若從詩的形式發展與設計上來看，這是利用創意的組合，將兩個完全不同的事物放在一起，以創造新的意義。就內容而言，其內容多以暗示行之，或許也可以解釋為情色詩，但非本文所專論，故置而不論。又如唐捐〈安全思維〉一詩：

　　　在安全帽裏面，思維漸漸
　　　成熟，如麵。香味撼動
　　　鼻毛，熱氣灼傷顏面
　　　有些疑點飄顫如佐味的
　　　青菜與肉片。在安全帽裏面
　　　細心蒸煮自己的意願。任風雲
　　　在天上沸騰，水稻在腳下搖滾
　　　麵，在頭顱中鬆軟、舒展，如線

接下來說：

　　　在安全帽裏面，無人可以竊食
　　　我的靈感，無人可以摻入
　　　一點點調味品一點點意見
　　　無人可以打翻口味獨特這碗麵
　　　雖然慢慢煮爛，在安全帽裏面[7]

這首詩是利用安全帽與麵的連結，作者組合安全帽以及帽中的麵，而麵是思維的喻體（或稱喻依）。麵的烹煮、配料、味道等

---

[7] 同註6，頁115。

結果，都是象徵著作者的腦中對待創作的態度。這些都是在安全帽下進行，安全帽是啟動所有思考的媒介，也是包容所有動作的具體事物。在安全帽中可以產生任何靈感與意見，也可以進行蒸煮，即改變與修正，並且透過安全帽的保護，使干擾與影響不會入侵，最後，完成的口味獨特的麵還是在安全帽中。詩由安全帽開始，由安全帽結束。麵與安全帽完成彼此的互動，也充分表達作者對於創作或者是靈感的意見。

　　就一首詩的完成而言，詩人運用兩物之間的連結重新組合，以產生新的創意效果，而這些詩作以單純地鎖定兩個物品之間的關係，並由兩物之間的或親近或疏離，或交會或分隔，在兩者的互動中使新的組合產生新的詩意。

四、結論

　　創意無處不在，創意的影響力無遠弗屆，文學如此，商場亦然；學術如是，現實亦是。因而，創意的探討有其重要性與必要性。

　　本文所論是針對「創意組合」來談兩個不相干的事物如何產生創意，並說明此種思維如何完成一首詩，新詩中的此種創意組合，可以運用在單一的詩句中，也可以完整呈現一首詩的完成。目的在於對兩物組合以產生詩意的一類詩作，從創意的角度提出剖析的可能，並及後來的創作者在創意思維上的啟發。

　　然而，創意只是一種思維，詩的完成才是創意真正的完成。這種利用創意的組合以產生創意，進而經營出一首完整的詩，在新詩的表現手法中獨樹一格，不但是詩的意象經營上的創意，也

是詩人新的表現手法。只是，一旦形成，創意便不可再使用，再用者便是模仿而不是創意了。這在現代詩中雖不是風潮，也不是重鎮，卻是一種創意的展現。對於詩的創意提供某一向度的參考。於是，創意必須尋找出路。創意組合，提供了思考的新方向。

本文刊登：《國文天地》第 229 期，2004.06

國家圖書館出版品預行編目資料

雪的聲音：臺灣新詩理論／李翠瑛著. -- 初版.
-- 臺北市：萬卷樓, 2007.12
　面；　　　公分
　ISBN 978－957－739－617－4 (平裝)

　1.臺灣詩　2.新詩　3.詩評

　863.21　　　　　　　　　　　　96021189

雪的聲音
──臺灣新詩理論

著　　　者：李翠瑛
發　行　人：陳滿銘
出　版　者：萬卷樓圖書股份有限公司
　　　　　　臺北市羅斯福路二段 41 號 6 樓之 3
　　　　　　電話(02)23216565・23952992
　　　　　　傳真(02)23944113
　　　　　　劃撥帳號 15624015
出版登記證：新聞局局版臺業字第 5655 號
網　　　址：http://www.wanjuan.com.tw
E－mail：wanjuan@tpts5.seed.net.tw
承 印 廠 商：晟齊實業有限公司
定　　　價：280 元
出 版 日 期：2007 年 12 月初版